LE TRÉSOR
DE LA REINE-COBRA

DU MÊME AUTEUR

ROMANS

Clair de symphonie, Jean Picollec, 1987.
Messaline, Robert Laffont, 1988.
Le Druide, Sand, 1989.
Les Louves du Capitole, Robert Laffont, 1990.
Le Crottin du diable, Denoël, 1991.
Les Schuller, Presses de la Cité :
  * *Les Schuller*, 1994.
  ** *Le Serment des Quatre Rivières*, 1995.
Le Secret du pharaon, L'Archipel :
  * *Le Secret du pharaon,* 1996.
  ** *Une Mystérieuse Égyptienne*, 1997.
La Passionnée, Michel Lafon, 1997.
La Pharaonne, Michel Lafon, 1998 :
  * *La Princesse de Thèbes.*
  ** *Le Pschent royal.*
  *** *Le Voyage d'éternité.*

HISTOIRE

La Prostitution en Grèce et à Rome, Les Belles Lettres, 1990.
Les Bonaparte, Critérion, 1991.
La Naissance des jeux Olympiques et le sport dans l'Antiquité, Les Belles Lettres, 1992.
Les Grandes Heures de la Grèce antique, Perrin, 1992.
Les Sévères, Critérion, 1993.
Hannibal, France-Empire, 1995.
Paul Éluard, le poète de la liberté, Julliard, 1995.
Quand les athlètes étaient des dieux, Fleurus, 1996.
Périclès, Tallandier, 1997.
Les Histoires d'amour des pharaons, Michel Lafon, 1997.
De la prostitution en Alsace, Le Verger, 1997.
Les Ptolémées, derniers pharaons d'Égypte, Tallandier, 1998.

POÉSIE

L'Art aux yeux pers, Le cherche-midi-éditeur, 1980, prix Jean-Christophe.
Torrent, R.E.M., Lyon, 1983.
Cœur chromatique, R.E.M., Lyon, 1986.
Au bord du Douro, Lizier, Luxembourg, 1989.

ANTHOLOGIES

L'Harmonie et les Arts en poésie, Monaco, 1985.
Le Mythe en poésie, Monaco, 1986.

VIOLAINE VANOYEKE

LE TRÉSOR DE LA REINE-COBRA

roman

l'Archipel

Si vous désirez recevoir notre catalogue et être tenu au courant de nos publications, envoyez vos nom et adresse, en citant ce livre,
aux Éditions de l'Archipel,
4, rue Chapon, 75003 Paris.
Et, pour le Canada, à
Édipresse Inc., 945, avenue Beaumont,
Montréal, Québec H3N 1W3.

ISBN 2-84187-168-1

A Philippe,
MEROUT DJET.

A Marie-Françoise,
Guy, Simone.

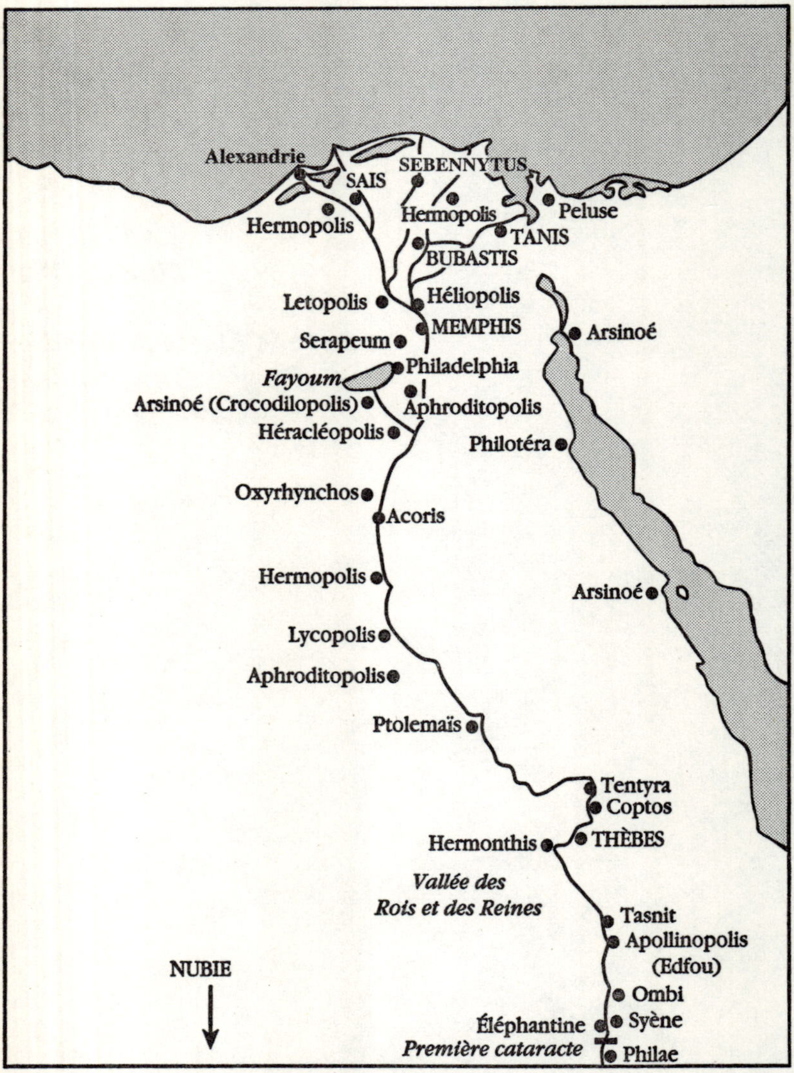

L'Égypte des Ptolémées

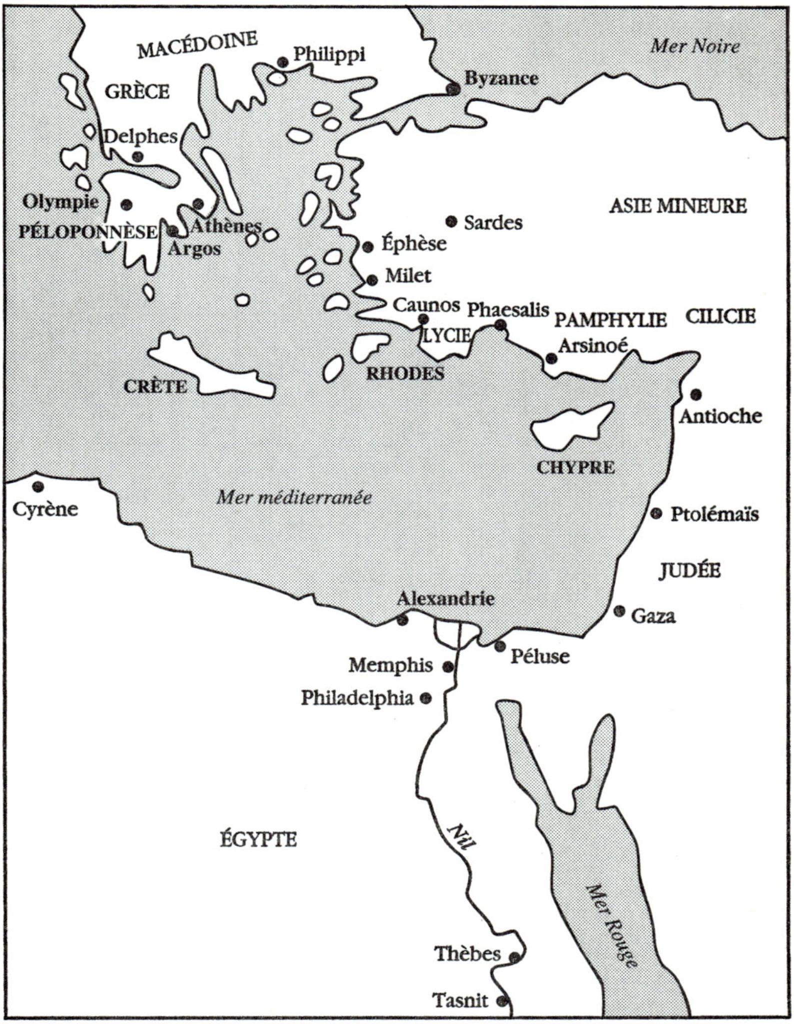

La Grèce, l'Asie Mineure et l'Égypte au temps des Ptolémées

1

La barque effilée, taillée dans du bois de cèdre rapporté de Chypre et de Byblos, glissait tranquillement sur le Nil gris. La brise s'engouffrait dans la voile carrée, gonflée comme le ventre d'une Égyptienne enceinte d'un garçon quand la graine de l'orge qu'elle a fait germer se manifeste, signe qu'un enfant mâle naîtra bientôt dans la maison. Elle croisa des felouques pleines de jarres soigneusement alignées, qui remontaient le fleuve en direction de Latonpolis [1], avançant plus vite qu'elle avec l'aide du vent léger.

Sur le bord du Nil, qu'elle longeait parfois de très près, des pêcheurs assis, les jambes pendantes, attendaient patiemment une touche, somnolant presque sous leur chapeau de paille, le torse dénudé cuivré comme les reflets du bois sous les rayons de Rê, les épaules rentrées. La forte chaleur de la journée avait pourtant laissé place à un petit air agréable qu'asséchait aussitôt le souffle chaud du désert.

1. Esna

Alexandros, le fils du pharaon Ptolémée, quitta nonchalamment le siège protégé d'un luxueux baldaquin qui occupait le centre de l'embarcation.

– Que fais-tu ? Nous sommes encore loin de la Vallée des Morts, lui dit Héléna, sa compagne, en se laissant éventer par deux suivantes à peine vêtues qui agitaient de larges plumes d'autruche.

Devant eux avaient été déposés des mets variés mais simples – olives, galettes de céréales, pain au miel, fruits secs. Les aiguières de vin et de bière fraîche en or ou en argent brillaient du même éclat que les bracelets, les colliers, les fines chaînes d'or qui rehaussaient le cou, la taille ou les bras de la jeune Héléna, d'ordinaire plus naturelle. Son maquillage bleuté au-dessus de ses paupières dorées, sa bouche rougeoyante, les traits de khôl qui soulignaient et agrandissaient ses yeux en s'épaississant jusqu'aux tempes lui donnaient des allures de Grande Épouse royale. Mais Pharaon régnait encore en son palais d'Alexandrie et, bien qu'il eût aimé qu'Alexandros lui succédât, celui-ci n'avait pris aucune décision en ce sens. L'expérience lui avait démontré qu'un enfant né de Ptolémée et d'une femme du peuple serait difficilement accepté par les autres membres de la famille royale.

Héléna ne s'était donc pas parée pour le couronnement d'Alexandros, mais pour honorer les dieux guérisseurs du temple d'Hatchepsout. Le sanctuaire d'Amon que le pharaon Hatchepsout avait ordonné de faire construire sur la troisième terrasse de son temple servait maintenant à rendre hommage aux dieux Imhotep, l'architecte de Djeser, et Amenhotep, fils d'Apou, architecte d'Aménophis III, divinisés. Ptolémée avait même fait creuser le fond du sanctuaire pour y placer des statues de ces deux nouvelles divinités qui avaient autrefois partagé l'existence terrestre des Égyptiens. Ce *speos*, constitué de deux pièces qui s'enfonçaient dans la montagne, abritait, à l'époque d'Hatchepsout, la barque d'Amon sortie de sa chapelle de Karnak lors de la fête de la Vallée.

Chaque année, Ptolémée organisait des festivités pour les dieux guérisseurs qui faisaient des miracles et grâce auxquels les médecins, à court d'idées ou de remèdes, soignaient les plus terribles maladies. Il arrivait même aux patients ou à leurs parents découragés de louer les services d'un oracle qui s'installait sur un trépied dans le sanctuaire d'Amon pour exprimer les volontés des dieux. Il mâchait, comme à Delphes, des herbes et des feuilles, entrait en transe et prononçait des mots sibyllins que des prêtres égyptiens traduisaient. Quelques malades lui posaient des questions : ils les écrivaient sur des morceaux de papyrus avant de les remettre aux prêtres qui les présentaient à l'oracle. La réponse pouvait tarder, claire ou absconse selon les cas.

En voyant Alexandros se diriger vers les grandes jarres d'offrandes, le pilote ordonna sèchement à un marin d'aider le maître à contrôler les étiquettes. Certaines contenaient du vin, d'autres de l'huile d'olive, d'autres des céréales.

– Je ne lésinerai pas sur les dons faits aux dieux, dit Alexandros. Ils ont permis à mon père de survivre à ses maux.

L'un des deux gardes lui conseilla de reprendre sa place.

– Qu'ai-je à redouter en plein milieu du fleuve ? s'exclama Alexandros, légèrement contrarié.

– Nous croisons des embarcations, répondit Aleb en s'inclinant avec respect devant le fils de son maître. Une flèche, une lance sont vite parties, et je n'oublie pas que tu es le fils de Pharaon, que ta vie a été plusieurs fois menacée...

Alexandros l'interrompit d'un geste agacé de la main. Aleb et Nubis, les deux gardes du corps que Pharaon lui avait envoyés, se ressemblaient étrangement. Tous deux étaient de la même taille. Leurs épaules carrées, leur taille fine, leurs jambes musclées, leur tête rasée leur donnaient une allure semblable. De loin, il arrivait à Alexandros de les confondre. En leur compagnie, il se sentait à l'abri de tout danger. Son père les avait choisis dans sa garde personnelle et les lui avait recommandés pour sa sécurité et celle d'Héléna. Leur entraînement et un long service auprès du roi en faisaient des hommes sûrs et fidèles. Ils avaient été formés par les meilleurs soldats.

Pharaon veillait en effet à ce que l'Égypte fût défendue par une armée compétente et importante. Il avait même fait recruter dans l'armée grecque et égyptienne des mercenaires d'autres pays aussi efficaces que les hoplites cariens, connus pour leur courage et leur adresse. Adolescent, Nubis avait rejoint pendant quelques mois une colonie syrienne installée à Éléphantine et chargée de surveiller la frontière. Il était fier de raconter que ses ancêtres avaient lutté contre les Perses et contemplé la majesté d'Alexandre le Grand sur son cheval Bucéphale.

Les deux gardes du corps d'Alexandros avaient ainsi accumulé une petite fortune. Comme les guerres s'espaçaient, les militaires devenaient le plus souvent paysans. Les mercenaires recevaient une parcelle de terrain [1]. Bien qu'ils fussent Égyptiens, Nubis et Aleb avaient accepté la terre qu'ils avaient tirée au sort tout en entrant dans le corps de police, sachant qu'ils demeuraient avant tout des soldats au service du roi et pouvaient être appelés à tout moment pour repousser un éventuel ennemi.

Nubis et Aleb avaient ainsi bénéficié de terres jusqu'alors non cultivées, mais que des canaux d'irrigation avaient rendues fertiles. C'est ainsi que les deux hommes s'étaient installés l'un à Thèbes, l'autre à Armant, après avoir payé une partie des frais d'aménagement. Aleb s'était marié avec une Crétoise et jouissait d'une vie agréable. Il avait deux fils qui l'aidaient à gérer son terrain. Nubis était célibataire.

Les autochtones avaient accueilli sans enthousiasme les décisions de Ptolémée de donner une terre aux mercenaires afin de les retenir en Égypte. Les cultivateurs redoutaient de nouvelles réquisitions de champs ou de logements. Nubis, qui n'avait guère apprécié d'être logé à Armant et aurait préféré Thèbes, avait envoyé une requête au roi. La plupart des Thébains se plaignaient de devoir céder une partie de leur maison pour loger des étrangers. A Thèbes, les Égyptiens avaient ainsi pris l'habitude de construire des chapelles ou de petits temples devant leur demeure avec des inscriptions interdisant à quiconque de violer ces lieux sacrés.

1. On les appelait les clérouques.

Nubis et Aleb eux-mêmes avaient souvent fait maintenir l'ordre et contraint les habitants à accepter les conditions imposées par le roi. Cette simple mission leur avait donné un travail considérable et ils étaient passés maîtres dans l'art de réfréner tout début de révolte. Ils s'étaient montrés si efficaces que leur dévouement avait été connu de Pharaon qui les avait engagés pour veiller sur sa personne. Tout en résidant près du palais royal d'Alexandrie, ils n'en avaient pas moins conservé leur terre.

Alexandros regretta vite la sécheresse de sa réponse. Pour montrer à Aleb combien il appréciait sa sollicitude, il l'invita à prendre du repos, à poser sa lance et à boire de la bière.

2

Sur la rive des morts, les Thébains s'étaient réunis en nombre après avoir traversé le fleuve dans des barques ornées de rubans et de fleurs. La surface du fleuve avait perdu sa couleur grise pour s'animer d'une mosaïque de pétales bleus, rouges et or voguant en direction de la mer.

Des danseuses emportaient leurs voiles dans des rondes rapides, se dénudant dans l'euphorie et la joie, grisant les Égyptiens de leurs parfums capiteux. La pierre de leur nombril jetait mille feux sous le soleil. Leurs pieds nus ne redoutaient pas la brûlure du désert car elles étaient habituées à évoluer sur le sable chaud au son des flûtes ou des tambourins. Certaines portaient une robe hellénique en lin blanc, serrée à la taille par une ceinture dorée, d'autres des tuniques épousant leurs formes. Les enfants, juchés sur les épaules de leur père, criaient à tue-tête et s'interpellaient. Les femmes riaient, elles aussi, de joyeuse humeur.

Quand la barque d'Alexandros parvint aux abords de Thèbes, la brise devint plus forte, la voile se mit à claquer. Les rubans, vrillés, ornant la poupe et la proue tournoyèrent et flottèrent au vent. Héléna quitta son siège à baldaquin et ordonna à ses servantes de la préparer pour le débarquement. Elle souhaitait être parfaite.

– Où allons-nous accoster ? demanda Alexandros à Nubis. Toutes ces barques rangées en épi occupent déjà une bonne partie de la rive. Je veux éviter un trop long parcours terrestre.

– J'ai interrogé le Grand Prêtre de Thèbes. Nous pouvons utiliser le débarcadère de Pharaon.

– Impossible ! Il doit arriver aujourd'hui même.

– Pharaon est encore souffrant, répondit Nubis en baissant la tête. Sinon, Ptolémée le vénérable n'aurait pas manqué de remercier les dieux guérisseurs de leur soutien.

Le front d'Alexandros se plissa et ses yeux s'assombrirent.

– Il faut que notre pharaon tout-puissant se sente bien malade pour ne pas effectuer le voyage jusqu'à Thèbes, dit-il, pensif.

– Ne crains rien, répondit Nubis. Les médecins du palais n'ont évoqué qu'une grande lassitude. Le voyage d'Alexandrie à Thèbes est harassant, même pour une personne jeune et en excellente santé.

– Es-tu sûr que les autres fils de Pharaon ne viendront pas honorer Imhotep ?

– Oui, répondit Nubis qui se voulait informé des moindres faits et gestes du palais même si loin d'Alexandrie.

Pendant que les marins exécutaient leurs manœuvres,

Aleb s'approcha de Nubis et lui dit son contentement de revenir à Thèbes pour protéger Alexandros.

– Pharaon nous a gâtés en nous attribuant à chacun une parcelle de terre supplémentaire, mais il faut maintenant entretenir ces cinquante aroures [1].

– N'oublie pas que nous ne sommes plus de simples fantassins ! En tant que *somatophylakes* chargés de la garde personnelle du roi, nous pouvions espérer cent aroures !

– Tu en veux toujours davantage. Comment t'y prendras-tu pour garder un si grand domaine en état ? rétorqua Aleb.

– Je le mettrai en location, ce qui me rapportera suffisamment d'argent pour vivre de mes rentes et ne plus travailler au palais. Dans le Fayoum, Pharaon a fait aménager plusieurs villages de clérouques grecs qui vivent dans l'aisance. Pourquoi les Égyptiens ne connaîtraient-ils pas le même bien-être ?

– La plupart étaient officiers ! Quant à nous, si nous quittons le service, le roi nous retirera nos terres et nous ne pourrons plus les transmettre à notre famille. Il me plaît de faire du vin. J'en ai vendu l'an dernier des centaines de *chous* [2] qui m'ont rapporté plusieurs talents de bronze.

Nubis le regarda avec dédain.

– Tu raisonnes comme un simple paysan royal ou comme ces *mistophoro* tout juste bons à recevoir de Pharaon leur solde de soldat. Nous avons fait nos preuves ! Nous avons arrêté des pilleurs de tombes !

---

1. Environ 14 hectares.
2. 1 *chous* = environ 5,7 litres.

Nous avons rétabli la paix dans les villages du nome ! Achetons du blé aux clérouques qui en possèdent trop et revendons-le au prix fort. Mieux : prêtons à de pauvres Égyptiens. Avec les taux d'intérêt en cours, nous en tirerons une fortune !

– Tu parles comme un Grec industrieux, répondit Aleb. Tu t'adresses aux malheureux en démotique et les persuades que tu es meilleur que les dieux. Derrière leur dos, tu les voles comme un Grec et oublies les liens d'amitié qui te lient à eux depuis des années ! Tu me fais penser à ces paysans royaux qui manœuvrent pour ne pas rembourser leurs prêts en prétextant qu'ils ne peuvent être arrêtés pour fraude pendant la période des semailles.

– Et pourtant... Notre statut de fantassin nous permettait d'obtenir aisément des prêts. Aujourd'hui, personne n'oserait même nous réclamer un remboursement !

– Je ne suis pas certain que le roi apprécierait un tel discours, par Horus ! dit Alexandros en s'interposant entre les deux hommes. Je lui ai donné l'idée de créer ou d'agrandir des villes dédiées au dieu crocodile Sobek et à la déesse Hathor sur la rive gauche du Nil, au sud d'Assouan, afin de protéger les frontières de l'Égypte. Nous aurons besoin de soldats. Préférerez-vous être mobilisés ou paresser dans vos champs ?

– J'aimerais mieux servir dans la flotte de Ptolémée que partir au sud d'Assouan ! s'exclama Nubis.

– Ses trois cent quarante navires de guerre font la loi en Méditerranée ! Il n'a pas à en rougir ! répliqua fermement le fils du roi.

– Je n'en doute pas, répondit aussitôt Nubis en se courbant avec respect devant le fils de son maître. Je préfère, cependant, surveiller les Crétois, les Béotiens ou les Macédoniens de la cité de Ptolémaïs, en Haute-Égypte, qui se sont enrichis grâce aux terres de Pharaon et qui suscitent la jalousie des autochtones. J'y ai des amis officiers qui travaillent parfois au fort de Dispolis, au nord de Thèbes. Mais je ne m'installerai jamais de bon gré dans une zone militaire du sud.

- Moi non plus, renchérit Aleb. Les villes n'y sont que d'interminables chantiers !

- Aleb ! répondit Alexandros. Ta femme, comme tous les membres de ta famille, porte deux noms. L'un est grec, Artemisia, l'autre est égyptien, Senmontis, « fille de Montou ». Tu as apporté à ton épouse une promotion sociale, des biens considérables, un vignoble, un pigeonnier, des chevaux, des meubles, des terres cultivées en blé et en plantes oléagineuses. Elle est servie par cinq domestiques. Tu soutiendrais Nubis qui se comporte comme un simple paysan avide d'argent, peu soucieux des intérêts de l'Égypte ? Tu avais raison : Pharaon ne vous laisserait pas la parcelle de terre qu'il vous a prêtée s'il apprenait ce que Nubis vient de dire.

Le garde du corps rougit.

Le pilote guida le bateau entre deux rangées de barques. Le Grand Prêtre de Thèbes, assisté de plusieurs autres prêtres au crâne rasé, en pagne blanc et le torse nu, attendait le fils de Pharaon. Ne sachant si le roi arrivait en personne, la foule se précipita vers le débarcadère en poussant des cris de joie et en brandissant des gerbes de fleurs. Les flûtes retentirent. Les Thébaines agitaient des castagnettes. Le peuple, un peu déçu de ne voir descendre que le successeur désigné de Pharaon, cessa un instant ses cris et observa Héléna avec curiosité. Belle et sereine, le visage détendu et souriant, la coiffure bouclée relevée en chignon, elle recueillit immédiatement les suffrages de la foule. Vêtue et maquillée comme une Égyptienne de haut rang mais coiffée selon les coutumes macédoniennes, elle adressa un salut au peuple.

– Je me demande si emprunter le débarcadère de Pharaon, Vie, Santé, Force, était une bonne idée, murmura Alexandros à l'oreille de Nubis. Il me semble entendre quelques rumeurs hostiles...

– Nous veillerons à ce que tout se déroule bien, le rassura le garde.

Alexandros observa son visage sévère. Il devait reconnaître que l'attitude d'Aleb et de Nubis le rassurait. Assez grands, robustes, ils n'étaient pas hommes à montrer leurs sentiments. Leurs yeux roulaient sous leurs paupières mi-closes, à l'affût de tout. Le regard vif et l'oreille à l'écoute de la moindre dispute ou du plus petit ragot, ils contrôlaient chaque messager, réclamaient une enquête sur chaque ambassadeur et guettaient tout signe de mécontentement parmi les serviteurs et les ouvriers de Pharaon. Tous les matins, à l'aube, une kyrielle de petits fonctionnaires des villages voisins de Thèbes venaient leur faire un rapport. Aucun Égyptien peu pressé de payer ses impôts, aucun cultivateur dissimulant des denrées dont le commerce relevait de l'autorité de Pharaon, n'échappaient à leur contrôle.

3

Dès qu'Alexandros et Héléna posèrent le pied sur le sol aride et durci par le soleil, les nombreux fonctionnaires et les prêtres se prosternèrent devant leur litière. Quatre Égyptiens soumis, le visage baissé vers la terre grise, le dos nu et luisant, attendaient les ordres d'Alexandros.

– En route ! dit le fils de Pharaon, presque perturbé par un si grand décorum.

Aussitôt se forma derrière le couple un cortège de notables et de gens du peuple. Il grossissait au fur et à mesure de leur progression. Les Thébains se resserraient derrière eux, rejoignant la file comme deux vagues déferlant de part et d'autre d'une crique pour se rassembler en un bouquet écumeux. Ils mêlaient leurs chants, leurs danses, leurs acrobaties, leurs plaisanteries et leurs rires.

Le cortège progressa sur le sentier peu sinueux et bien tracé qu'empruntaient les muletiers. Devant eux se dressaient les monts dorés de la Vallée des

Morts où les anciens pharaons étaient enterrés et où s'étalaient leurs temples de millions d'années comme un défi au temps et un appel à l'éternité. Pour en avoir scrupuleusement étudié la carte, Alexandros savait que le temple d'Aménophis Ier se trouvait sur leur gauche, qu'ils avançaient vers le plus imposant de tous, alors que des dizaines d'entrées de tombeaux cachaient leurs secrets entre les collines de la Vallée. Leurs ouvertures rectangulaires, à peine visibles, avaient parfois fait le bonheur des pilleurs de tombes. A l'est se dessinaient les falaises abruptes où avaient été ensevelies des centaines de nobles thébains ayant vécu à l'époque d'Hatchepsout, sous la XVIIIe dynastie.

En entendant les cris et les chants, les habitants d'el-Gournah, un petit village aux modestes demeures blanches, se précipitèrent pour participer à la joie collective. Les parents rappelèrent leurs enfants en bas âge qui couraient nus vers le sentier menant au temple d'Hatchepsout. La plupart réclamaient des friandises ou des pâtisseries en minaudant comme s'ils manquaient de tout. Leurs pères leur reprochaient de tendre la main et de se plaindre sans cesse et s'excusaient auprès des notables sollicités, prêts à offrir des galettes et de petits bijoux.

– Je préférerais que cette fête ait lieu à la saison prochaine, soupira Alexandros en se confiant discrètement à Héléna. Nous arrivons aux jours les plus chauds de l'année. Les Égyptiens s'inquiètent. Le dieu Hâpi leur accordera-t-il encore une fois une inondation favorable et généreuse ? S'il déborde trop, le Nil causera des ravages. Si la crue n'est pas abondante, les récoltes ne satisferont pas les paysans. L'an dernier, le nilomètre a indiqué une hauteur convenable qui a autant satisfait le peuple que mon père le pharaon. Les scribes ont augmenté les redevances. Mais les cultivateurs préfèrent payer davantage et récolter plus. Si la crue n'égale pas celle de l'an dernier, les Égyptiens se montreront fort mécontents...

– Tout autant que les scribes chargés de les taxer et de reverser une partie de leurs récoltes au palais ! Mais tu t'inquiètes pour rien car le dioécète a, comme d'habitude, établi une estimation des récoltes pour cette année. Le responsable des caisses de l'État ne se trompe jamais !

– Personne ne peut prévoir ce que décidera le dieu Hâpi, pas même Pharaon ! J'ai pourtant confiance. Les Égyptiens semblent satisfaits des aménagements réalisés par les Grecs. Leurs terres cultivables se sont considérablement étendues. Ils ne consomment plus guère que du blé dur qui s'exporte à la place de leur *boti*, cet épeautre ordinaire. Je suis sûr que les Grecs sauront trouver le moyen de produire un vin meilleur et une huile d'un goût plus agréable.

Héléna émit des réserves. Le roi leur avait appris qu'il avait engagé des agronomes grecs expérimentés pour aider les cultivateurs égyptiens vexés de recevoir les leçons d'un peuple étranger dans leur propre pays.

– Les Égyptiens préfèrent leur *boti* au blé. Ils se régalent de bière d'orge et dédaignent le vin. L'huile d'olive leur plaît moins que l'huile de sésame. Tu ne changeras pas leurs habitudes aussi facilement !

– Peut-être ! répliqua Alexandros en regardant les dispositifs à balancier permettant d'irriguer les champs. Mais ces chadoufs, qui existaient déjà à l'époque d'Hatchepsout, se révèlent tout de même bien moins efficaces que nos roues hydrauliques ! Pourquoi les Thébains ne les adopteraient-ils pas, à l'instar des habitants du Delta ?

Héléna soupira. Elle se demandait parfois si Alexandros et son père comprenaient les Égyptiens des campagnes.

– Regarde ces hommes ! Penses-tu réellement que tu pourrais leur faire adopter la pompe aspirante et expirante que Ctésibios a inventée et présentée à Ptolémée ? Même si tu leur donnes demain des instruments en fer forgés avec du métal importé, je doute qu'ils les prennent jamais en main ! Ils n'ont déjà pas accepté sans réticence de se voir confier par le comogrammate [1] une parcelle de terrain et des directives d'ensemencement !

– Je trouve leur situation plus enviable qu'avant. Ces directives leur viennent d'Alexandrie en fonction de la crue du Nil. Ils n'ont donc pas de souci à se faire. Pharaon leur donne des semences et, si nécessaire, des instruments. Je juge le comportement des villageois de Kerkéosiris prêts à la révolte intolérable.

– Les Égyptiens restent fiers et responsables. Trop de contraintes les agacent. En outre, ton père les taxe sans mesure. Leur prendre les trois quarts de leur récolte en ne leur laissant que la nourriture indispensable pour vivre soulève leur colère.

– Pharaon demeure Pharaon ! répliqua Alexandros. Se mettre en grève pour inciter le dioécète à abaisser la redevance me paraît inadmissible !

Bientôt apparut un spectacle étonnant. Ils dépassèrent la colline de l'Assassif et parvinrent au seuil du

1. Scribe du village.

cirque rocheux abritant les temples de Montouhotep, Thoutmosis III et Hatchepsout. Avant de franchir l'allée de sphinx figurant la reine-pharaon, les prêtres s'agenouillèrent et prièrent les dieux.

Alexandros et Héléna attendirent dans leur litière. Les Égyptiens se turent subitement et se recueillirent, rendant, eux aussi, un hommage aux divinités. Puis le cortège commença son ascension vers la deuxième terrasse du temple, en empruntant une rampe d'accès centrale. Sans tenir compte des scènes peintes sous les façades à colonnades marquées des cartouches d'Hatchepsout, Ramsès II et Horemheb, retraçant pourtant la naissance, la vie et les exploits d'Hatchepsout, sans même rendre hommage à la déesse-vache Hathor qui possédait son sanctuaire sur cette deuxième terrasse, ni au dieu Anubis dont la chapelle inférieure avait été édifiée à l'extrémité opposée, le cortège continua à monter vers la terrasse supérieure. Là, les porteurs se reposèrent tandis que les prêtres franchissaient une porte encadrée de hiéroglyphes en granit rose, pénétrant dans la salle hypostyle entourée de statues d'Hatchepsout abritées dans des niches rectangulaires disposées tout autour de la cour.

– Attendez là, dit Aleb à Alexandros. Les prêtres doivent prononcer des prières devant le sanctuaire.

Sous les larges piliers osiriaques du portique ornés de l'effigie d'Hatchepsout coiffée de la couronne royale, croisant sur sa poitrine la croix *ankh* de vie et la crosse, insignes du pouvoir, gémissaient des malades. C'était la première manifestation de tristesse et de douleur de cette fête. Pourtant, ces occupants assis ou couchés à terre espéraient tant des prières des prêtres que leurs lamentations se transformaient parfois en chants plaintifs ou en appels aux dieux.

A l'intérieur de la cour hypostyle, les ouvriers, qui sculptaient des hiéroglyphes sur les colonnes dont Ptolémée avait ordonné l'érection devant l'entrée de l'ancien sanctuaire d'Amon transformé en temple d'Imhotep et d'Amenhotep, avaient laissé choir leurs outils. Dans le silence, les prêtres psalmodiaient. Quand le sacrifice en l'honneur des dieux guérisseurs fut terminé, le peuple commença à se disperser dans la vallée pour rendre hommage aux anciens rois défunts, prêt à dîner et à dormir à la belle étoile.

Héléna se rapprocha d'Alexandros. Elle prit son bras et l'entraîna vers un espace désert contigu à la cour. Devant elle, émergeaient du crépuscule les représentations d'Anubis devant des tables d'offrandes. Elle attira Alexandros vers un étroit passage qui déboucha dans une salle ornée de peintures patinées par le sable et le vent, où brillaient encore les regards des membres de la famille de la reine-pharaon Hatchepsout. Héléna observa avec curiosité le dessin et les teintes.

– Ces portraits sont saisissants, murmura-t-elle à Alexandros. Pourrais-tu lire les hiéroglyphes qui accompagnent ces représentations ?

– Certainement, répondit Alexandros. Mon oncle m'a autrefois appris à les déchiffrer. Il a pourtant tout inventé pour que je ne revinsse jamais en Égypte !

– Je le comprends. Il voulait t'éviter de revoir les lieux où ta mère avait été assassinée afin de ne pas te faire souffrir.

– Voilà Thoutmosis Ier, le père d'Hatchepsout, et son épouse Ahmose. Thoutmosis II, le mari et le demi-frère d'Hatchepsout, eut avec une femme du harem un fils appelé Thoutmosis III. Quand son époux mourut, Hatchepsout assura la régence de Thoutmosis III, qui n'était qu'un bébé. On raconte que, vers l'an 7 du règne, elle décida de se faire proclamer Pharaon, si bien que l'Égypte fut gouvernée par deux pharaons. Les Égyptiens n'avaient jamais connu une telle situation ! Hatchepsout régna plus de vingt ans avec les fonctionnaires de son père et avec l'aide du Grand Intendant d'Amon, Senmout, qui est représenté dans ces niches.

– Son visage et son cartouche sont souvent martelés...

– De même que ceux d'Hatchepsout, répondit Alexandros. On a dit que Thoutmosis III voulait supprimer son souvenir de la mémoire des hommes et qu'il s'acharna sur ses images après sa disparition...

– Et Senmout ?

– Il est mort mystérieusement, comme sa maîtresse.

– Hatchepsout l'aimait-elle ?

– Pourquoi me poses-tu cette question ?

– Que de secrets entourent cette femme unique ! dit Héléna, les yeux dans le vague, conquise par la personnalité hors du commun de la femme pharaon. Ces lieux respirent son âme. Elle y a fait représenter sa naissance divine, quand le dieu Amon a pris les traits de son père Thoutmosis Ier pour s'unir à Ahmose et la concevoir. Là, sont représentés la gigantesque expédition qu'elle envoya dans la région du Pount pour en rapporter des arbres à oliban qu'elle fit replanter à Thèbes, ainsi que son combat en Nubie. Elle est allaitée par la vache Hathor, reçoit la couronne du dieu Amon, insiste dans les inscriptions pour qu'on se souvienne de sa politique de paix. Ici, elle se présente avec des traits féminins agréables et doux ; là, elle porte la barbe postiche et s'est fait teindre le visage en rouge, comme les hommes. Ici, elle saute enfant sur les genoux d'Amon ; là, le dieu la présente nue, pourvu du sexe d'un garçon.

– Voilà Thoutmosis III et Senseneb, la mère de Thoutmosis Ier, continuait Alexandros en désignant les portraits à Héléna.

Alexandros sourit et passa sa main dans le cou de sa compagne. Il appréciait sa peau délicate et douce. Il l'avait connue forte et courageuse, mais elle lui paraissait parfois presque enfantine. Ses pommettes et ses fossettes lui donnaient un air d'enfant gâtée.

– Tu parles comme un papyrus, dit Héléna. Tu connais tout.

– Mon oncle a été très sévère. J'ai sans doute reçu la meilleure des éducations et je comprends pourquoi il souhaitait me faire connaître l'histoire de l'Égypte alors que je ne pensais pas y revenir un jour ! Tant de mauvais souvenirs m'attristaient lorsque je songeais à Alexandrie, l'assassinat de ma mère, mon départ précipité pour la Grèce...

Quand Héléna retourna dans la chapelle d'Anubis, la nuit était complètement tombée. La flamme des torches n'oscillait plus car une chaleur lourde dépourvue du moindre souffle d'air venait de tomber sur le temple.

– En réalité, l'histoire de cette chapelle est tout aussi mystérieuse, dit Alexandros. Mon oncle disait qu'Hatchepsout l'avait fait construire pour son père Thoutmosis Ier tandis qu'elle-même honorait Anubis sur la terrasse inférieure. Il ajoutait toujours : « A moins, bien sûr, que la reine n'ait ordonné son aménagement pour vénérer l'Anubis solaire sur la troisième terrasse et l'Anubis lunaire sur la deuxième terrasse. » Il se taisait, toussotait et complétait une nouvelle fois son discours : « A moins qu'Hatchepsout, qui avait un caractère double et qui avait deux tombes, voulût aussi deux chapelles d'Anubis... »

Alexandros éclata de rire et provoqua un immense écho dans le cirque noir. Le découpage des falaises érodées se fondait dans le ciel étoilé.

– Regarde ! dit-il en tendant la main vers un astre plus éclatant que les autres.

Héléna leva les bras pour remercier les dieux.

– Regardez ! cria Alexandros aux prêtres et aux Thébains qui se trouvaient encore dans le temple. Sirius vient d'apparaître dans le ciel, alors qu'elle avait disparu depuis des nuits et des nuits !

– Vive le dieu Hâpi, divinité du Nil ! chantèrent les prêtres en se prosternant. Que le dieu et son épouse nous apportent de l'eau en abondance ! Que la vallée soit largement inondée !

Sirius annonçait en effet le début de l'année, mais aussi la crue du Nil vivement espérée. A cet instant, l'astre brilla davantage, scintillant, comme pour saluer le peuple égyptien et le réconforter. Elle éclaira dans la foule rassemblée le visage d'une femme dont les traits apparurent blancs, trop fardés. Héléna poussa un cri et l'appela. Mais, à cet instant, la jeune femme, qui se trouvait à l'étage inférieur, se plaça en retrait et s'éclipsa au milieu des Thébains. Son visage disparut dans l'obscurité.

– Où vas-tu ? demanda Alexandros à Héléna qui se précipitait vers la rampe d'accès.

– J'ai reconnu une amie dans la foule ! dit-elle. Quelle coïncidence ! Je vais la chercher !

Alexandros enjoignit aussitôt à Nubis d'accompagner Héléna et de ne pas la quitter des yeux.

– La nuit est tombée. Les Égyptiens sont encore très nombreux dans le temple. Protège Héléna et écarte les Thébains sur son passage !

Nubis s'exécuta aussitôt. Il rejoignit la jeune femme et tenta de la raisonner.

– Je ne suis pas la Grande Épouse royale ni la reine de ce pays ! s'exclama-t-elle. Laisse-moi, Nubis. Personne ne me connaît !

En désespoir de cause, elle refusa pourtant de poursuivre ses recherches.

– C'est peine perdue, dit-elle en soupirant. Comme tout cela est étrange... Je suis pourtant sûre qu'elle m'a entendue lorsque je l'ai appelée. Pourquoi s'est-elle enfuie ?

– Parce qu'elle ne se sent peut-être pas digne de parler avec la compagne du fils de Pharaon, répondit Nubis.

– Dans ce cas, elle aurait bien changé ! répondit Héléna.

4

Non loin de là, dans la Vallée des Morts, une jeune femme dansait de joie autour d'un trésor de conte de fées. Autour d'elle, six Égyptiens réclamaient en vain le silence. Ils mâchaient des herbes qu'ils recrachaient en contemplant, les yeux pétillants et les prunelles enflammées, les colliers, les bracelets, les gorgerins, les bagues en or, en turquoise ou en lapilazuli amoncelés devant eux. Les chants des Thébains acclamant Imhotep leur parvenaient sans tromper leur attention.

– Mélissa, cesse d'acclamer les dieux et de t'agiter, dit enfin le plus vieux à la jeune femme. Je t'avais pourtant donné des ordres ! Je savais bien que ce trésor te monterait à la tête et que tu ne pourrais t'empêcher de crier victoire ! En te rendant au temple d'Hatchepsout, tu as mis en péril notre plan : quelqu'un aurait pu te voir !

– Anu, tu m'ennuies, répondit Mélissa en tournant sur elle-même et en essayant les parures les plus belles. Comment me trouvez-vous avec ces bijoux? Est-ce que je ne ressemble pas ainsi à la reine d'Égypte?

– Pose ce collier! dit un dénommé Basatis en se levant et en l'arrachant du cou de Mélissa. Ces bijoux ne sont plus faits pour être portés ni même vendus. Nous devons auparavant fondre l'or et récupérer les pierres.

– Agissons au plus vite! répondit Anu. Tu as raison : garder ce trésor intact mettrait notre vie en danger.

Malgré l'hostilité de ses acolytes, Mélissa essaya encore quelques bagues en regrettant de détruire de tels trésors.

– Tâche de ne pas en glisser dans ta robe! lui dit sévèrement Anu.

Les hommes assis en tailleur plongèrent de nouveau leur regard vers le tas brillant sous l'éclat de Sôpdit [1].

– Il serait imprudent d'emporter ces précieux biens chez nous. Toutefois, les brûler maintenant, alors que les Égyptiens fêtent nos dieux guérisseurs non loin d'ici, est trop dangereux. Les gardes pourraient voir de la fumée et s'en étonner.

– Que décides-tu, Anu? demanda Moun, un adolescent à la peau lisse et à la voix douce que la bande de voleurs avait l'habitude d'engager pour passer dans les couloirs étroits des tombeaux.

– Dissimulons le trésor! Les cachettes ne manquent pas! s'exclama Mélissa. Nous le brûlerons demain.

Anu l'observa d'un regard suspicieux.

– Et qui le gardera? demanda-t-il. Toi, sans doute?

– Les dieux, Anu! Qui oserait agir ainsi derrière ton dos? Même si tu es vieux et usé par la vie terrestre, tu

1. Sirius.

vis entouré de gaillards aux épaules aussi larges que des pyramides ! dit Mélissa en secouant sous les étoiles sa chevelure noire embellie de paillettes d'or.

Les collines sombres qui les dominaient de leur crête érodée semblaient grandir dans la nuit, devenant presque menaçantes.

- Ah ! cette tombe, elle nous en a donné, du mal ! dit-elle. Penses-tu, Anu, qu'il s'agisse du tombeau d'une reine ?

- Plutôt d'une noble thébaine, répondit le scribe Pakhetbet qui tentait d'évaluer sur un morceau de poterie le prix qu'il tirerait de leur larcin.

- Non, répondit froidement le seul Égyptien dont les jambes étaient allongées sur le sol. La femme enterrée dans cette tombe dont tu as pu toucher la momie est Shatra, la nourrice d'Hatchepsout.

- Et la femme étendue près d'elle ? Était-ce...?

- Non, Mélissa, sourit l'Égyptien. Il ne s'agissait pas de sa maîtresse.

- On tirera un bon prix de ce mobilier funéraire, précisa le scribe. Voilà un bois bien travaillé qui n'a pas pourri. Les coffres à bijoux, les tabourets et la petite table incrustée de pierres précieuses nous rapporteront une vraie fortune.

Le visage d'Anu s'anima.

- Vous n'êtes pas plus astucieux que des mules ! dit-il. Vous n'avez donc rien compris à mes leçons ! Ces meubles devront eux aussi rester cachés.

- Mais il sera impossible d'en dissimuler l'origine ! s'exclama le scribe. Comment allons-nous procéder ? L'or d'un bijou se fond. Pas le bois d'un meuble !

- Ce bois qu'Hatchepsout a dû faire venir de Chypre ou du Liban a résisté au temps, mais il mollira sous nos coups de couteaux. Nous allons extraire de ces pieds, de ces plateaux, de ces accoudoirs, de ces couvercles, les pierres et les figurines dorées. Notre ami Thotis, ici présent, qui est un excellent ébéniste, saura accomplir ce travail à la perfection ! Après quoi, ces meubles auront perdu toute leur valeur. Nous les brûlerons de sorte que les policiers de Thèbes ne retrouvent jamais rien ! Soyons très prudents. Pharaon a donné des ordres pour que les pilleurs de tombes finissent aux crocodiles. Or mon maître vous punirait aussitôt s'il apprenait une négligence de votre part. La police thébaine constatera bientôt que la tombe a été visitée. Elle ouvrira une enquête qui ne doit jamais aboutir.

– Tu parles d'un maître, intervint Mélissa. Mais n'es-tu pas celui qui prend toutes les décisions ? A-t-on besoin d'un maître, à ton âge ? Tu vis dans la demeure la plus luxueuse de Thèbes, entouré d'une kyrielle de serviteurs qui te craignent et te respectent.

Anu se contenta de balancer la tête de droite à gauche comme un pantin animé par une ficelle. Bien qu'elle lui trouvât l'air stupide, Mélissa se garda de toute remarque. Elle avait vu des hommes battus à mort pour lui avoir désobéi. Tous comprenaient qu'Anu exécutait les ordres d'un supérieur dont ils n'osaient pas même imaginer la fonction. Un échanson royal, un intendant, un haut fonctionnaire, un porte-éventail, peut-être même le dioécète en personne !

Anu n'avait pas hésité, en toute impunité, à s'emparer du revêtement précieux de plusieurs colonnes, de certains chapiteaux ou d'encadrements de portes de temples de millions d'années. On racontait même que ses ancêtres avaient autrefois pillé les temples funéraires de Ramsès II et Ramsès III à Medinet Habou. Avec quelques coups de ciseau bien placés, la famille d'Anu avait fait fortune, emportant huit *qité* d'or parci, trois *deben* d'or par là, les échangeant contre de l'orge ou du blé. On rapportait aussi qu'Anu lui-même avait accumulé dans ses caves plus de mille *deben* de cuivre arrachés aux placages de vantaux royaux. Chez lui se trouvait un *naos* autrefois occupé par la statue d'un dieu orné d'or et encadré de bois précieux, et il utilisait une litière confectionnée avec les bouts cuivrés et le bois d'une ancienne litière utilisée pour le transport des statues d'Amon.

– Il serait stupide de perdre ce bois, précisa l'ébéniste en caressant la surface lisse des objets du mobilier cultuel. Je peux le faire débiter par mon frère charpentier, le réduire en planches et confectionner d'autres coffres, voire des sarcophages. Nous recevons suffisamment de commandes pour ne pas laisser perdre tout ce bois !

Anu l'approuva.

– Et si nous remplacions ces vases et ces bijoux volés par des faux ? suggéra le scribe.

– Voilà une excellente idée qui a le défaut d'arriver un peu tard ! répondit Anu. J'aurais pourtant aimé échapper à toute enquête. S'il y en a une, nous saurons déjouer les policiers, n'ayez crainte.

Mélissa se mit à pavoiser. Elle rendait de précieux services à Anu, se procurant les plans des tombes convoitées ou se glissant elle-même à l'intérieur des couloirs étroits avec l'adolescent de la troupe. Tous avaient passé plus de cinq jours à déblayer l'entrée de la tombe avant d'y pénétrer. Ils avaient dû tromper la vigilance des *madjoy*, ces policiers chargés de surveiller Thèbes Ouest, éviter les villageois de la vallée, les Thébains venus honorer les morts dans les sanctuaires et les chapelles, les ouvriers restaurant certains temples. Depuis l'aube, à l'aide de torches et de pics, ils avaient creusé, rampé, supporté des odeurs insoutenables émanant de la tombe convoitée, reçu en plein visage les griffures de centaines de chauve-souris qui s'introduisaient là par un trou minuscule donnant dans la chambre funéraire. Après avoir transporté à l'extérieur le mobilier et dépouillé les momies de leurs bijoux, masques, amulettes et parures, ils avaient décidé de brûler les cercueils en bois puis de s'échapper au plus vite en emportant dans de lourds sacs leur butin plus près du fleuve.

– Bien ! dit Mélissa en s'asseyant, les jambes repliées sous elle. Parlons net ! Par Isis, Anu, tu es d'accord pour enfouir ici le trésor. Je trouve que c'est une bonne idée, mais je souhaiterais que nous fassions dès maintenant le partage. Chacun pourra ainsi cacher son bien où il le juge préférable sans qu'un autre soit au courant de sa cachette. Comme je vous ai fourni les plans de la tombe grâce aux travaux de mes ancêtres qui avaient œuvré sur cette tombe, j'estime avoir droit à une part double.

Les autres protestèrent en se moquant d'elle.

– Tes bras maigres ne t'auraient pas permis de déblayer la tombe ni d'y entrer ! Sans nous, tu n'obtenais rien, Mélissa. Aussi auras-tu une part identique à la nôtre !

Basatis venait de s'exprimer. Il ajouta :

– D'habitude, nous échangeons aussitôt le trésor contre des céréales que nous pouvons aisément partager. Comment évaluer ces pierres et savoir si nous faisons un partage équitable ?

– Notre ami scribe est là pour cela.

Le scribe montra ses comptes.

– Oui, Anu. J'ai répertorié chaque pièce et écrit en face sa valeur en *deben* d'argent. Il suffira de donner à chacun une pierre équivalente à sa part de *deben*.

Chacun approuva.

– Pas question de répondre à d'éventuels maîtres chanteurs qui s'étonneraient de notre soudaine bonne fortune ni d'utiliser ces courtiers qui se servent au passage ! dit encore Anu. Nous n'avons pas besoin de leurs services pour négocier nos produits. Moins nous mettrons de gens dans la confidence, mieux ce sera !

– Tout est dit ! approuva Mélissa en encourageant le scribe à procéder au partage.

Pendant de longs moments, l'évaluation des pièces, les quantités octroyées à chacun soulevèrent les protestations ou les indignations. Finalement, épuisés mais satisfaits, les comparses se séparèrent après avoir dissimulé leur butin dans la vaste prairie où dormaient les Anciens et regagnèrent les bords du Nil où riaient encore quelques Thébains.

5

Après avoir fait mine d'enterrer les pièces du trésor qui lui avaient été attribuées, Mélissa les cacha en réalité dans une grande poche qu'elle avait cousue sous sa tunique. Elle avait en effet guidé la main du scribe, réclamant, sous prétexte de les apprécier, les bijoux les plus petits. Sans soulever de polémiques à son sujet, elle avait ainsi choisi les plus belles pièces, sous le regard futé et complice du scribe qui avait agi de même pour son propre compte.

Mélissa enfourcha discrètement sa mule et suivit la litière d'Anu entouré de quatre gardes robustes. Elle s'estimait malgré tout volée, le pillage ayant été réussi grâce à elle. Mais Anu s'était encore servi plus que les autres en emportant la part du « chef », celui dont elle aurait bien voulu connaître l'identité. Alors qu'elle était perdue dans ses réflexions et cheminait dans la nuit, craignant de perdre de vue l'escorte d'Anu, sa monture dérapa en grimpant une colline. Des cailloux dévalèrent la pente.

« Par Amon ! le dernier garde de l'escorte d'Anu n'a pas encore dépassé la crête de la colline, se dit-elle. Il va se retourner et m'apercevoir. »

Ne sachant que faire, elle arrêta l'animal et attendit, le cœur battant, mais, au même moment, Anu venait de donner un ordre à ses hommes, détournant leur attention de Mélissa.

– Ils viennent de s'arrêter, dit à voix basse Mélissa pour s'encourager. Je dois redescendre et contourner cette colline pour voir où Anu a l'intention de dissimuler sa part et celle du chef. Si je suis le même chemin qu'eux, ils m'apercevront dès que j'aurai franchi le sommet et je n'aurai aucune explication à leur donner.

La jeune femme redescendit en hâte, activant sa mule en lui battant les flancs avec ses talons. Elle sautillait sur le dos de l'animal qui trottait, tendant les jambes pour retrouver son équilibre, les resserrant pour encourager l'animal à avancer. Quand elle parvint de l'autre côté, elle mit pied à terre pour escalader la pente raide. Ne voyant plus la lumière des torches d'Anu, elle avançait au hasard, rampant presque sur le sol en ne faisant pas plus de bruit qu'un chat. Soudain, des murmures lui indiquèrent qu'elle approchait.

« Mais où se trouvent-ils ? se demanda-t-elle. Je ne vois plus rien. Pour creuser une cachette, il leur faut de la lumière. »

Elle s'approcha des voix et buta contre un encadrement de bois.

– Ces échardes m'ont blessée ! ragea-t-elle. Si je pouvais au moins allumer ma torche !

Elle prit alors conscience qu'elle pénétrait maintenant dans un endroit clos. Elle écarta les bras et tâta les murs. Les voix lui parvinrent de nouveau du bout du couloir.

– Une tombe ! Anu va cacher son trésor dans une autre tombe déjà pillée et accessible en sachant que personne ne viendra chercher là un trésor. Quelle bonne idée ! murmura Mélissa. Ils se trouvent dans la chambre funéraire au bout de ce tunnel. Je les entends creuser. J'en sais suffisamment. Sortons vite avant qu'ils ne rebroussent chemin, sinon je serai leur cible dès qu'ils illumineront ce passage pour trouver la sortie !

A cet instant, une énorme pierre roula près de la porte. Elle entraîna un petit éboulement dans la galerie et provoqua la panique parmi les gardes d'Anu.

– Que se passe-t-il ? demanda l'un d'eux en éclairant le couloir de sa torche et en la promenant le long des murs pour tenter de comprendre. Quelqu'un nous observe !

– Mais non, répondit Anu. La roche s'est effritée. Finissons vite notre travail, sinon nous risquons de demeurer ensevelis dans cette tombe et personne n'aura l'idée de venir nous chercher à cet endroit. Ce tombeau pourrait bien devenir le nôtre !

Mélissa, qui s'était réfugiée derrière l'éboulement, frissonna. Elle se sentait doublement prisonnière : si elle sortait de sa cachette, les hommes d'Anu la tueraient peut-être ; si elle se faisait oublier, elle risquait de rester seule, cloîtrée derrière un mur de pierres.

– Aribis ! dit Anu. Retourne à l'extérieur avec Séthis. Nous n'avons plus besoin de vous ici. Si le plafond s'écroulait, vous dégageriez le passage pour m'aider à sortir.

Les deux hommes s'exécutèrent et longèrent l'éboulis de pierres derrière lequel s'était dissimulée Mélissa. Ils s'arrêtèrent devant le tas informe, déplacèrent quelques pierres, entraînant un affaissement. Mélissa se recroquevilla davantage.

– Il n'y a pas de quoi s'alarmer, constata l'un d'eux. Il serait facile de dégager de tels débris avec une pelle.

– Soit ! répondit l'autre, mais nous n'avons pas d'outil approprié ! Sortons comme nous en avons reçu l'ordre.

Mélissa serra très fort dans sa paume l'œil *oudja* qu'elle portait à son cou. Quand Anu passa près d'elle, le visage hautain et buriné, le port altier et méprisant, elle regarda entre deux pierres ses traits durs et ses yeux d'acier que tous redoutaient. Les taches et les cicatrices qui marquaient ses joues et son front lui donnaient, à la lueur de la flamme, des airs de tueur. Elle aurait tant voulu qu'il prononçât ne serait-ce qu'une fois le nom de celui qui commandait. Elle était persuadée que cet homme occupait de hautes fonctions. Peut-être habitait-il dans le palais royal d'Alexandrie ? Comment expliquer autrement qu'Anu n'ait jamais été arrêté ni interrogé alors que de nombreux complices avaient tout avoué sous la torture ? « Qui le protège ? se demandait Mélissa. Pourquoi montre-t-il une telle assurance ? »

Elle n'entendit bientôt plus les crissements de leurs pas. Elle sortit en rampant de sa cachette et se précipita à l'extérieur en respirant l'air chaud de la nuit. Un silence total l'accueillit. Elle frémit soudain, consciente qu'elle se trouvait seule au milieu de la Vallée des Morts et qu'elle n'était pas sûre de pouvoir retrouver le chemin du fleuve. « Je connais pourtant cette vallée par cœur, je ne vais tout de même pas m'y égarer ! » Puis elle renonça à rentrer tout de suite au village. « Quelle femme stupide je fais ! J'ai l'occasion de prendre le trésor d'Anu. Personne ne m'a vue ! Je l'enterrerai ailleurs et attendrai que sa colère soit calmée. Je revendrai l'or dans une autre ville que Thèbes, dans quelques mois ! Le jour ne va pas tarder à se lever. J'ai juste le temps de mettre mon plan à exécution et de rentrer me coucher comme si de rien n'était ! »

Mélissa redescendit en hâte vers sa mule, se laissant presque glisser sur la pente. Puis elle ouvrit les ballots qui pendaient des deux côtés de l'animal et choisit un ciseau métallique que les ouvriers des tombes avaient coutume d'utiliser pour sculpter les parois des tombeaux. « Je vais gratter avec cet outil en espérant que ce sera suffisant ! Je n'en ai pas d'autre. Les hommes d'Anu n'ont pas travaillé longtemps pour enfouir le coffre à bijoux. Je le trouverai facilement. »

Mélissa remonta d'un bon pas vers la tombe. Excitée par l'objectif qu'elle s'était fixé, elle oublia sa fatigue et retroussa sa robe. Ses sandales ne protégeaient pas suffisamment ses pieds de la poussière ni des cailloux pointus ou tranchants, mais elle ne sentait plus la douleur. Elle avait l'impression d'avoir le corps gris de poussière. Elle s'arrêta quelques instants et releva ses cheveux en chignon, les enserrant dans un foulard multicolore. Puis elle s'encouragea.

Quand elle entra de nouveau dans le tombeau dont les murs à l'odeur âcre semblaient imprégnés de natron et de toutes les substances qui servaient à l'embaumement des morts, Mélissa refusa de songer au péril qu'elle courait. Elle s'agenouilla en hâte sur le sol et pria les dieux pour que la voûte ne s'écroulât pas sur ses épaules en l'ensevelissant ou en la tuant. Puis elle marcha à tâtons jusqu'au bout du couloir, ne décelant pas le plus petit objet. Elle poussa un cri en butant contre un squelette et se retint au bord d'un épais sarcophage en bois qui dégageait une odeur peu plaisante.

Elle entreprit de faire le tour de la chambre funéraire pour en évaluer la grandeur et la forme. Aussi plaqua-t-elle ses paumes nues sur le mur, avançant sur le côté, pas à pas. Ses mains dessinaient des arabesques sur les parois poreuses, à la recherche d'une niche ou d'un trou.

– La pièce est petite et rectangulaire, dit-elle tout bas. Voyons ce qui se trouve au sol.

Elle releva sa robe et progressa, les genoux à terre, tout en tâtant le moindre objet. Mais, à l'exception d'un coffre vide, du corps sur lequel elle avait buté et du sarcophage au couvercle placé en travers de la cuve, elle ne sentit rien de particulier. Elle se mit alors à racler le sol avec son outil, tapant à maints endroits pour tenter de déceler la présence d'une cavité. Elle sentit bientôt sous ses doigts une partie plus tendre.

– C'est ici !, dit-elle en souriant.

Elle gratta de toutes ses forces et toucha bientôt un coffre qu'elle sortit de son trou. Elle l'ouvrit et s'empara des bagues et des bracelets qu'Anu avait choisis d'office après avoir consulté les évaluations faites par le scribe. Elle les passa d'une main dans l'autre, les soupesant avec satisfaction. Puis elle ouvrit la poche qu'elle avait cousue sous sa robe et la remplit en hâte. Quand elle eut achevé, elle prit garde de remettre en place la terre qu'elle avait placée sur le côté afin de boucher le trou, puis elle balaya la pièce avec le bas de sa robe pour ne pas laisser de traces de pas.

– Anu comprendrait tout de suite qu'il s'agit de sandales de femme ! dit-elle.

Puis elle se précipita vers la sortie en évitant de laisser toute trace de son passage.

– Cette odeur de parfum me dénoncerait si Anu revenait tout de suite dans cette tombe ! Pourvu qu'il s'estompe d'ici l'aube.

Elle plaça sa main sous la poche de son vêtement afin de la soulager de son fardeau.

– On sent bien qu'Anu a pris pour lui un poids d'or et de pierres supérieur au mien ! Cette poche ne résisterait pas à tant de richesses si je la laissais pendre !

Elle retourna tant bien que mal jusqu'à sa mule qui n'avait pas bougé.

– Ce trésor, je ne l'enterrerai pas ! Je le cacherai avec le mien.

Elle grimpa sur l'animal et suivit le chemin qu'elle avait emprunté à l'aller, contournant la colline et prenant la direction du temple d'Hatchepsout.

– J'espère que je ne me trompe pas de voie... Rê blanchit déjà l'horizon. Hâtons-nous car je pourrais rencontrer des ouvriers ou des paysans. Je dois être rentrée et couchée avant que Saféris et Asis ne se réveillent. Elles partent travailler tôt dans la demeure du vizir. Je ne voudrais pas qu'elles s'interrogent.

Rê éclairait un peu la vallée, guidant Mélissa vers le fleuve.

Quand elle dépassa les deux premières maisons blanches du village bordant la Vallée des Morts, situé à la lisière des champs et de la plaine nappant de verdure le terrain jusqu'aux rives du Nil, la jeune femme descendit de sa monture et se dissimula derrière elle en longeant les murs des modestes habitations. Des oies s'écartaient de son passage dans un mouvement d'ailes. Elle attacha la mule devant la porte d'entrée de sa maison, entourant la laisse autour du tronc d'un jeune palmier, puis elle traversa la pièce principale. Elle se glissa dans sa chambre et resta à l'écoute.

Comme personne ne bougeait, elle se déshabilla, roula ses vêtements sales en boule et dissimula les bijoux dans un coffre à linge. Puis elle se coucha et fit mine de dormir, à l'affût du moindre bruit.

– Dès que Saféris et Asis seront parties travailler, j'irai cacher ce trésor, dit-elle, le cœur battant. Tant qu'il restera entre mes mains, ma vie sera en danger de mort !

Mais à peine était-elle couchée qu'elle s'endormit. Elle lutta en vain contre le sommeil. Levée depuis l'aube, elle avait largement contribué au vol et au pillage de la tombe, ne ménageant pas ses efforts. Elle n'entendit même pas les enfants qui s'appelaient ni ses deux amies qui préparaient leur repas du matin, entrechoquant les ustensiles dans la cuisine, en plaisantant toutes deux sur le sommeil profond de Mélissa, se moquant de sa paresse.

– Je n'aime pas les fréquentations de Mélissa, dit Séfaris. Elle devrait trouver un emploi plutôt que de s'afficher avec des hommes douteux. Elle est très jeune et je redoute qu'il ne lui arrive malheur !

– Quelle histoire inventes-tu encore ? répondit Asis. Mange plutôt cette bouillie de lentilles et fais cuire ce pain. Nous allons être en retard.

Saféris huma ses bras parfumés et acheva de se tresser les cheveux. Bien qu'elle fût la plus âgée des trois, elle avait gardé la peau lisse. Ses grands yeux en amande apaisaient son entourage. Sa voix posée le rassurait.

– Écoute-moi et aide-moi, demanda-t-elle à Asis. Mélissa n'est qu'une tête sans cervelle !

– Je te le promets, lui répondit Asis, qui avait revêtu une robe moulante et orné sa peau de colliers et de bracelets dorés du plus bel effet mais sans grande valeur. Allons, cesse de te faire du souci pour Mélissa. Nous veillerons sur elle !

Toutes deux mangèrent de bon appétit des pois chiches, des pâtisseries réchauffées au four et des fruits frais, puis elles se servirent du lait et un bol de bière. Asis allait prendre un ballot contenant quelques provisions pour la journée quand un homme se présenta à la porte de la demeure.

– Qui est-ce à cette heure ? demanda Saféris en regardant par la petite fenêtre carrée. Il s'agit encore de ce Thébain qui s'est présenté hier ; Mélissa m'a demandé de le jeter dehors, mais je n'ai pas osé... Il fait partie de la garde du vénérable Anu.

– Veux-tu que nous le recevions ? Il m'a vue.

– Laisse-moi lui parler !

Saféris ouvrit la porte avec humeur et se planta devant l'homme, les mains sur les hanches.

– Nous sommes sur le point de partir ! dit-elle. Que veux-tu encore ?

– Je dois parler d'urgence à Mélissa. J'ai un message de mon maître.

– Alors laisse-le sur cette table. Mélissa le lira quand elle se réveillera.

– Mais mon maître est pressé et...

– Comment se fait-il que tu fréquentes ce scribe qui sort de prison ? Je t'ai vu hier avec lui. On raconte que c'est un pilleur de tombes ! demanda abruptement Saféris.

Le Thébain parut déconcerté.

– Que les déesses guident tes paroles et retiennent ta langue. Tu es trop bavarde, comme toutes les femmes !

– J'avais donc raison. Tu étais bien hier en compagnie de ce brigand ! Mais pourquoi voulez-vous voir Mélissa ?

Mélissa venait juste de se réveiller. Elle se demanda tout d'abord pourquoi son amie parlait si fort sur le pas de la porte, puis elle prit conscience de la situation.

– Par Rê, Anu s'est déjà rendu compte que son trésor avait disparu ! Il va me tuer !

Elle se leva, enfila une tunique, prête à fuir par la fenêtre de sa chambre.

« Je suis stupide, se raisonna-t-elle. Anu n'est pas encore retourné dans la vallée. Nous avions décidé de nous réunir ce matin chez lui. Il doit m'envoyer ses gardes. Il s'agit sans doute de l'un d'entre eux. Mais où vais-je dissimuler les bijoux avant de partir ? »

En entendant les pas d'Asis qui se rapprochait, elle se précipita dans son lit et tira la couverture jusqu'à son cou. Puis elle se retourna du côté du mur et fit mine de dormir profondément.

Asis entrouvrit la porte.

– Elle dort, dit-elle au garde. Elle trouvera ton message à son réveil.

– Il s'agit d'une convocation, ou plutôt d'une invitation...

– De qui ?

– Du noble Anu.

Saféris haussa les épaules.

– Les dieux obscurcissent mes idées. Je ne comprends plus rien ! Anu aurait-il l'intention d'embaucher Mélissa dans sa magnifique demeure ?

Comme le garde restait muet, Saféris l'invita à sortir. Elle tenait dans sa main le rouleau de papyrus.

– J'ai envie de lire ce message..., dit-elle à Asis.

– La correction nous l'interdit.

– J'agis pour le bien de Mélissa. Elle est plus jeune que moi et...

– Mélissa a mon âge. Tu la considères comme une adolescente ! Elle a pourtant exercé de nombreux métiers. Elle n'a pas besoin de nous ! Elle gagne souvent beaucoup plus d'argent que nous ! Grâce à elle, nous avons pu acheter ces meubles et des animaux de ferme qui nous sont bien utiles !

Saféris fit la moue.

– Précisément, dit-elle. En sais-tu plus que tu ne voudrais bien le dire ? Que me cachez-vous toutes les deux ?

Asis s'empara de son ballot.

– Rien. Je rentrerai quand le soleil chauffera Thèbes de tous ses rayons. Après une bonne sieste, je repartirai. Retrouvons-nous au coucher du soleil.

– Tu ne m'as pas répondu.

– Je n'ai rien à répondre, dit Asis en sortant. Cesse de te tourmenter à tort pour Mélissa.

Dehors, les enfants en bas âge, énervés par la chaleur, hurlaient ou pleuraient bruyamment. Tous manquaient de sommeil. Les vieux s'étaient déjà assis sur le pas de leur porte en regardant les plus jeunes partir au travail. Seuls les paysans prenaient le temps de discuter et de se concerter en attendant la crue du Nil. Chacun avait une idée sur le débordement du fleuve et sur l'importance des récoltes à venir. Un fonctionnaire alexandrin se trouvait déjà dans l'île éléphantine, à proximité du nilomètre qui permettait de connaître très exactement la hauteur du fleuve. Les renseignements circulaient de bouche à oreille parmi les cultivateurs anxieux et remplis d'espoir. Certains montraient leur impatience, la saison d'*akhit* pendant laquelle les travaux des champs étaient suspendus, étant favorable aux fêtes et aux réjouissances. La fête d'Opet, où la barque d'Amon sortait de son sanctuaire pour rejoindre le temple d'Hatchepsout, selon les anciennes coutumes, la fête de l'ivresse, qui se déroulait le premier jour du second mois d'*akhit,* comblaient déjà les esprits les moins enclins à travailler.

Les femmes s'occupaient des tâches ménagères, préparant les fêtes du nouvel an qui coïncidaient avec l'apparition de l'étoile Sôpdit. Dans deux jours commenceraient vraiment les festivités. Elles cuisaient des pâtisseries en forme de dieu Hâpi, partaient pour Thèbes acheter des cadeaux, confectionnaient elles-mêmes des vêtements ou des amulettes pour leurs époux et leurs enfants.

Les maisons ordinaires et pauvres s'ornaient des plus belles parures : pétales de fleurs multicolores, guirlandes de feuilles ou de vieilles étoffes attachées bout à bout. On faisait provision d'huile pour se frictionner la peau, de parfum pour s'en enduire la chevelure et de l'encens le plus pur, celui qui provenait des arbres à oliban qu'Hatchepsout avait autrefois fait rapporter du pays de Pount pour les replanter dans le domaine d'Amon. Chaque habitant tentait de faire pousser son arbre, n'y parvenant qu'au prix de soins attentifs.

Les servantes, rares dans ces modestes demeures, couraient chercher des lampes et des tabourets pour les réunions familiales. On s'échangeait des instruments de musique. On se cotisait pour louer les services de chanteurs et de danseuses. Les coutumes de l'époque d'Hatchepsout et de Thoutmosis semblaient avoir traversé les siècles, sans changement. Les villageois apportaient des offrandes aux prêtres dont la tâche était de les présenter aux dieux le premier jour de l'année.

Le trésor de la Reine-Cobra

Les hérauts du roi avaient transmis le message de Pharaon qui invitait les athlètes à se présenter aux prochaines Ptolemaieia qui se dérouleraient à Alexandrie. Comme tous les quatre ans en l'honneur de Ptolémée Sôter, les concours équestres, athlétiques, poétiques et musicaux se succéderaient, mêlant Grecs et Égyptiens dans des épreuves de haut niveau dignes des jeux Olympiques. Les Égyptiens qui possédaient des vignobles et des vergers versèrent sans réticence la taxe que Pharaon avait instituée pour l'entretien du culte d'Arsinoé Philadelphe. Ils avaient apprécié cette reine hors du commun que Pharaon pleurait encore. En ce nouvel an, on honorait les stèles et les statues de la reine défunte dont le roi avait fait graver l'effigie sur des pièces de monnaie. Une immense joie gagnait peu à peu les cœurs les plus tristes et les bâtisses les plus pauvres, comme si les dieux réunissaient tous les Égyptiens dans un bonheur égal pour fêter la culmination de l'astre Sôpdit.

6

Dès que la maison redevint silencieuse, Mélissa se glissa dans la pièce principale et s'empara du miroir argenté dont Asis s'était servi pour se coiffer.

– Je ressemble à ces épouvantails que les paysans placent dans leurs champs après avoir semé ! s'exclama-t-elle. Si je sors dans cet état, j'effraierai tous les habitants du village.

Elle se peigna vigoureusement les cheveux et les enroula en chignon, puis elle plaça sur eux un simple fichu blanc pour se protéger du soleil. Elle détacha la fibule dorée en forme de scarabée porte-bonheur qui retenait le haut de sa robe et la laissa choir à ses pieds. Elle entreprit de faire une brève toilette, se frictionna avec de l'eau parfumée et chercha dans un coffre une tenue pratique. Elle se hâta de se vêtir, mais, au moment d'enfiler ses sandales aux lanières de cuir, ses blessures lui arrachèrent des cris.

– J'ai les talons et la plante des pieds en sang ! Comment vais-je marcher avec ces chaussures qui vont frotter sur ces griffures et ces plaies ? J'étais tellement préoccupée, hier soir, que je n'ai rien senti.

Elle souleva le couvercle d'une large boîte en bois ciselé et détailla ses diverses sandales.

– Celles-ci n'ont aucune souplesse avec leurs lanières dorées qui écorchent l'orteil.

Elle les retira de leur rangement avec humeur, les retourna plusieurs fois entre ses mains puis les rejeta à l'intérieur, en vrac.

– Je ne peux tout de même pas me bander les pieds. Pour passer inaperçue, ce n'est certainement pas la bonne solution, sauf si...

Elle ôta sa ceinture. Le bas de sa robe descendit sous ses chevilles.

– Elle traîne à terre, mais elle cachera mes pansements.

Elle déchira un vieux foulard et enroula des bandes de lin autour de ses talons.

– Inutile de chercher à me chausser. Je marcherai ainsi !

Mélissa observa par la fenêtre si personne ne rôdait autour de la maison. Mais seuls passaient tranquillement des ânes chargés de victuailles conduits par leur maître à pied et des bandes d'enfants qui suivaient leur professeur pour un cours de géographie. Mélissa put ainsi sortir du ballot d'Anu les bijoux éclatant de couleur qu'elle admira une nouvelle fois. Elle les enfouit dans une cruche dont elle boucha l'ouverture avec un chiffon épais.

– Si je rencontre quelqu'un, tout laisse penser que je vais chercher du lait ou de l'huile.

Elle partit en direction du Nil, qu'elle longea. Puis elle obliqua sur la droite et suivit un chemin poussiéreux bordé d'herbes jaunies. Les champs se trouvaient à proximité.

– Il est temps que le fleuve déborde ! souffla-t-elle en posant pendant quelques instants sa cruche à terre. Il fait si chaud ! Vénérable Hâpi, rends, cette année, la terre fertile jusqu'aux limites du désert !

Elle arriva devant quelques maisons isolées et évita les enfants qu'elle connaissait qui jouaient au milieu des oies et des chiens. Elle contourna l'ancien temple de Ramsès II et se dissimula derrière l'un des piliers. Puis elle se hissa jusqu'à une niche placée en hauteur et hésita à y laisser la cruche.

– Personne ne vient jamais ici, dit-elle. Cet endroit est envahi par les herbes.

Elle redescendit et s'éloigna en hâte. Prenant conscience qu'elle avait oublié de lire le message d'Anu, elle décida de traverser le fleuve au plus vite.

– Anu va m'attendre, et il n'aime pas cela. Que les dieux me protègent !

Elle se dirigea de nouveau vers le fleuve gris. Les rais du soleil miroitaient sur la surface agitée. Les Thébains s'activaient sur les felouques, multipliant le nombre de traversées. Ils brandissaient leurs longues perches qu'ils enfonçaient dans la vase et poussaient de toutes leurs forces pour dégager les bateaux du bord du Nil envahi de roseaux.

– Attendez-moi ! cria Mélissa en relevant le bas de sa robe pour mieux courir.

Elle sauta dans l'embarcation et promit au passeur de lui donner une ration d'orge à la fin du mois. Quand elle arriva sur l'autre berge, l'un des gardes d'Anu lui évita de louer une litière.

– Quelle chance ! lui dit-elle en frissonnant et en se forçant à lui sourire. Aribis !

Mais le garde demeura impassible et froid. Elle monta dans la litière et se laissa porter vers la sortie de la ville, là où se trouvaient les demeures les plus vastes. Ils pénétrèrent dans un jardin imposant. La façade de la maison d'Anu ressemblait au pylône d'un temple. Des scènes de chasse y étaient gravées dans la pierre ocre. Au-dessus de cette façade veillaient des soldats dont on apercevait les lances qui s'argentaient au soleil. Ils en pointèrent le bout vers Mélissa qui descendit de litière.

– Doucement ! dit-elle. Je ne viens pas ici en ennemie !

Sans lui adresser la parole, Aribis lui fit signe d'avancer promptement jusqu'à la salle de réception aux colonnes papyriformes d'un diamètre impressionnant. Les chapiteaux semblaient avoir été choisis dans les temples de Karnak ou de Louxor. Anu trônait sur un fauteuil à l'assise large et aux accoudoirs d'or.

– Mélissa, enfin ! dit-il en souriant. Avance par ici !

– Mais où sont les autres ? demanda-t-elle, inquiète.

– Ils vont arriver. Tu m'as habitué à plus d'élégance, mais tes yeux pétillants te donnent cette allure sauvageonne que j'apprécie tant chez toi ! dit Anu en se montrant plus tendre que la veille et en s'approchant de la jeune femme.

– Laisse-moi, Anu ! protesta-t-elle. Fais-moi plutôt servir du vin grec. J'ai très soif. L'air chargé de sable m'a desséché la gorge.

Anu fit signe à l'un de ses serviteurs qui avait revêtu une tenue grecque de s'exécuter. Lui-même portait une tunique drapée blanche qui blousait au-dessus de sa ceinture.

– Je ne t'ai pas suffisamment remerciée pour ton aide, charmante Mélissa, ajouta Anu en passant ses doigts osseux sur la nuque de la jeune Égyptienne.

– Mon aide ? demanda Mélissa, troublée de ne pas voir leurs complices arriver.

– Pourquoi trembles-tu ainsi ?

– Je n'ai guère dormi...

– Tu possédais les plans de cette tombe...

– Parce que mes ancêtres ont travaillé à son ornementation. Mais elle était tellement ordinaire qu'il n'était guère utile d'en avoir les plans pour se mouvoir à l'intérieur !

– Nous n'aurions pas su qu'elle était habitée par les chauve-souris ! Nous avons été agressés d'une belle manière et cet endroit est une puanteur !

– Je l'ai appris en entendant les gens parler autour de moi.

– Les Égyptiens sont des bavards. Mais aucun d'entre eux n'avait dégagé l'entrée de la tombe pour y pénétrer !

– Heureusement pour nous, répondit Mélissa en regardant vers la porte d'un air désespéré.

– Que cherches-tu ? demanda Anu en lui prenant les mains.

– Quand vont-ils arriver ?

– Bientôt. Je voulais te parler en tête à tête et te dire combien j'ai prié les dieux pour que la divinité t'accordât la prospérité dans ce monde terrestre. Tu es habitée par le feu, mais ton visage dégage une douceur d'enfant.

Anu plongea ses yeux durs dans les siens. Elle frissonna, ne sachant s'il se montrait sincère. « J'ai l'impression qu'il me devine, qu'il sait que je l'ai trompé », se dit-elle en s'efforçant de ne pas baisser les yeux.

– Allonge-toi, mets-toi à l'aise. Mes servantes vont te rafraîchir et te masser les pieds.

« Il voit tout. Il entend tout », se dit encore Mélissa.

– Eh oui ! par Osiris tout-puissant qui pèse les âmes des défunts, nous avons beaucoup peiné hier, ajouta Anu en regardant les pieds de Mélissa qui dépassaient de sa robe. Laisse-toi soigner.

La jeune femme hésita à s'étendre sur le lit de repos. Trois servantes apportèrent aussitôt des cruches et des coupes. Elles défirent les bandes ensanglantées qui entouraient ses talons et nettoyèrent les plaies. Anu s'assit de nouveau sur son fauteuil et dégusta une coupe de vin miellé. Il observait en se taisant. Le silence se fit menaçant. Les gardes avaient croisé leurs lances devant la lourde porte de bois. Anu n'avait pas invité les musiciens et les danseuses à fouler de leurs pas cadencés le sol de la pièce. Le parfum qui fondait des cônes que les servantes avaient placés sur leur tête écœura presque Mélissa. Elle se serait bien endormie sur le lit si l'inquiétude ne s'était emparée de son être. « Qu'ai-je fait ? se dit-elle en fermant les yeux. Où avais-je donc la tête hier soir ? Je savais pourtant qu'Anu était un homme puissant et que son maître l'était plus encore. Je ne puis remonter le temps. Je dois maintenant assumer mes actes jusqu'au bout. »

– Tu restes bien silencieux, dit-elle en rassemblant son courage. Ce n'est guère ton habitude...

Anu exprima un semblant de sourire qui tenait plutôt d'une grimace crispée.

– Allons, sers-toi, Mélissa, insista-t-il. Choisis l'un de ces fruits !

Quand la jeune femme lui eut obéi et qu'elle se fut laissée masser, il s'assit à côté d'elle sur le lit de repos. Elle se poussa légèrement, redoutant ses avances, mais il ramena le pan de sa tunique sur ses jambes avec beaucoup d'élégance, sans paraître agressif. Il sembla admirer les bagues qui ornaient presque tous ses doigts, manifestement absorbé par d'autres préoccupations.

– Où étais-tu cette nuit ? demanda-t-il sans quitter ses mains des yeux.

Mélissa fut pétrifiée. Elle ouvrit les lèvres, mais aucun son ne sortit. Anu la regarda sévèrement.

– Cette... nuit ? bafouilla-t-elle en avalant sa salive. Que veux-tu dire ? Je me trouvais avec vous. Je ne comprends pas ta question.

– Tu as parfaitement compris, Mélissa. Tout le monde a caché son butin. Mais toi, où étais-tu ?

– J'ai fait comme les autres, dit-elle en retrouvant de l'assurance. Pourquoi ?

– Parce que personne ne t'a vue. Quand j'ai embarqué pour la rive est, nos amis m'ont rejoint et nous avons décidé de nous retrouver cet après-midi plutôt que ce matin à l'aube. Tout le monde était las, très las. Voilà pourquoi tu ne les vois pas dans cette pièce. Ils se reposent. On t'a attendue. Certains t'ont cherchée et sont même allés frapper à ta porte. La mine chiffonnée et les paupières gonflées par le sommeil, Asis nous a répondu que tu devais te trouver dans ta chambre. Mais quand elle a ouvert la porte, quelle ne fut pas sa surprise de trouver ton drap parfaitement plié sur ton lit. Afin de ne pas l'inquiéter et de ne pas soulever sa curiosité, car les femmes fouinent toujours là où il ne faut pas, nous lui avons dit que tu devais encore chanter près du temple d'Hatchepsout.

– J'ai mis beaucoup de temps pour trouver une cachette qui me convienne, je le reconnais, répondit Mélissa.

Anu lui sourit une nouvelle fois. Il ne la croyait pas.

– Tu connais la Vallée mieux que personne. Je pense, au contraire, que tu as dissimulé ton butin la première.

– Non. Je voulais être sûre de mon choix. Ensuite, j'ai été entraînée par une bande de Thébaines et j'avoue avoir pris plaisir à danser en leur compagnie. Sirius resplendissait et annonçait des jours meilleurs.

– Danser ? Avec des pieds en sang et des chevilles écorchées ? dit-il en remontant le bas de sa robe.

Mélissa rougit.

– Mes pieds étaient échauffés. Je ne sentais pas la douleur. Et puis j'étais heureuse que notre entreprise ait réussi !

– Je t'ai pourtant quittée bien fatiguée ! Ainsi donc, une frêle jeune femme serait plus robuste que mes gardes du corps ! Quand nous sommes passés près du temple d'Hatchepsout, de faibles feux brûlaient encore sur les terrasses. Les prêtres et les personnages officiels avaient quitté l'étage supérieur, qui était plongé dans la pénombre. Seuls des rires lointains nous parvenaient. Plus personne ne dansait devant le temple. Les Thébains regagnaient la ville sur des barques illuminées aux sons des castagnettes et des luths. Notre scribe a emprunté la dernière embarcation. Et toi, Mélissa, où donc te trouvais-tu ?

La jeune femme se leva et se rapprocha de la porte en boitant.

– Cesse de me harceler, Anu. Je ne sais pas ce que tu cherches.

– Je me demande si tu es seulement rentrée chez toi cette nuit. Si tu avais trouvé mon message, tu ne te serais pas présentée chez moi ce matin. Le garde que j'ai envoyé à el-Gournah aujourd'hui même prétend ne pas t'avoir vue. Il t'a attendue sur l'autre rive comme je le lui avais demandé.

– Ne te tourmente pas ainsi, Anu, dit Mélissa. Je n'ai pas lu ton message parce que je ne l'ai pas trouvé. Maintenant, tes questions me fatiguent. Je n'ai rien à cacher et n'ai aucun compte à te rendre. Je ne reviendrai pas cet après-midi. Dis-moi ce que tu as décidé. Quand pourrons-nous reprendre nos butins pour faire fondre l'or et en extraire les pierres précieuses ? Qu'allons-nous faire du mobilier en bois ?

– Je préfère que tu restes là jusqu'à ce que Rê brille au plus haut dans le ciel. Nous traiterons ensemble de ces sujets et nous nous soumettrons aux décisions de la majorité.

Mélissa se mit à rire en renversant la gorge.

– Anu ! Depuis quand écoutes-tu les avis d'autrui ? Tu as déjà décidé ce que nous allons faire ! Autant me le dire tout de suite ! Ton maître, ce maître mystérieux que tu n'évoques que comme un dieu, régente tout. Pourquoi changerait-il ses habitudes ?

– Je n'apprécie guère que l'on me mente, Mélissa, dit Anu en faisant un signe à ses gardes. J'en suis peiné. Je t'ai laissé une chance de me parler en tête à tête...

Sentant le danger, Mélissa recula de nouveau vers la porte.

– Que prépares-tu contre moi ? ajouta Anu. Espérerais-tu recevoir la fabuleuse récompense que Pharaon a promise à tous ceux qui révéleraient l'identité des pilleurs de tombes ? J'ai bien réfléchi. Je trouve que ton attitude a changé. Je te faisais confiance. Maintenant,

Horus vient me visiter chaque nuit en me murmurant à l'oreille de prendre garde à toi. Or, on m'a enseigné qu'il fallait étudier ses rêves. J'en ai parlé au devin. Il m'a confirmé qu'une femme menaçait ma vie et celle de mes amis.

– Je ne t'ai jamais donné l'occasion de te plaindre de moi. Jamais ! Pourquoi souillerais-je la bière fraîche ? J'y goûte et elle me plaît. Quel avantage en tirerais-je ? Une récompense médiocre en comparaison de la fortune que nous amassons !

– Malheureusement, je ne puis prendre de risques. La belle Héléna, la compagne d'Alexandros que l'on dit fils de Pharaon, a lancé depuis l'aube un avis de recherche pour retrouver une jeune femme qui répond en tout point à ta description. Elle en a même fait circuler le portrait dessiné sur des morceaux d'ostraca et des rouleaux de papyrus.

Mélissa s'étonna d'une telle information. Elle n'avait jamais entendu parler de cette Héléna.

– En as-tu un en ta possession ? demanda-t-elle à Anu.

Le vieil homme déroula un papyrus que lui tendait un scribe.

– Avoue que tu lui ressembles ! La vénérable Héléna a sans doute employé le meilleur de ses peintres pour réaliser ce portrait.

Mélissa resta médusée. Elle ne comprenait plus.

– Ce ne peut être qu'une coïncidence, dit-elle en laissant échapper le rouleau de ses mains. Cette femme me ressemble, je le reconnais. Mais ce n'est pas moi. Je n'ai jamais rencontré la compagne de cet Alexandros de toute ma vie !

– Alexandros a pourtant promis une somme importante à qui l'aiderait dans ses recherches. Il faut donc qu'il tienne à te retrouver ! Travailles-tu pour lui ? Te donne-t-il des sacs de céréales et des bijoux pour obtenir des informations sur nous ?

Comprenant qu'Anu ne céderait pas et que les gardes allaient s'emparer d'elle, Mélissa se jeta sur la porte qu'elle ouvrit d'un geste prompt. Oubliant ses blessures, elle courut dans le couloir, passa de salle en salle, sauta par une fenêtre et se réfugia dans le jardin.

– Où est-elle ? demanda Aribis en plantant sa lance dans la terre.

Il interrogea les domestiques qui nettoyaient les statues grecques et égyptiennes encadrant l'entrée.

– Nous ne l'avons pas vue sortir, dirent-ils. Elle doit encore se trouver à l'intérieur.

– Elle ne peut donc nous échapper ! Encerclons la maison. Les ordres d'Anu sont clairs : Mélissa doit achever son existence terrestre et rejoindre l'au-delà avant le coucher de Rê !

7

Mélissa plaça sa main devant sa bouche pour que le garde ne l'entendît pas respirer. Elle ne parvenait pas à croire ce qu'elle venait d'entendre. Ainsi donc, Anu souhaitait sa mort. Qui le lui avait ordonné ? Ce personnage inconnu qui dirigeait tout ? Qui était-il ? Un homme politique, un haut fonctionnaire, un vizir, un prêtre ? Mélissa devait fuir le plus loin possible. Elle regarda à travers les branches du buisson et ne vit que des hommes qui lui tournaient le dos, occupés à contrôler les portes et les fenêtres de la vaste demeure d'Anu. Les jardiniers les observaient, un outil à la main, prêts à intervenir si le besoin se faisait sentir.

Mélissa avança de buisson en buisson en prenant garde de ne pas faire mouvoir ou bruire les feuilles. « Un simple faux pas et je suis morte ! », se dit-elle avec effroi. Elle arriva au bord de l'allée centrale. Un espace découvert menait à des sycomores centenaires. Après avoir regardé à droite et à gauche, elle courut rapidement en se courbant pour éviter de se faire remarquer. Quand elle se fut cachée derrière un tronc, elle constata avec soulagement que personne ne l'avait vue. «Je dois quitter cette souricière en escaladant le mur.» Elle y parvint avec l'agilité d'un chat. Puis elle continua sa course jusqu'au fleuve. Elle emprunta une embarcation et demanda au passeur de descendre le fleuve le plus rapidement possible.

– Je te paierai, lui dit-elle.

D'abord réticent, le Thébain observa ses vêtements déchirés et ses cheveux défaits.

– J'ai les bras et les pieds écorchés. Je ne porte pas de ceinture. Ma robe est en lambeaux et je ne ressemble plus à une femme décente. Pourtant, crois-moi, je promets de te donner plus que tu ne gagnes en un mois !

Comme le passeur hochait la tête, dubitatif, elle enleva sa bague et la lui proposa.

– Je te la donne en gage, mais tu me la rendras dès que je t'aurai payé, car j'y tiens. Vas-tu donc te décider à mettre ta voile et à partir ?

– Allons-y ! dit le passeur en retrouvant le sourire. Si tu ne tiens pas ta parole, j'échangerai au moins ces turquoises et cet or contre des vêtements et des victuailles.

Le Thébain monta sa voile en s'encourageant de la voix. Mélissa se leva pour l'aider. Une petite brise s'y engouffra bientôt, la gonflant suffisamment pour leur donner de la vitesse. Rê écrasait sans pitié la région de sa puissance indomptable. «Que m'arrive-t-il ? se dit Mélissa en prenant soudain conscience qu'elle était en danger de mort. Vais-je me réveiller d'un cauchemar interminable ? Amon bien-aimé, dieu de Thèbes, avec ta parèdre adorée, et toi Sérapis, dieu alexandrin, aidez-moi ! Donnez-moi la force de fuir loin de cette ville où je vivais heureuse. Trompez mes ennemis pour qu'ils ne retrouvent pas ma trace ! Protégez-moi ! »

*

Quand la barque eut accosté sur la rive des morts, le passeur réclama son bien.

– Attends-moi là, je n'en ai pas pour longtemps, lui répondit Mélissa. Tu vas me conduire loin d'ici.

L'homme la retint par le bras.

– N'oublie pas que je possède ta bague. Si tu cherches à me rouler, je partirai en emportant ce bijou que je revendrai aujourd'hui même !

– Attends-moi, te dis-je ! Tu gagneras ta journée !

Mélissa rassembla les plis du bas de sa robe et sauta à terre. Elle courut vers le village qu'elle traversa à toute vitesse, sous le regard somnolent des vieillards assoupis à l'ombre d'une tonnelle ou sous un arbre. Elle pénétra chez elle comme un tourbillon.

– Mélissa ! cria presque Asis qui venait d'arriver. Où étais-tu ? Je dois te parler avant de repartir. J'avais l'intention de faire une sieste, mais il serait urgent de...

– Asis, je n'ai pas le temps de parler. Il faut que tu m'aides !

Elle saisit son amie par les épaules.

– Que se passe-t-il encore ? Je t'avais bien dit que fréquenter ces pilleurs de tombes ne t'apporterait rien de bon !

– Ma vie est menacée, Asis ! On cherche à me tuer ! Protège-moi !

Prenant soudain conscience que son amie ne pourrait rien pour elle, Mélissa se précipita dans sa chambre.

– Laisse ! Mieux vaut que tu ne saches rien ! Je vais écrire un message à ma sœur Nertari qui habite à Chypre. Elle est riche et puissante. Elle m'hébergera et me protègera. Apporte-moi un calame et de l'encre et laisse-moi pendant quelques instants.

Asis s'exécuta. Mélissa se concentra et écrivit maladroitement :

Sœur bien-aimée, les dieux m'ont conseillé de t'écrire depuis longtemps, mais je n'ai jamais trouvé les mots pour te dire combien tu me manquais et combien je regrettais que nous ne nous voyions plus. Dix ans sont passés. C'est trop long et...

– Non, je n'y arriverai pas. Je ne sais ce que Nertari pense de moi. Elle a réussi sa vie. Elle mène une existence respectable. Elle me rejettera. Je dois sortir de cette mauvaise passe par mes propres moyens. J'irai moi-même la trouver à Chypre pour lui expliquer.

Elle laissa le message inachevé dans son coffre à bijoux après en avoir pris le contenu, s'empara de deux robes, enfila des sandales et appela Asis.

– Je pars, Asis. Ne me retiens pas ! Je t'informerai dès que je le pourrai. Peut-être reviendrai-je un jour ici.

– Mais où pars-tu ? Raconte-moi tout. On trouvera une solution !

– Non, Asis.

Mélissa l'embrassa et la serra tendrement dans ses bras. L'instant d'après, elle était dehors, marchant aussi vite que possible en direction du temple de Ramsès II où elle avait caché son butin. Elle en plaça une partie dans un panier en osier, comme s'il s'agissait de nourriture et courut vers le bateau.

– Me voilà, dit-elle au passeur en reconnaissant au loin la voile rouge et blanche de l'embarcation d'Anu. Tiens, prends déjà ce bracelet sans poser de questions et vogue en direction d'Alexandrie. Vite !

8

La petite ville de Paphos, située au bord de l'eau, en face d'Alexandrie, sur l'île convoitée de Chypre, s'éveillait à peine. L'eau portait encore les couleurs argentées de l'aurore. Les vagues presque silencieuses déposaient leur écume sur les rochers ocres. La crique, qui aurait vu la naissance de Vénus sortant des flots, se laissait doucement baigner par le liséré des vaguelettes échouant avec peine sur le sable. Les habitants des villages voisins ou de la montagne toute proche aimaient se prélasser dans l'eau pure.

Derrière le port de Paphos où tanguaient quelques barques, de somptueuses villas témoignaient de l'aisance de ses habitants. Beaucoup s'étaient enrichis en exportant du cuivre, en vendant leur vin dans le monde entier ou en soignant leurs vergers. Tout respirait la prospérité et le bien-être.

Paphos possédait son théâtre, sa place publique, son marché, son gymnase et ses écoles. Mais l'architecture, les ornements, les colonnes, les frontons rappelaient que de nombreux Égyptiens d'origine grecque habitaient l'île.

Un messager égyptien, vêtu d'une tunique courte et de sandales grecques, longea le bord de mer sur son cheval à vive allure et emprunta une allée sableuse jusqu'à l'entrée de la ville. La place du marché battait son plein, les Chypriotes ayant coutume de se lever tôt.

– Laissez-moi passer, cria-t-il. Je cherche la maison de Rhodopis…

– C'est la première, lui dit un Chypriote en tendant le bras vers un important domaine. Juste là !

L'Égyptien le remercia et mit pied à terre.

– Je dois remettre un message urgent à l'épouse de Rhodopis, dit-il au garde qui protégeait l'entrée.

– Qui es-tu ?

– J'ai fait un très long voyage dans un minimum de temps et je suis épuisé. Je viens d'Alexandrie.

– Qui t'envoie ?

– Une femme que je ne connaissais pas, mais qui m'a grassement payé. Elle s'appelle Mélissa. Si je remplis ma mission, je recevrai au retour la même somme qu'à l'aller !

– Je ne connais pas de Mélissa, répondit le garde en faisant un geste à l'un des serviteurs qui s'activaient dans le jardin, arrosant, portant des cruches, taillant les arbustes, enlevant les fleurs sèches, répandant sur l'allée de l'eau fraîche ou préparant les tonnelles dans un fourmillement d'activités diverses.

– Penses-tu que l'épouse de Rhodopis se trouve actuellement chez elle ?

– Je ne l'ai pas vue sortir ce matin.

Il s'adressa au serviteur en lui parlant grec. Le messager ne saisit pas la totalité du discours, mais il attendit patiemment que le serviteur fût parti aux renseignements. Quand il revint, une femme l'accompagnait. Elle avait manifestement été surprise dans son sommeil et avait juste passé une tunique drapée à la hâte. Elle avait relevé ses cheveux d'un geste à l'aide d'un peigne en ivoire. Elle pressait le pas, soucieuse du message qu'on lui apportait.

Le messager trouva son attitude élégante et sa démarche gracieuse. Mais plus elle se rapprochait, plus il fut pris de stupeur.

– Les dieux m'envoient un songe, dit-il. Suis-je éveillé ?

La jeune femme le salua et tendit le bras pour lire le rouleau de papyrus.

– Mélissa ! s'exclama le messager. Tu t'es donc moqué de moi. Que signifie tout ceci ?

La jeune femme sourit.

– Je ne suis pas Mélissa, répondit-elle, mais sa sœur jumelle. Où se trouve-t-elle ?

– Elle fait route vers Alexandrie et s'apprête à embarquer.

– Pour Chypre ?

– Je ne le sais pas. Elle m'a juste dit de te remettre ce pli. Elle attend ta réponse.

– Je n'ai pas vu ma sœur depuis de longues années. Que se passe-t-il donc ? Elle ne vit plus à Thèbes ?

– Je ne la connais pas, répondit le messager. Elle m'a juste embauché pour porter ce message.

Il la contemplait stupidement.

– En vous comparant, il est vrai que vous vous ressemblez physiquement, mais vous vous comportez différemment. Mélissa ne s'exprime pas comme toi. Son langage est plus... ordinaire. Elle ne s'encombre pas de formules de politesse !

– Peut-être ne mène-t-elle pas notre train de vie. J'aurais tellement voulu l'aider, mais elle s'y est toujours opposée !

– Que se passe-t-il ? demanda Rhodopis en rejoignant son épouse.

– Une lettre de Mélissa. Elle...

Mais un policier les interrompit.

– Nertari, dit-il, nous avons une bien mauvaise nouvelle à t'apprendre. Une dénommée Mélissa qui t'est, je crois, apparentée, a été tuée à Alexandrie. Heureusement, son jeune ami se trouvait dans la ville égyptienne avec elle. Sinon, personne n'aurait eu idée de t'informer. Voici le message.

Se rendant compte que Nertari pleurait, le policier se tut.

– Puisse Serapis t'aider dans cette épreuve, murmura-t-il.

Nertari se retourna vers son mari et se laissa aller entre ses bras.

– Ma pauvre Mélissa ! dit-elle. Que s'est-il donc passé ?

Ne sachant quelle attitude adopter et se désolant de ne pas recevoir la récompense qu'on lui avait promise, le messager égyptien confia la lettre de Mélissa au garde avant de quitter les lieux.

– Je dois partir pour l'Égypte ! décida soudain Nertari. On nous raconte que ma sœur a été tuée. Je ne puis le croire. Je dois en avoir le cœur net !

Son mari la retint.

– Le voyage est bien long jusqu'à Alexandrie et je ne peux laisser mes paysans seuls. Tu sais combien il est impératif de les surveiller et de diriger le travail. Nous avons des champs et des vignes...

Nertari l'interrompit.

- Je ne te demande pas de m'accompagner. J'ai juste l'intention de faire un aller et retour mais je dois savoir ce qui s'est passé. Je me sens fautive d'avoir ainsi laissé ma sœur sans lui donner de nos nouvelles, sans l'inviter à Paphos.

- Oublierais-tu qu'elle n'a jamais répondu à tes lettres ?

Rhodopis semblait un peu plus âgé que son épouse. Il avait le crâne presque rasé. Ses gestes avaient beaucoup d'allure. Après avoir exercé la fonction d'avocat et avoir fait fortune, il avait acheté des terres et gérait maintenant son domaine.

- La lettre ! Je n'ai pas lu celle de Mélissa !

Elle chercha des yeux le héraut égyptien.

- Il est reparti, lui dit le garde en lui tendant le message.

Nertari le déroula et le lut à haute voix.

- Tout cela est bien laconique. On dirait des mots écrits à la hâte. Pourquoi Mélissa m'écrivait-elle qu'elle avait besoin de nous alors qu'elle ne nous a jamais dit ce qu'elle faisait ? Nous savons tout juste qu'elle habitait à Thèbes.

Rhodopis s'empara du papyrus et le relut comme s'il cherchait à deviner ce qui se cachait entre les lignes.

- Voilà bien des mystères, par tous les dieux !

Le policier, qui s'était mis en retrait pour laisser les époux se concerter, s'avança de nouveau vers eux et leur donna des explications.

- Mélissa serait morte noyée. Son ami a prévenu les autorités alexandrines. Il prétend que des tueurs les ont poursuivis pendant plusieurs jours. Mélissa l'avait rejoint à Memphis où il faisait escale, de retour d'une expédition. Tous deux ont gagné Alexandrie pour s'y réfugier. Mais Mélissa est partie sans le prévenir au petit matin. Il pense qu'elle avait pressenti un danger.

– Pourquoi Mélissa n'a-t-elle pas prévenu la police ?

– Nous ne le savons pas. En réalité, nous avons juste retrouvé les restes de sa barque. Seul un bijou de grande valeur a été retrouvé au fond de l'eau, mais son ami affirme ne l'avoir jamais vu.

– Et rien d'autre ? demanda Rhodopis.

– Non. Les Thébains doivent enquêter sur place, interroger ses amis, les gens qu'elle fréquentait, pour savoir si Mélissa n'aurait pas volontairement mis fin à ses jours.

– C'est impossible ! Il faudrait qu'elle eût vraiment beaucoup changé ! Je veux aller là-bas, affirma Nertari en regardant son mari. Je veux voir où elle habitait, comment elle vivait, qui étaient ses amis. Je la croyais mariée et mère de famille. Peut-être même est-elle encore en vie ! Cette barque appartenait sans doute à quelqu'un d'autre...

– La police alexandrine est catégorique. On a retrouvé sa tunique flottant au milieu des roseaux. Sa robe a dérivé jusqu'au bord du fleuve. La fibule qui la tenait attachée à l'épaule a échoué au fond du Nil. Peut-être Mélissa s'est-elle débattue dans la barque avant qu'on ne la tue.

– Tout cela est morbide, dit Rhodopis.

– Veux-tu que je demande aux policiers alexandrins de t'accueillir dès ton arrivée dans le port ? suggéra le policier à Nertari. Si tu ne connais pas le pays, tu seras perdue.

– Je partirai avec quatre domestiques égyptiens qui ont autrefois servi mes parents et qui ont connu

Mélissa enfant. J'ai entièrement confiance en eux. Ils sont assez âgés pour susciter le respect, mais pas assez vieux pour souffrir des fatigues du voyage.

– J'écrirai moi-même au responsable de la sécurité de Pharaon. Il a vécu à Chypre. Je suis sûr qu'il t'accueillera avec les plus grands égards, lui dit son mari.

– Je souhaite surtout arriver à Thèbes par le fleuve le plus vite possible.

– Laisse-moi préparer ce voyage, dit Rhodopis. Nous allons attendre la réponse de mon ami qui te conduira sur les lieux de l'accident, puis à Thèbes.

– Mais je ne peux attendre !

– Fais-moi confiance. Je vais m'en occuper tout de suite.

Le policier prit congé en réitérant ses condoléances. Un brouhaha assourdissant couvrait maintenant les voix du couple. Les roues des chars grinçaient dans un tintamarre épouvantable. Des marchands ambulants installés le long de l'allée, à l'ombre des arbres, appelaient les Chypriotes, leur proposant des foulards, des olives, des capes.

– Rentrons, dit Rhodopis en prenant sa femme par les épaules. Nos voisins pourraient s'étonner de ta tenue.

– Tu as raison, répondit Nertari en jetant un regard désespéré vers la mer comme si elle regrettait de n'avoir pas fait le voyage pour l'Égypte avant.

Des bateaux arrivaient au port. L'azur se mêlait à l'horizon de la mer d'un bleu pur uniforme. La ville épousait la courbe du rivage. Les habitants de Paphos paraissaient toujours heureux. A quelques pas de là, la nécropole s'étendait, elle aussi au bord de l'eau, sur un promontoire au sable doré. De nombreux nobles y avaient fait aménager leur tombeau de famille.

Tandis qu'ils rentraient tous deux, l'âme triste, Nertari suggéra d'enterrer le corps de sa sœur à Paphos.

– Ce sera la première à continuer sa vie dans l'Au-Delà dans la tombe commune. Nous l'y rejoindrons un jour.

– Douce Nertari, lui dit Rhodopis. Je t'aime tant !

9

Alexandros prit ses aises. Étendu sur une natte à l'ombre d'un palmier aussi large que haut, il rêvassait en se laissant bercer par la légère brise tiède venant du désert. Le pharaon Ptolémée avait mis cette demeure princière à sa disposition pour son séjour à Thèbes.

Autour de lui s'activaient de jeunes Égyptiennes nues et couvertes de bijoux, qui l'éventaient avec des palmes et des plumes d'autruche. Elles passaient sans bruit derrière lui, se croisant sans l'effleurer, répandant des senteurs au-dessus de son corps, jetant des pétales odorants sur l'herbe et les bosquets alentour. La surface de la mare près de laquelle était allongé Alexandros frémit. Les deux cygnes blancs ouvrirent leurs ailes comme pour s'envoler puis les replièrent, reprenant leur position initiale. Deux cygnes noirs s'avancèrent vers eux, entamant une valse érotique.

Héléna apporta une corbeille de fruits et s'assit contre Alexandros, les jambes repliées sur le côté.

– Voilà bien longtemps que je n'avais pas vu tant de sérénité sur tes traits. Ton visage est détendu, apaisé.

– Sans doute parce que mon père le pharaon Ptolémée ne me harcèle plus avec ses questions de succession. Il m'écrivait sans cesse qu'il se sentait souffrant et qu'il devait désigner l'Héritier, celui qui prendrait sa place sur le trône d'Égypte.

– Il veut surtout que ce soit toi, dit Héléna avec fierté en relevant le menton.

– Par Horus, son idée me semble bien audacieuse. J'y étais d'abord hostile car ma mère n'avait pas de sang royal dans les veines. Elle n'avait pas le pouvoir d'une Grande Épouse ! J'avoue avoir ensuite envisagé la perspective de régner sur ce pays que je commence à connaître. Je vois tout le bien que je pourrais y faire. J'allégerais l'administration, trop lourde. Je donnerais des ordres pour que les Égyptiens ne se sentent pas brimés par les Grecs installés en grand nombre dans le nord du pays. Même si la langue officielle est le grec et si la plupart des documents sont écrits en grec, j'estime juste de les traduire dans la langue d'ici. J'ordonnerais aussi de multiplier les canaux...

– Le Nil a largement débordé cette année. Depuis que le fleuve a quitté son lit, il fait un peu moins chaud. Mais tant d'aménagements seraient nécessaires pour lutter contre ses crues dévastatrices et favoriser l'irrigation des champs pendant la saison la plus torride !

– Pharaon devrait quitter son palais d'Alexandrie et remonter le Nil jusqu'ici plus souvent. Il comprendrait comment vivent les Égyptiens, ce qu'ils ressentent, saurait quels moyens mettre en œuvre pour accroître les richesses de ce pays. Il verrait aussi comment les petits fonctionnaires de village se laissent corrompre, comment les paysans cultivent et vendent parfois des denrées dont l'État devrait avoir le monopole. Les ruches se multiplient par ici alors que le dioécète a seul le droit de décider de la vente du miel et de son prix. Des produits rares en Égypte sont exportés même si les ordres de Pharaon ont été formels sur ce point. Il est interdit de dépouiller le pays de ce qui lui manque et, tant que Pharaon ne revient pas sur ses instructions, chacun doit s'y plier, sous peine d'être emprisonné !

– J'ai moi aussi décelé beaucoup de laisser-aller et je redoute que de nouvelles émeutes ne surviennent dans cette région. Des Égyptiens risquent de se soulever contre les Grecs. Pharaon a pourtant récemment souffert de complots ourdis contre le pouvoir en place. Nous en avons tous pâti. Tu vois bien, Alexandros, que tu es fait pour régner. Ton charisme et ta clairvoyance, ton intelligence et ta générosité soulèveront les vivats de la foule.

– Mais Pharaon a un héritier qui grandit. Je suis enfin apaisé car le roi ne me demande plus de prendre sa succession. Son médecin le dit en pleine santé. Il passe parfois de tristes heures de solitude lorsqu'il songe à Arsinoé qu'il aimait tant, mais Bellistiché sait le distraire et raviver ses sens.

Héléna baissa la tête, pensive. Elle triturait la chaîne en or qui entourait ses chevilles d'un geste machinal.

– Notre petite enquête sur ton amie n'a rien donné, lui dit Alexandros en riant. Tu t'es sans doute trompée !

– Mais non ! Comment oublier un visage familier ? Nous avons partagé tant de bons moments !

– Tu l'as connue enfant. Elle a vieilli et il faisait sombre. En outre, tu ne l'as vue qu'à la lueur des torches !

– Je le reconnais. Mais je suis sûre de moi et je regrette de ne pas l'avoir retrouvée. Peut-être était-elle de passage à Thèbes pour les fêtes des dieux guérisseurs. Je ne vais pas lancer un avis de recherche dans toute l'Égypte ! Il m'aurait cependant plu de la revoir, de parler avec elle plus longuement...

– Avoue aussi que l'idée de lancer un avis de recherche dans cette région t'amusait, dit Alexandros en la regardant malicieusement.

– Oui. Je pensais surtout qu'elle le verrait elle-même ou qu'elle en entendrait parler. J'imaginais qu'elle se présenterait le lendemain aux portes du palais !

– Mais est-elle belle, au moins, cette amie que tu apprécies tant ? Décris-la-moi...

– Oh ! c'est une fille intelligente et réservée. Elle faisait l'admiration de ses professeurs. Les déesses lui ont donné une beauté sauvage qu'elle dompte en relevant sagement ses cheveux.

– Sagement, dis-tu ? Elle a pourtant fui comme une biche apeurée en fendant la foule dès qu'elle nous a vus ! Avoue que ce n'est pas l'idée que nous nous faisons d'une femme posée et respectable. Elle a fait preuve d'un manque total de courtoisie !

– Peut-être ne m'a-t-elle pas entendue... Je l'aurais pourtant juré devant tous les dieux assemblés !

– Elle s'est évanouie dans la foule comme elle est venue.

– Te moquerais-tu de moi ?

Alexandros se releva subitement et la serra dans ses bras.

– Le crois-tu vraiment ? lui dit-il en riant et en l'entraînant vers la mare.

– Vois-tu, mon amie te ressemble. Comme toi, elle est égyptienne. Ses ancêtres ont même travaillé sur les tombes de la Vallée des Rois. Elle vivait autrefois avec son père et racontait qu'un jour sa mère les avait quittés. Elle était très jeune. Je ne l'ai jamais connue, pas plus que l'enfant qu'elle emmena avec elle. Souvent, quand son père en parlait, des larmes noyaient ses yeux. Il détournait le regard pour ne pas montrer son émotion, mais je sentais que, depuis l'époque de cette séparation, sa vie s'était brisée irrémédiablement. Le père et sa fille sont alors partis vivre en Grèce...

– Où tu les as connus.

– Oui. Je les ai perdus de vue lorsqu'ils sont repartis. Mais lui avait alors une assez bonne situation. Il possédait un petit bout de terrain et ne rechignait pas au travail. Les Grecs l'enviaient beaucoup. Je n'ai jamais très bien compris pourquoi il avait choisi la Grèce alors que les Grecs viennent s'installer en Égypte, ni pourquoi ils sont tous deux repartis un jour pour une destination inconnue !

– Souviens-toi de l'Égypte quand Alexandre le Grand en a chassé les Perses. La situation du pays n'était guère enviable. Les Égyptiens délaissaient les temples. Les prêtres n'exerçaient plus les cultes. L'Égypte était désorganisée. Ptolémée Sôter l'a rendue prospère et a réussi à s'imposer dignement ; mais un pays ne se redresse pas du jour au lendemain !

Ils marchèrent enlacés autour de la mare et jetèrent quelques bouts de pain aux cygnes.

– Les dieux tracent notre destin d'une manière bien étrange, reprit Héléna, pensive. Je n'aurais jamais cru possible de vivre un jour en Égypte et d'épouser un Alexandrin !

– Un Alexandrin qui a été élevé en Macédoine !

– J'ai hésité, cependant...

– Mais pas très longtemps, dit Alexandros en riant. Je me souviendrai toujours de cet instant où j'ai entendu ton pas qui s'éloignait. J'ai cru un instant que nous ne vivrions jamais ensemble. Et puis tu as couru vers moi. Les déesses de l'amour t'avaient éclairée !

– Je suis venue en Égypte ; mon amie est partie vivre en Grèce. Nous nous sommes rencontrées en Grèce et nous nous retrouvons en Égypte.

Alexandros embrassa la main d'Héléna.

– Es-tu vraiment certaine de l'avoir reconnue ?

– Oui, dit-elle, les yeux brillants. Donne-moi un baiser. Ces fêtes en l'honneur des dieux guérisseurs m'ont donné une force étonnante ! Je me sens revigorée.

– N'est-ce pas plutôt l'effet de cette brise qui fait frémir les feuilles comme un souffle divin ?

– Peut-être, répondit Héléna en fermant les paupières et en respirant le parfum des fleurs apporté par l'air tiède.

Des odeurs de pâtisseries se mêlaient aux senteurs qui emplissaient le parc. Des domestiques apportèrent une collation, des pains aux raisins, des galettes et de la bière. Des chiens au corps longiligne et aux pattes fines restaient étendus près d'eux, l'œil ouvert. Ils bâillaient en espérant une boulette de viande. Certains se levaient lentement et s'ébrouaient, la queue frétillante. D'autres animaux, des oies, des chats, des singes et des oiseaux peuplaient les buissons et les arbres. Seuls des enfants manquaient dans ce tableau gracieux et vivant aux scènes familières. Héléna y songeait très sérieusement sans en parler avec Alexandros. Combien de fois avait-elle imaginé une fillette courant vers elle avec un cerceau ou une corde, à qui elle ouvrait tout grand ses bras ? Ses rêves de maternité s'achevaient sur des réveils insatisfaits qui la laissaient songeuse. Le sommeil d'Alexandros était-il nourri des mêmes désirs ?

Renversée dans les bras du fils de Pharaon, Héléna ne vit qu'un ciel indéfiniment bleu lorsqu'elle entrouvrit les yeux. Elle entoura la taille de son compagnon de ses bras minces et le remercia de lui avoir permis de vivre en Égypte. Elle y avait vécu ses plus beaux moments, mais aussi ses plus étranges journées, car l'existence d'un héritier de Pharaon n'était pas toujours de tout repos. Mais elle sentait qu'un destin exceptionnel s'ouvrait devant eux et elle souhaitait le partager avec celui qu'elle avait choisi le jour même où ils s'étaient rencontrés pour la première fois dans la bibliothèque d'Alexandrie.

– Les oiseaux ont faim ! dit-elle en se redressant. Ils viennent réclamer. Quelle audace !

– Moi aussi ! répondit Alexandros avec ce rire enfantin qu'aimait tant Héléna.

– J'ai enfin l'impression que nous sommes libérés de toute obligation... Je resterais ici jusqu'à la fin de ma vie !

– Tout près d'ici s'élevait autrefois le palais des Thoutmosides et de la reine Hatchepsout.

– J'avoue y penser parfois en songeant avec bonheur que tu es leur descendant par ton père, même si l'antique sang divin des pharaons égyptiens ne coule pas dans tes veines... Je te verrais régner à Thèbes plutôt qu'à Alexandrie.

– Je comprends pourquoi les rois de cette époque avaient choisi cette région. Est-ce le mystère de la Vallée des Morts qui se répand sur la rive des vivants ? La nuit, il me semble entendre des murmures et des chants venant de la Vaste Prairie. Une voix me dit que les Grands Ancêtres m'appellent, que ma place est auprès d'eux.

– Rien ne te destine pourtant à être enterré un jour dans la Vallée des Rois ! répondit Héléna en se moquant à son tour d'Alexandros. Pharaon voudra que tu dormes pour l'éternité à côté de lui dans la nécropole d'Alexandrie et que tu l'accompagnes à ton réveil dans ses courses nocturnes !

– Qu'importe le lieu, qu'importe la nécropole, répondit étrangement Alexandros, les yeux dans le vague. Que je sois enterré à Alexandrie, à Thèbes ou à Gizeh, nos âmes semblables réunies par un même destin se réjouissent et se réunissent auprès de Rê dès qu'Anubis a accompagné les processions funéraires des rois défunts.

– Anubis ? s'étonna Héléna. Voilà bien longtemps qu'on ne l'évoque plus pour les cérémonies funéraires ! Sobek a pris sa place il y a des siècles et ton père vénère aujourd'hui d'autres dieux !

– Qu'importe Anubis, Sobek ou Serapis, reprit Alexandros. L'Anubis d'Hatchepsout n'est-il pas la divinité Sobek de Ramsès ou le Pluton d'Alexandre ? Cette terre me parle. Ses habitants partagent mes sentiments et mes rêves. Je connais enfin la vraie terre égyptienne, celle que je voudrais voir embellie, enrichie et aimée des Grecs. Alexandrie représente-t-elle l'Égypte d'aujourd'hui ? J'ai eu raison, Héléna, de vouloir connaître ce pays avant de prendre une décision et de succéder à mon père. Les dieux m'ont ouvert les yeux.

10

Nertari put embarquer pour l'Égypte quelques jours plus tard. Son impatience ne lui permettait pas d'attendre que fût en place toute la sécurité que son mari aurait escomptée. Elle partit, comme elle l'avait dit, escortée de ses plus fidèles domestiques, sa coiffeuse Karè qui l'avait autrefois nourrie ainsi que sa sœur, deux serviteurs de son père, Ménos et Criton, qui avaient rejoint la demeure de Rhodopis après la mort du vieil homme, la suivante Nautis qu'elle considérait plus comme une confidente que comme une servante.

Le voyage fut agréable, même si Nertari se sentait perdue et décontenancée. Les divinités envoyèrent un petit vent favorable à la navigation, qui écourta la traversée d'une journée. A chaque escale, Karè savait se montrer réconfortante et attentive, estompant par ses discours et sa présence la peine de sa maîtresse. Elle-même était pourtant très triste de la fâcheuse nouvelle qui avait plongé la maison de Rhodopis dans un deuil douloureux car elle avait autrefois veillé sur l'éducation de la jeune Mélissa. Mais ce temps paraissait loin et chacun s'était, depuis des années, habitué aux silences de la Thébaine.

Peu accoutumée à quitter Paphos si ce n'est pour de courts séjours dans les autres villes de l'île, Nertari s'émerveilla bientôt de tout ce qu'elle voyait, des habitudes vestimentaires, des plats et des accents des habitants des villes d'Asie où ils s'arrêtaient le soir tombé. Son mari leur avait recommandé une extrême prudence car Ptolémée ne s'entendait guère avec les Séleucides qui dirigeaient l'Asie. Depuis que les généraux d'Alexandre s'étaient répartis l'empire du Macédonien en devenant rois de divers pays, ces nouveaux souverains s'unissaient ou se déchiraient en vue d'accroître leur pouvoir et leurs terres. Leurs descendants avaient hérité des ambitions et de l'esprit belliqueux de leurs pères, si bien qu'aucun navire n'était à l'abri d'une mauvaise rencontre, n'importe quel roi en mal de pouvoir ou de vengeance pouvant subitement déclencher une bataille ici ou là. Chypre était elle-même trop convoitée pour rester à l'abri des conflits.

Nertari arriva en Égypte par une belle matinée. Elle fut éblouie par l'entrée large et majestueuse du port d'Alexandrie et ne revit pas les côtes égyptiennes sans un pincement au cœur.

– Toi aussi, tu es émue, n'est-ce pas ? lui demanda Karè en lui prenant les mains. Depuis ma jeunesse, je n'ai plus revu ces rivages. J'ai suivi ton père en Grèce, puis à Chypre, mais mes racines demeurent en ces lieux. Comme j'aurais aimé revoir ma famille et ma chère Mélissa !

– Tu as sacrifié ta vie et tu t'es dévouée pour mon père et pour moi.

– Parce que je l'aimais, répondit Karè. Je ne regrette rien. Je bénis cependant les dieux de me permettre de revenir en Égypte avec toi en ce jour. Nous y avons tant de souvenirs communs même si tu étais petite lorsque tu es partie pour la Grèce.

Toutes deux ne quittaient pas le rivage des yeux. Les autres domestiques restaient debout dans l'embarcation pour mieux contempler la terre d'Égypte. Nertari se blottit contre son ancienne nourrice.

– J'ai l'impression que le temps s'est aboli et que je n'ai jamais quitté ces lieux, dit-elle.

*

A Alexandrie, Nertari fut reçue par le dioécète en personne et prit part à un banquet offert par Pharaon aux savants qu'il hébergeait. La plupart, peintres, sculpteurs, traducteurs, astrologues, géographes, philosophes, poètes, vivaient dans le Musée et travaillaient dans la bibliothèque. Malgré sa fatigue, Nertari apprécia un poète bucolique qui chanta les fêtes données en l'honneur du dieu Adonis, et un autre artiste qui évoquait en des joutes bucoliques les querelles paysannes. Mais elle ne pouvait chasser de son esprit l'image de sa sœur disparue. Aucun parfum, aucun chant, aucun talent, aucun danseur ne parvenait à effacer le souvenir du rire de Mélissa.

Pharaon lui parut bon et intelligent. Elle trouva, cependant, son visage et son apparence peu dignes d'un souverain. Sans doute le roi se complaisait-il dans les banquets et les plaisirs. Elle crut comprendre que, depuis la mort de son épouse Arsinoé, Pharaon se laissait aller et tombait souvent malade. Mais elle n'eut guère l'occasion de lui parler sinon pour le remercier de son accueil.

Après que les plats eurent succédé aux plats, les musiciennes aux acrobates et les humoristes aux poètes, le dioécète lui présenta Thotmès, le chef de la police d'Alexandrie. Il promit de l'informer dès le lendemain de leurs investigations. Nertari le remercia et s'excusa. Tant d'émotion et de lassitude l'avaient bouleversée. Elle gagna les appartements que le dioécète avait mis à sa disposition non loin du palais avec un réel plaisir et se laissa masser avec bonheur avant de sombrer dans des rêves qui la ramenèrent de nombreuses années en arrière.

Le lendemain, le chef de la police tint sa promesse et la conduisit dans un quartier pauvre, là où se trouvait autrefois Rhacotis avant qu'Alexandre le Grand ne fît de ce village de pillards et de brigands une ville magnifique. Près d'une demeure, un jeune homme pêchait dans une barque au bois si fatigué qu'elle flottait sur l'eau comme par miracle.

– Voilà où vivait votre sœur à Alexandrie, dit le chef de la police. Le propriétaire habite tout près.

Il tendit le bras vers la superbe maison entourée d'arbres qu'elle distingua avec peine derrière les rangées de verdure.

– Ma sœur séjournait-elle depuis longtemps à Alexandrie ? demanda-t-elle au fonctionnaire.

– Non. Ce jeune homme, dans la barque, est son ami. Je vais l'appeler pour qu'il vienne vers nous. D'après lui, ils vivaient tous deux à Thèbes.

– Et pourquoi ne retourne-t-il pas chez lui ?

– C'est son intention, mais il se tient à notre disposition. Je lui ai également appris que vous comptiez faire le voyage jusqu'ici.

– Vous semblez gêné...

– Oui, par tous les dieux ! En fait, il nous a avoué ne pas vous connaître. Mélissa ne lui a jamais parlé de vous !

– Cela ne m'étonne pas, répondit Nertari en rougissant. Nous ne nous voyions plus depuis plusieurs années. Pensez-vous que ce jeune homme ait un lien quelconque avec la mort de ma sœur ? demanda Nertari.

– Ce jeune homme responsable de la mort de votre sœur ?

Nertari fit un signe de tête.

– Non. Il s'appelle Apis. J'ai enquêté sur sa famille. Ses parents sont des cultivateurs thébains très courtois et très paisibles. Tout le monde les aime. Apis est un homme courageux au travail. Ses parents ne se montraient guère enchantés de sa liaison avec Mélissa...

– Pourquoi ?

– Votre sœur paraissait instable. Ils ne lui faisaient pas confiance.

Apis rama dans leur direction. Il plaça sa barque le long d'une digue en bois vermoulu et avança d'un pas lent, le visage manifestement triste et préoccupé.

– Je m'appelle Nertari, lui dit la sœur de Mélissa avec un sourire.

– On me l'a dit, en effet, répondit Apis, impressionné. Je ne vous connaissais pas.

– Tu vas tout me raconter, Apis. Pourquoi êtes-vous venus à Alexandrie ? Qui vous poursuivait ? La vie de ma sœur était-elle réellement en danger ? Sa mort est-elle un accident ?

Tout en l'observant avec stupeur, Apis bégaya quelques mots et finit par les inviter à entrer dans la vieille baraque. Il leur servit une bière amère que Nertari n'apprécia guère.

– J'avoue avoir été dépassé par les événements, dit Apis. Je revenais d'expédition et avais fait escale à Memphis quand Mélissa est venue me rejoindre. Je ne m'y attendais pas. Elle est arrivée par le Nil. Je devais la suivre au plus vite sans discuter. Elle m'a confié à l'oreille qu'elle avait suffisamment d'or pour que nous quittions Thèbes tous les deux sans souci. Je lui ai demandé pour quelle raison. Je devais prévenir ma famille. Elle m'a répondu que c'était impossible et que je devais la suivre ou lui dire adieu. Elle quittait l'Égypte !

– T'a-t-elle expliqué pourquoi ?

– Des hommes voulaient la tuer et s'emparer de son trésor. Je lui ai demandé d'où lui venaient ses biens. Elle a refusé de me répondre. Elle m'a simplement prié de lui faire confiance. J'ai tenté de la raisonner, de lui expliquer que ses craintes étaient sans doute injustifiées. Mais elle n'a rien voulu savoir. Je me suis très vite rendu compte qu'elle avait raison. Des hommes l'ont effectivement menacée un jour, sur le marché principal d'Alexandrie, alors que la place pullulait de monde. Des marins venaient d'arriver dans le petit port de la ville et les Alexandrins se précipitaient pour voir les poteries grecques mais aussi les poissons fraîchement débarqués. La foule était si dense que nous ne pouvions plus respirer. Nous avions beau tenter de nous glisser à l'écart en empruntant une ruelle, nous étions de nouveau happés par le peuple en effervescence. Deux hommes se sont approchés de nous et ont pris Mélissa par le bras en lui ordonnant de se taire.

– Qu'as-tu fait ?

– Je leur ai crié de la lâcher, mais ils l'entraînaient déjà avec eux.

– Que comptaient-ils faire ?

– L'embarquer dans leur bateau. Mélissa a demandé de l'aide. Elle a appelé au secours et s'est débattue de toutes ses forces. Je me souviens que le bracelet de turquoises que je lui avais offert s'est cassé dans la lutte. Mais le bruit des crécelles et des flûtes, les cris enragés des Alexandrins qui marchandaient ou se disputaient couvraient ses appels. Elle disait qu'elle ne voulait pas retourner à Thèbes.

– Il s'agissait donc de Thébains, murmura Nertari en regardant le chef de la police.

– Nous savons tout ceci. Apis nous l'a longuement raconté.

– Continue, dit Nertari à Apis.

– J'ai réussi à faire lâcher prise aux deux hommes en les blessant d'un coup de couteau.

Nertari le regarda avec étonnement.

– Un petit couteau que j'utilise pour peler les fruits, dit-il comme pour s'excuser. J'ai profité de l'effet de surprise pour m'enfuir avec Mélissa, mais la foule se resserrait sur notre passage. Nous nous sommes mis à genoux et nous nous sommes réfugiés sous les étals. Passant de l'un à l'autre, nous avons ainsi pu gagner une ruelle donnant sur la voie principale. Isis nous a donné des ailes. Sans nous retourner, nous avons couru jusqu'ici.

– Mais il était évident que ces deux hommes allaient vous retrouver !

– Nous avions seulement l'intention de prendre l'or et de quitter l'Égypte le lendemain.

– Pour aller où ?

– A Chypre.

– Mais pourquoi avoir attendu le lendemain ?

– Nous ne pensions pas être en danger ici. Le corps de Mélissa n'a pas été retrouvé, ajouta tristement Apis en montrant le Nil.

– Es-tu sûr que les Thébains en voulaient à Mélissa ? Peut-être es-tu toi-même en danger. Les as-tu revus ? demanda le chef de la police en sortant de son silence.

– Oui, je l'avoue. J'ai cru les apercevoir hier.

– Ne cherchent-ils pas quelque chose de précis ? Ta vie pourrait bien être en péril s'ils pensent que tu possèdes maintenant ce qu'avait Mélissa.

– Mais elle ne possédait rien ! Nous sommes partis sans rien emporter, à l'exception de quelques vêtements !

– Et cet or ?

– Il aurait permis de faire le voyage jusqu'à Chypre, rien de plus.

– T'a-t-elle tout révélé ? insista le chef de la police.

– Je crois. Elle ne me cachait rien.

– Tout cela est bien mystérieux, conclut Nertari. Il faut savoir qui sont ces hommes, pourquoi ils recherchaient Mélissa, quelles étaient ses activités. J'ai envie de me rendre à Thèbes le plus tôt possible.

– Notre pharaon a beaucoup apprécié ta beauté lors du festin qu'il a donné au palais, ajouta le chef de la police.

Nertari s'en montra étonnée.

– Je n'ai fait que piètre figure. J'étais si abattue par le malheur qui a frappé Mélissa ! J'avoue être aussi un peu désorientée... Heureusement que les Alexandrins parlent tous le grec. Tu manies toi-même cette langue avec habileté, alors que tu me parais Égyptien.

– Tous les hauts fonctionnaires s'expriment dans le langage d'Alexandre et de Ptolémée, répondit le chef de la police en s'inclinant respectueusement. Malgré le nombre d'invités de Pharaon, je puis t'assurer que sa compagne Belistisché t'a beaucoup appréciée. Elle a été touchée par ton chagrin et voudrait agir pour t'aider. Ptolémée propose de mettre une escorte à ta disposition jusqu'à Thèbes où tu seras hébergée au palais. Son fils Alexandros s'y trouve pendant les réjouissances en l'honneur des dieux guérisseurs et pendant les fêtes du nouvel an.

– J'en serai flattée, répondit Nertari. Mon mari doit tenir un rang plus important que je ne le pensais pour que je sois aussi bien reçue à la cour du roi d'Égypte !

– Le roi tient beaucoup aux échanges avec cette île riche et prospère. Ton mari possède, dit-on, des mines de cuivre...

– En plus de notre domaine viticole.

– Pharaon apprécie aussi beaucoup le vin, et ton époux lui a fait don de jarres du meilleur cru. Elles sont arrivées avant toi au port d'Alexandrie !

– Je comprends maintenant pourquoi j'ai été aussi bien accueillie, dit Nertari avec un sourire mélancolique.

Apis réveillait sa peine. Elle s'approcha de lui et le prit par les épaules.

– Allons, par Isis, déesse des femmes, souviens-toi du courage de cette divinité exemplaire qui a lutté pour faire revivre son époux cruellement assassiné par Seth ! Tu retrouveras Mélissa dans l'Au-Delà. Ne te tourmente plus en restant à Alexandrie. Ta place est auprès de tes parents et de ta famille. Veux-tu m'accompagner à Thèbes et m'aider dans mes recherches ?

Désorienté et accablé, Apis leva les yeux vers elle sans conviction.

– Tu ne peux passer tes journées à pêcher, les yeux rivés sur ces eaux qui ont emporté Mélissa. Tu cours peut-être un immense danger. Promets de venir avec moi.

Apis finit par accepter.

11

Le lendemain, Nertari embarqua sur le Nil, impatiente de se trouver à Thèbes, espérant aussi y découvrir des indices supplémentaires sur la mort de sa sœur, dont elle avait regroupé les effets. Apis l'accompagnait. Le jeune homme lui paraissait insaisissable. Elle était persuadée qu'il lui avait caché la vérité à plusieurs reprises et l'avait surpris en train d'épier sa conversation avec le chef de la police. Il ne paraissait pas redouter les hommes qui avaient agressé Mélissa, alors qu'il aurait dû craindre le pire.

«Je suis sûre qu'il les connaît, se dit Nertari. Il sait qui en voulait à ma sœur, mais il n'ose pas me le dire. A moins qu'il ne travaille avec eux et qu'il ait menti à Mélissa pour mieux l'approcher. Ma sœur aurait-elle découvert un secret lourd à porter? Aurait-elle surpris une conversation ou un geste qu'elle n'aurait pas dû voir?» Elle se demandait aussi pourquoi Apis n'avait pas hâte de rentrer chez lui, lui qui connaissait mal Alexandrie et s'y sentait comme un étranger.

Le chef de la police les avait confiés à un responsable d'escorte. Celui-ci remarqua le regard inquiet de Nertari et la réconforta.

– Nous allons faire plusieurs escales, mais notre voyage sera de courte durée, dit-il.

Elle le remercia d'un sourire et s'étonna de ce qu'elle voyait. Au bord du Nil, les paysans et les potiers accomplissaient les mêmes gestes qu'autrefois.

– Chypre ressemble davantage à Alexandrie, dit-elle à Apis qui observait les navires. Je ne me suis pas sentie dépaysée dans cette ville bouillonnante aux nationalités multiples. Pharaon accueille à sa cour de grands savants dont je connaissais les noms, parfois les visages. Certains d'entre eux possèdent de magnifiques demeures à Paphos. Ils les ont fait décorer des plus sublimes mosaïques représentant des scènes de chasse ou des décors mythologiques. Mon époux a voulu s'en inspirer. Lui qui voyage souvent pour son travail m'a dit avoir vu de pareilles merveilles à Rome. Pour ma part, je préfère les maisons grecques, plus attachantes.

Elle se retourna plusieurs fois pour regarder de vieilles Égyptiennes examinant en barque les champs inondés.

– Elles estiment la crue du Nil, lui dit l'un des gardes du roi.

– Qu'en penses-tu ? demanda Nertari.

– Les paysans se montrent satisfaits. Ils honorent Hâpi car ils récolteront beaucoup plus que l'an dernier. Notre Pharaon attend de grosses redevances.

– Je trouve ce paysage désolant, remarqua Nertari. On a l'impression que les villages sont noyés.

– Et pourtant, répliqua le garde, les Égyptiens se

réjouissent d'une telle inondation ! Bientôt viendra le temps des semailles.

Nertari alla s'asseoir sur le siège central abrité d'un baldaquin blanc. Elle se laissa servir par ses suivantes qui semblaient avoir adopté les habitudes égyptiennes et écouta deux musiciens jouer de la flûte avec mélancolie.

– Que regardes-tu sans cesse, Apis ?

– Rien, répondit le jeune homme en rougissant.

– Alors, viens te mettre à l'abri du soleil, sinon nous n'aurons pas assez de gourdes pour arriver jusqu'à notre prochaine étape !

Elle chantonna, les yeux mi-clos, en se laissant bercer par le mouvement monotone et régulier de la barque. Les marins avaient abaissé la voile. Ils affrontaient un vent qui freinait leur progression. S'encourageant pour ramer plus vite, ils ahanaient sur leurs rames, le visage en sueur.

– Servez des boissons à ces pauvres hommes, dit Nertari. Nous ferons une étape de plus si nécessaire.

– Ces navires nous suivent depuis le Delta, remarqua Apis.

– Ils ne peuvent pas nous doubler, lui répondit le chef d'escorte. Nous progressons plus vite qu'eux !

– Pourquoi t'inquiètes-tu donc ? demanda Nertari. Penses-tu que nous pourrions être recherchés à notre tour par ces hommes qui s'en sont pris à Mélissa ?

Apis préféra garder le silence.

– Nous n'allons pas tarder à accoster, lui dit le garde. Vous avez à vos côtés les meilleurs éléments de la garde personnelle de Pharaon. Vous ne risquez rien !

Cet excès de prétention la fit sourire ; elle n'avait pourtant aucune raison d'en douter. Bientôt, la douce mélopée lui rappela sa sœur. Une profonde tristesse envahit son être et elle se promit une nouvelle fois, avec l'aide des dieux, de trouver le fin mot de cette mystérieuse affaire.

*

Aleb guettait l'horizon depuis l'aube. Alexandros lui avait donné l'ordre d'accueillir une invitée de Pharaon à l'embarcadère du roi. Pour ne pas faillir à sa tâche, il s'était installé dans une barque dès que Rê avait pointé derrière les collines lointaines de Thèbes, achevant sa nuit allongé dans l'embarcation sur des coussins poussiéreux aux couleurs passées. Vers l'heure où le soleil se trouve au milieu de sa course, Aleb mangea quelques galettes et distingua bientôt la proue du bateau royal qui progressait vers Thèbes.

– Les voilà ! dit-il en défroissant son pagne et en s'emparant de sa lance.

Il jeta le reste d'une galette dans le Nil et se tint droit sans perdre l'embarcation royale des yeux.

Le reconnaissant de loin, Apis lui fit des signes. Il paraissait soulagé.

– Ton voyage a-t-il été agréable ? demanda Aleb à la jeune femme. Alexandros, le fils de Pharaon, t'attend au palais.

– Les dieux parlent par ta bouche, garde, répondit Nertari. J'ai pu admirer les bords du Nil et des monuments d'une grandeur inouïe. Mais j'ai hâte de me reposer.

– Apis, je suis étonné de te voir ici. Ta famille te cherche. Tes parents n'avaient aucune nouvelle de toi.

Apis éclata d'un rire forcé.

– Tu me parles comme si les déesses Nekhbet et Isis avaient hier assisté ma mère lors de l'accouchement. Nous sommes du même âge !

– Suivez-moi, dit Aleb sans répondre. Nous allons progresser à travers ces roseaux jusqu'à la demeure royale. Quand le Nil se retire, nous sommes obligés d'utiliser une litière.

Les deux embarcations avancèrent lentement. Aleb ouvrait la marche en enfonçant un bâton droit dans l'eau, poussant de toutes ses forces pour éviter que la vase ne les immobilisât. Plus ils se rapprochaient, plus les pylônes ocres du palais devenaient impressionnants. Aleb mit pied à terre et tira la barque non loin de la porte principale, soigneusement gardée. Il aida Nertari à descendre.

– J'aimerais qu'Apis nous accompagne, dit la jeune femme, entourée de ses domestiques.

– Je n'y vois aucun inconvénient, par Horus !

Les marins s'éloignèrent et le responsable d'escorte prit congé. Le jardin du palais offrait une variété foisonnante d'arbres et de fleurs qui surprirent Nertari. Près de la mare, elle distingua une jeune femme assise qui lançait du pain aux cygnes.

– Il s'agit d'Héléna, l'épouse d'Alexandros, crut bon de préciser Aleb.

Il appela un serviteur et lui donna des instructions. Celui-ci partit en direction de la mare et revint avec un message.

– Héléna souhaiterait connaître l'invitée de Ptolémée Horus d'or, dit-il humblement.

– Je vous accompagne, répondit Aleb.

– Crois-tu que ce soit utile ? demanda Nertari. Je ne risque rien à l'intérieur du palais !

– Alexandros m'a recommandé de veiller sur toi en tous lieux.

– Ne faisons pas attendre Héléna, dit-elle en souriant.

Dès qu'elle s'approcha, Héléna abandonna le tabouret que sa suivante avait déplié pour elle.

– Nertari ! Je savais bien qu'il s'agissait de toi ! Ainsi donc, tu as appris que je souhaitais te rencontrer !

Nertari resta un instant interdite. Puis elle reconnut Héléna et se jeta dans ses bras. Aleb demeura stupéfait.

– Héléna ! Mais que fais-tu à Thèbes ? Tu as donc quitté la Grèce ?

– Je suis la compagne d'Alexandros, lui dit Héléna en lui prenant affectueusement les mains. Je l'ai connu à Alexandrie et nous ne nous sommes plus quittés.

– Quelle coïncidence ! s'exclama Nertari. J'avoue qu'il m'est plaisant de te revoir en ces jours de malheur.

– Explique-toi ! Que se passe-t-il ? Pourquoi es-tu ici ? Je t'ai aperçue pendant les fêtes des dieux guérisseurs et t'ai appelée, mais tu es partie si vite !

– Je n'assistais pas à ces cérémonies, lui répondit Nertari. Peut-être as-tu vu ma sœur.

– Non. Je suis certaine qu'il s'agissait de toi !

– Nous étions jumelles, répondit Nertari en soupirant.

En voyant le visage surpris d'Héléna, elle crut bon de préciser :

– Je t'avais autrefois parlé de ma sœur. Nous ne nous étions pas revues depuis des années.

– Et tu es venue lui rendre visite...

– Non, répondit Nertari. L'histoire est beaucoup plus compliquée que tu ne le penses. Je vais tout t'expliquer.

Héléna prit soudain conscience qu'Apis les observait avec attention. Nertari le présenta et lui expliqua qu'il connaissait sa sœur.

Héléna l'attira de nouveau contre elle.

– Tu vas tout me raconter et m'expliquer où tu vis aujourd'hui. J'ai hâte de te présenter à Alexandros.

Nertari la détailla de haut en bas, admira ses bijoux et sa robe drapée, sa coiffure en chignon.

– Tu es devenue si égyptienne ! s'exclama-t-elle.

Héléna éclata de rire.

– A Thèbes, les Égyptiens restent attachés à leurs traditions, et Pharaon a donné des ordres pour ne pas choquer les habitants de ce pays. S'ils se sont installés en Égypte, les Grecs ne doivent pas se comporter comme des envahisseurs ! Si tu restes ici assez longtemps, tu prendras certainement plaisir à goûter certains rites égyptiens fort agréables.

Une suivante s'avança pour placer sur la chevelure haute de Nertari un cône parfumé qui fondait déjà au soleil.

– Ainsi, tu embaumeras la myrrhe et tu ressembleras un peu à une Égyptienne ! dit Héléna en riant.

12

La première des décisions que prit Nertari le lendemain fut de traverser le Nil. Elle avait hâte de connaître les deux amies de Mélissa. Bien qu'elle voulût également rencontrer la famille d'Apis, celui-ci se montra réticent. Il craignait que tout ce qui rappellerait Mélissa à ses parents ne soulevât leur colère.

Nertari fut étonnée par la pauvreté des habitants du village où avait vécu sa sœur. La plupart des enfants semblaient livrés à eux-mêmes. Pourtant, chacun ne semblait penser qu'aux réjouissances du nouvel an. La gaieté régnait dans chaque maison. Des femmes jetaient des statuettes du dieu Hâpi dans le fleuve en invoquant et en remerciant la divinité. Quelques jours avant, la barque du dieu Amon avait quitté son sanctuaire de Karnak pour rejoindre le temple d'Hatchepsout. Au crépuscule, les prêtres avaient allumé les torches qu'ils avaient placées autour des lacs de lait sur lesquels avait été déposée la barque sacrée.

– J'aurais tant voulu assister à ces fêtes ! s'exclama Nertari. Entendre les chants et les hymnes acclamer Amon et les dieux guérisseurs, comme dans les anciens temps... Quel bonheur et quels souvenirs !

Nubis l'approuva. Tous les Égyptiens présents tremblaient d'émotion devant de telles manifestations. Quand Rê apparaissait, les prêtres éteignaient les torches en les trempant dans le lait des bassins. Les dieux sortaient purifiés de cette nuit de veillée et de prières.

– Les deux dernières nuits ont été agitées ! ajouta Nubis en riant. Pour une fois, nous n'étions pas de garde. Nous sommes venus vénérer les Anciens de la vallée en dansant et en chantant jusqu'au lever du soleil. Certains, épuisés, ont dormi à la belle étoile sur le sable tiède.

– J'étais trop épuisée hier pour me joindre à la foule, répondit Nertari, mais je me serais volontiers mêlée à elle. J'imagine que ma sœur vivait alors des moments intenses.

– Comme tous les Égyptiens, répondit Nubis.

– La connaissais-tu ?

– Non, mais on dit que tu lui ressembles étrangement.

– Nous étions jumelles, répondit Nertari la voix brisée. J'aurais tant voulu l'embrasser !

Ils croisèrent deux femmes qui portaient des fagots sur leurs épaules.

– Par Isis, Mélissa, te voilà vêtue comme une princesse ! Tu sens remarquablement bon. Aurais-tu abandonné ce parfum capiteux qui nous soulevait le cœur ?

Nertari les salua d'un signe de tête. Elles se retournèrent sur elle, étonnées.

– Par les divinités, quelle coiffure sage ! Tu ne nous réponds pas ? On ne t'a pourtant pas vue beaucoup pour les fêtes !

Nubis s'apprêtait à répliquer lorsque Nertari le retint par le bras.

– Laisse, dit-elle.

– On dirait que tu as appris la discrétion en une nuit ! répliqua la plus âgée. Bonne année à toi, Mélissa !

Une bande d'enfants forma une ronde autour de celle qu'ils prenaient pour Mélissa en chantant son nom.

– Que puis-je faire pour eux ? demanda-t-elle à Nubis. J'ai des biens. Je pourrais les aider...

– Voyons d'abord les amies de Mélissa qui partageaient sa vie et qui la connaissaient intimement.

Toutes deux se trouvaient devant le seuil de leur maison en train de remplir des paniers de fruits et de cadeaux.

– Enfin te voilà ! s'exclama Asis. Où étais-tu passée ? Je ne t'ai jamais vue manquer les fêtes du nouvel an ! J'étais sûre que tu reviendrais, mais tu m'as fait tellement peur en partant si précipitamment !

Nertari suivit Nubis à l'intérieur après leur avoir fait un signe de tête.

– Ainsi donc, Mélissa vivait dans ces trois pauvres pièces ! dit-elle en visitant les locaux d'un air déconfit.

Elle se dirigea vers l'une des chambres et reconnut une broche qui avait appartenu à sa mère. Elle ouvrit les coffres, toucha les vêtements, respira l'odeur de fleur qui planait dans l'air.

– Elle paraît si proche, si vivante ! dit-elle, les larmes aux yeux, en s'asseyant sur le lit. Ses bijoux, ses robes... Tout cela est si simple...

Elle saisit un petit coffre entre ses mains, le retourna, le regarda, suivit des doigts les ciselures et les arabesques.

– Des oiseaux, des roseaux, des poissons comme sur les murs du palais...

Elle l'ouvrit et découvrit un papyrus plié et déchiré. Quelques lignes y étaient écrites d'une manière malhabile.

– Peux-tu me lire ceci ? demanda-t-elle à Nubis en reconstituant le message.

– « Thèbes, à ma sœur de Paphos, épouse du vénérable Rhodopis. Tu t'étonneras d'avoir de mes nouvelles, mais j'ai besoin de quelqu'un à qui me confier... »

– C'est tout ?

– Oui, lui montra Nubis.

– L'écriture est tremblante. Mélissa paraissait pressée ou effrayée.

– Comment ? Mais que dis-tu ? s'exclama Asis. Tu pourrais venir nous aider, au lieu de rester dans ta chambre !

Nertari tenta de leur expliquer non sans mal qu'elle n'était pas Mélissa et que leur amie avait rejoint l'Au-Delà.

– Je savais bien qu'elle se trouvait en danger, murmura Saféris, la voix brisée.

Toutes deux se laissèrent tomber sur le lit.

– Mais qui es-tu ? demanda subitement Asis. Sa sœur ?

– Nous étions jumelles, répondit Nertari. J'imagine quelle peine vous ressentez, mais vous devez rassembler vos souvenirs et me raconter tout ce que vous savez. Très précisément. Je suis venue jusqu'ici pour comprendre.

Asis la détailla de haut en bas. Elle estima la valeur des bracelets qu'elle portait aux bras et la finesse du lin de sa tunique serrée à la taille par une large ceinture d'or. Des turquoises brillaient à ses doigts. Elle s'était blanchi la peau avec une pâte parfumée qui sentait bon l'amande ; ses paupières légèrement bleutées, comme parsemées de paillettes, jetaient d'étonnants éclats. Ses yeux avaient réclamé un savant et long travail de maquillage. Ses doigts trop soignés pour avoir subi les agressions du travail agricole dessinaient de souples arabesques tandis qu'elle parlait d'une voix douce et posée.

– Vous êtes toutes deux si semblables, et en même temps si différentes, constata Saféris. Mélissa menait une vie pauvre, mais elle ne se plaignait jamais. Elle savait toujours s'en sortir et vivait mieux que la plupart d'entre nous dans ce village. Elle revenait parfois très tard dans la nuit, dissimulait des sacs sous son lit, puis elle partait le lendemain vers le temple d'Hatchepsout en emportant ces ballots qu'elle jetait sur le dos de sa mule.

– Récemment, des hommes sont venus plusieurs fois la chercher. Ils insistaient pour lui parler et prétendaient qu'elle était invitée par l'un des Thébains les plus riches de la ville.

– Portait-elle des bijoux ou de l'or en quantité importante ?

Elles se concertèrent et hésitèrent

– Elle possédait bien des broches de prix ou des pendentifs dignes des Grandes Épouses royales, mais elle prétendait qu'on les lui avait offerts, qu'Apis aimait lui faire des cadeaux. Il travaille avec son père et gagne un bon salaire. Il revend des objets grecs qu'il achète dans les ports. Les poteries et les statuettes ont beaucoup de succès.

– Qu'en penses-tu, Nubis ? demanda Nertari en se retournant vers le garde d'Alexandros, qui demeurait silencieux.

– Rien de bon. Tout dépend de la valeur de ces objets.

Nertari ouvrit un petit coffre à bijoux en bois ciselé et en tira un magnifique diadème orné de pierres semi-précieuses.

– Le travail me paraît remarquable, précisa-t-elle en le contemplant sous toutes ses faces. Mais il faudrait le faire expertiser pour en connaître la valeur exacte.

– A mon avis, Apis n'aurait jamais pu offrir une telle merveille à Mélissa ! dit Nubis.

Nertari retourna le coffret.

– Il n'y a rien d'autre, dit-elle.

Des chevaux arrivèrent au galop en soulevant la fine couche de sable qui recouvrait la rue. Nubis et Nectari sortirent précipitamment ainsi que tous les habitants de Gournah, effrayés. Les cavaliers thébains tournèrent autour de Nertari. Nubis dut se placer devant elle pour la protéger.

– Qui êtes-vous ? demanda-t-il. Parlez ! Sinon, par le fils de Pharaon, je vous fais arrêter et condamner aux crocodiles !

Mais les Égyptiens éclatèrent de rire et s'éloignèrent sans lui répondre. Ils disparurent dans un nuage de poussière qui laissa les Gournawi cois et hagards. Leur tranquillité n'était troublée que par les cris des corbeaux tournoyant au-dessus de la Vallée des Morts en des rondes continues et monotones. Tous les regards convergèrent vers Nertari.

– Que nous voulaient-ils ? demanda-t-elle à Nubis.

– Je crois le savoir et je crains que ta vie ne soit en danger. Les ordres d'Alexandros sont formels. Il souhaite que j'assure ta protection et je ne prendrai aucun risque. Rentrons au palais !

– Je reviendrai vous rendre visite, dit Nertari aux deux femmes. Réfléchissez. Si vous voulez me parler, envoyez un messager au palais. Il sera reçu et écouté. N'hésitez pas à vous présenter vous-même aux portes. J'informerai Héléna, la compagne d'Alexandros, que vous êtes mes amies.

Les deux femmes, bouleversées, s'excusèrent de ne pas lui avoir offert l'hospitalité plus longuement. Elles lui proposèrent une bière et des galettes de pain, mais Nertari déclina leur offre en leur promettant de les revoir.

13

Nertari prit un peu tristement le chemin du retour. Avant de monter dans la barque qui devait lui faire traverser le fleuve, elle manifesta le désir de visiter le temple d'Hatchepsout. Nubis eut beau le lui déconseiller, la jeune femme insista.

Des jeunes gens chantaient sur le Nil des hymnes en l'honneur de la déesse Sôpdit. Les prêtres des temples s'apprêtaient à présenter aux divinités les offrandes faites les jours précédents par les villageois et les habitants des villes grecques ou égyptiennes qui avaient souvent pris des noms grecs pour plaire à Pharaon. Certains engageraient des artistes peintres pour commémorer cet événement sur les murs de leur tombeau. Le corps brillant d'huile parfumée, les Égyptiens criaient plus fort que de coutume.

– Regarde les Thébains qui arrivent pour faire la fête ! Nous ne risquons rien dans cette foule ! déclara Nertari. En outre, tu oublies que nous sommes aujourd'hui dans un jour faste, un jour où, autrefois, Horus a brillé face à l'odieux Seth. Rien ne peut nous arriver. Nous sommes protégés par le destin !

– Ici peut-être, mais, dans les villes où Seth est à l'honneur, ce jour est considéré comme néfaste. Voilà bien longtemps que « la Culminante [1] » a laissé sa place à « Rê qui va rejoindre la Vie [2] ». Je préfère rentrer au palais.

Des Égyptiens débarquaient en soufflant dans des chalumeaux et en chantant des airs populaires. La plupart avaient déjà bu plus de vin grec que pendant la fête de *tekhi*, où l'ivresse était de mise. Ils venaient de Ptolémaïs, dont le pharaon voulait faire la capitale administrative de la Thébaïde et où les Égyptiens honoraient Dionysos, mais aussi d'Hermonthis, la ville du dieu Montou, antre du taureau sacré Bouchis. Ils se dirigeaient en bande multicolore et bruyante vers le temple d'Hathor, vers celui de Ramsès III ou vers les terrasses du temple de l'ancienne femme pharaon Hatchepsout, la reine-cobra.

Des garnisons étaient venues de Pathyris et de Crocodilopolis afin de surveiller les Thébains, qui avaient la réputation de se révolter souvent contre les habitudes helléniques. Ces soldats plus égyptiens que grecs faisaient preuve d'une grande fidélité envers la dynastie des Ptolémées et veillaient notamment à ce que des frondeurs n'occupassent pas impunément les temples de la Vallée ou les bains publics que le nomarque avait ordonné de construire à Thèbes comme dans toutes les villes égyptiennes. Les habitants de Ptolémaïs avaient tendance à provo-

1. La sixième heure de la journée.
2. La douzième heure.

quer les Thébains car ils avaient obtenu le statut de citoyens grecs et s'en montraient fiers, alors que les Thébains revendiquaient leur nationalité égyptienne. Les souks d'el-Gournah n'avaient rien de commun avec les marchés grecs de Ptolémaïs abritant les échoppes des commerçants sous des portiques helléniques. Mais les Thébains préféraient leurs demeures au toit plat en limon séché et leurs rues encombrées et poussiéreuses.

Les ouvriers avaient délaissé la construction de maisons particulières et de petits temples en bordure d'el-Gournah. Çà et là, des bases en briques fabriquées avec le limon du Nil, des fondations en granit rose d'Assouan paraissaient abandonnées.

Les maisons aux volets en bois hermétiquement fermés et aux sous-sols vides semblaient définitivement closes, de même que les appartements des bâtiments à plusieurs étages de Thèbes. Même les boutiques au rez-de-chaussée étaient pareillement désertées. Sur les sols en mosaïque inachevés gisaient des décors en faux marbre ou imitant l'albâtre, des sphinx ou des corniches à gorge mêlés à des entablements de style grec qui avaient subi toute la journée les assauts des marteaux et des ciseaux.

Près des temples, au contraire, les boutiquiers s'activaient. Seuls les *dromoi* reliant les temples entre eux gardaient cette majesté digne des anciens temps.

– Je m'étonne que ces cérémonies aient lieu dans le temple d'Hatchepsout comme autrefois, remarqua Nertari en relevant le bas de sa robe couverte de poussière. Les prêtres n'habitent plus dans le temple.

– C'est exceptionnel ! D'habitude, nous organisons les fêtes plus loin dans la Vallée. Mais Pharaon a tenu à honorer cette ancêtre qui l'intrigue. Certains des pharaons qui lui ont succédé ont manifestement tenté de faire disparaître sa mémoire. Ils ont martelé ses images et ses cartouches.

Comme ils arrivaient à proximité du temple, Nubis l'invita à le suivre sous le portique de la deuxième terrasse.

– Regarde ces piliers et ces colonnes. La tête d'Hatchepsout a été martelée ainsi que la moitié de son cartouche.

– Mais s'agit-il bien d'Hatchepsout ? Qui nous dit qu'elle s'appelait ainsi ? N'était-ce pas plutôt un homme ?

– Manéthon, l'historien de Ptolémée, prétend que non. Il affirme que plusieurs inscriptions de la reine-pharaon comportent des désinences féminines et qu'elle a volontairement caché son apparence pour mieux s'imposer face aux clergés. Ptolémée s'est d'abord étonné de voir son nom figurer dans la liste des pharaons que Manéthon avait dressée à sa demande. Ce nom n'apparaissait pas dans les listes antérieures. Mais le savant soutient qu'Hatchepsout a régné pendant vingt-deux ans et qu'elle était une femme. Elle a succédé à son père Thoutmosis Ier et a fini par s'effacer devant son neveu et époux Thoutmosis III, le grand conquérant.

– Cette histoire me paraît invraisemblable.

– Bilistisché, la compagne athlétique de Ptolémée, a pourtant trouvé ce raisonnement intéressant. Elle soutient que seule une femme pouvait avoir une telle volonté d'équilibre et de paix, qui a permis à l'Égypte, après des années de lutte, de vivre dans la tranquillité. Quand Manéthon lui a appris qu'Hatchepsout avait sans doute combattu les Nubiens dès sa prise du pouvoir, à l'âge de douze ans, Bilistisché a applaudi et a ordonné à un sculpteur renommé de réaliser une statue de l'ancienne pharaonne pour son propre palais d'Alexandrie.

– A douze ans ? ironisa Nertari. Quelle belle légende !

Nubis la regarda très sérieusement et la conduisit vers une fresque colorée qui représentait des soldats et des bateaux remplis d'hommes armés.

– Tu as devant les yeux l'armée d'Hatchepsout. Longtemps, Manéthon a douté de la réalité de cette bataille que la reine a fait représenter sur les murs de son temple. Longtemps, il a pensé que ce n'était qu'œuvre de propagande. Eh bien ! une inscription d'un de ses fonctionnaires retiré à Assouan précise qu'il se souvient d'Hatchepsout ramassant son butin après un combat et comptant ses prisonniers. L'un de ses soldats a même raconté l'avoir vue tendre son arc au premier rang et frapper l'ennemi avec courage, tandis que son demi-frère Thoutmosis II tremblait au fond de son char.

– Je voudrais monter là-haut, dit-elle en tendant la main vers la terrasse supérieure. Héléna prétend m'avoir vue en sortant du sanctuaire d'Amon. Ma sœur aurait fui dès qu'elle l'a entendue appeler. Héléna a pourtant prononcé mon nom, non celui de ma sœur, qu'elle ne connaissait pas !

– Je doute qu'elle ait pu l'entendre. Il y avait un tel bruit ! J'étais présent avec Alexandros. Nous avons tenté de la rattraper lorsqu'elle s'éloignait, mais nous n'avons pas réussi à nous frayer un passage suffisamment vite au milieu des Thébains rassemblés.

– Je le comprends aisément en voyant ces enfants jouer en ribambelle et leurs parents s'apprêter à ripailler près du temple, répondit Nertari.

– Tu ne peux imaginer le nombre d'Égyptiens qui s'étaient déplacés ! C'était incroyable ! Ils espéraient tous voir de près Ptolémée en personne. Mais le pharaon avait dû annuler son voyage, si bien que le vénérable Alexandros et la digne Héléna se sont retrouvés au centre de la fête et des honneurs.

– Héléna s'est peut-être trompée. Quoi qu'il en soit, je ne serais pas étonnée que ma sœur se fût mêlée à la foule. Le contraire aurait plutôt été surprenant ! Mélissa ne perdait aucune occasion de faire la fête. Elle était beaucoup plus expansive que moi.

Du haut du temple, les collines grises et pelées de la vallée ressemblaient à des bosses de dromadaires. Au loin apparaissaient les champs inondés. Sur le côté droit, les temples de Thoutmosis III et de Montouhotep, très abîmés par les pierres détachées de la falaise, donnaient au cirque un air triste que les cris enthousiastes des Thébains faisaient oublier.

Nertari imagina non sans mélancolie sa sœur éprouver les mêmes sentiments qu'elle. Elles ne ressentaient pas les mêmes joies et les mêmes souffrances par hasard. Les dieux les avaient fait naître jumelles. Si d'aucuns y voyaient un châtiment infligé à des parents qui avaient autrefois mécontenté les dieux, elle savait quelle richesse elle avait pu en tirer dans leur enfance. Son principal regret avait été d'être séparée si jeune de sa sœur.

– Nous n'aurions jamais dû rester si longtemps séparées, murmura-t-elle. Désormais, nous le serons jusqu'à ma vie céleste et je découvre une existence que je n'aurais jamais soupçonnée, ni à Chypre, ni même en Grèce. Quelle charme, quelle magie des lieux ! Mais Mélissa vivait-elle heureuse avec si peu de biens ?

Nertari recula. Les prêtres gravissaient les rampes d'accès à l'espace sacré. Le Grand Prêtre était suivi des pastophores. Les badauds se pressèrent pour voir les barques des dieux qui se balançaient doucement dans les mains de solides Égyptiens. Le visage de ces porteurs n'exprimait aucun soulagement de parvenir enfin sur les terrasses du temple après une si longue procession. Les barques ornées d'emblèmes suscitaient la curiosité. Certains avaient préféré attendre en bas, près des chapelles en bois doré dans lesquelles elles seraient déposées pendant le temps des fêtes.

Des Thébaines se pâmaient devant l'apparition des dieux car les prêtres recouraient à des images mobiles plutôt que statiques qui bouleversaient les cœurs. Ainsi les divinités paraissaient-elles regarder le peuple avec des yeux humains, tandis que l'on apportait les animaux sacrés, ibis, chats, crocodiles, élevés en grand nombre par les prêtres non loin des temples.

Nertari fut bousculée par deux Thébains qui se disputaient l'honneur d'acquitter les frais d'un sacrifice et d'en accomplir les rites. Afin d'obtenir la bénédiction divine, chacun voulait se charger de l'enterrement de l'ibis, animal de Thot. Le Grand Prêtre, qui venait d'hériter sa fonction de son père, à qui Pharaon avait reproché de s'être adonné à l'agriculture - ce qui lui était interdit -, ne s'en laissa pas compter et choisit lui-même laquelle des quatre tribus de desservants et quel Égyptien seraient chargés de l'embaumement et de l'enterrement de l'animal sacré.

- Où sont les membres de la troisième tribu ? demanda-t-il avec humeur.

- L'un juge, l'autre donne un cours de droit, un

troisième enseigne la peinture et les autres rédigent des contrats de mariage et de prêts, lui fut-il répondu.

– Ne sommes-nous pas un jour férié ? Ces desservants ne respectent pas les dieux en osant exercer une activité aujourd'hui ! Pourquoi ne font-ils pas aussi un acte chirurgical ou ne dessinent-ils pas la carte du ciel ? Qu'on aille les chercher ! Ils seront sévèrement punis ! Que la deuxième tribu remplace ces incompétents !

Le Grand Prêtre jura par le dieu Bès, protecteur des foyers, par Sérapis et par Isis, mère d'Horus, qui retrouvait à Thèbes sa supériorité sur Cybèle, adorée dans les villes grecques. Les membres de telle ou telle association vénérant Bès, Isis ou Sérapis firent cercle autour de lui. Les fidèles des thiases dionysiaques l'entourèrent joyeusement, ayant fêté le nouvel an dans l'ivresse et les chants. Portant des thyrses à bout de bras, ils s'étaient déguisés en satyres et narguaient les Thébains.

– Que faites-vous dans le temple des dieux guérisseurs et de notre grande reine Hatchepsout ? leur demanda le Prêtre. Vous avez passé ces derniers jours à festoyer près de Ptolémaïs. Ici nous sommes à Thèbes l'Égyptienne !

Ils éclatèrent de rire et se moquèrent de son ton supérieur.

– Pharaon nous a donné des terres pour agrandir le domaine des dieux, répondit le Grand Prêtre à leurs sarcasmes. Les Thébains n'ont pas besoin d'imiter les Grecs pour se faire respecter ! Vous buvez le vin de Dionysos. Nous touchons la taxe des Grecs qui cultivent les vignobles ! Ne sommes-nous pas mieux nantis ?

– Contente-toi de surveiller le travail de tes ateliers de *byssos* [1] ou le pressage de ton huile ! lui répondirent-ils en chœur. Et prends garde à ne pas en produire plus que nécessaire car Pharaon te punirait !

Ils quittèrent le temple en chantant et en riant, se moquant des fidèles égyptiens et des scribes qui rédigeaient, accroupis dans les recoins du temple, les textes des serments prêtés par ceux qui venaient se produire devant les devins pour un litige avec leur voisin.

– Nous n'honorons pas là le vénérable Ptah tout-puissant de Memphis, déclara solennellement le Grand Prêtre, mais les dieux guérisseurs, maîtres de la science et de la médecine, réclament toute notre attention. L'étoile brillante entre toutes sera honorée d'un double sacrifice bovin !

Nertari appréciait l'énergie de cet homme chauve, petit et maigre, qui respectait les traditions. Alors qu'elle connaissait parfaitement les pratiques grecques, elle avait aussi appris le démotique et les hiéroglyphes avec un grand intérêt. Elle n'était pas choquée par la fusion des divinités grecques et égyptiennes, tolérait les unes et les autres sans réserve. Elle qui avait été étonnée de retrouver une Héléna si égyptienne se demandait encore si sa sœur adoptait plus volontiers les mœurs thébaines que grecques. En son for intérieur, elle en était persuadée. « Mélissa aimait tant la vie, la fête ! Elle était si sensuelle ! Comment n'aurait-elle pas été troublée par les attraits de cette terre de plaisirs et de voluptés ? »

– Pouvons-nous maintenant regagner le palais ? lui demanda Nubis de sa voix rauque et impérative, légèrement impatient.

---

1. Lin fin.

– Non, se plut à lui répondre Nertari, les yeux fixes, en observant les gestes sacrés du Grand Prêtre. J'ai besoin de me recueillir, de m'imprégner de l'odeur des lieux.

– Un Égyptien pourrait te bousculer et te frapper sans que je puisse intervenir..., se lamenta le garde du corps.

Il se balançait sur ses deux jambes avec nervosité et ne semblait guère apprécier la contradiction.

– T'inquiètes-tu pour moi ou pour le sort qu'Alexandros te réserverait s'il m'arrivait malheur ? lui demanda perfidement Nertari.

Nubis haussa les épaules et se déclara vaincu. Il affichait l'arrogance et l'assurance des hommes à qui l'on obéit sans discuter.

– Tu me rappelles Mélissa, dit-il en pensant la blesser.

Mais elle lui sourit, flattée, et se serra autour du prêtre pour ne pas être emportée par la foule joyeuse qui montait sur les terrasses dans un délire ardent. Le désert, habituellement muet, soufflant ses murmures sous les portes des temples au milieu du recueillement des prêtres, résonnait de clameurs imprévues. Nertari avait pu entendre le silence respectueux de la divine nuit juste avant la montée des cris, mais elle imaginait que bientôt rejaillirait ce chant sacré entendu par les seuls élus du sable infini des monts nus. Les vautours avaient fui. Les susurrements des morts s'étaient évanouis. Les mélopées des prêtres se laissaient dominer par les chants enthousiastes. Les bruissements des rares buissons, les crissements du vent dans les niches d'offrandes subissaient les assauts des clameurs humaines, dérangés dans leur cocon d'éternité.

14

Nertari se leva très tôt le lendemain. Ne souhaitant pas être accompagnée, elle s'abstint de réclamer les galettes et les olives qu'elle avait l'habitude de manger sitôt baignée et enduite de parfums. Les rayons de Rê n'avaient pas encore franchi l'horizon. Le silence enveloppait les jardins. Elle regarda par la fenêtre de sa chambre qui donnait sur les palmiers ombrageant la mare pendant la journée. Les oiseaux semblaient à peine s'éveiller.

– Comment éviter Aleb et Nubis ? Ils se montrent très efficaces, mais un peu accaparants.

Elle remercia les dieux de l'avoir inspirée pendant la nuit car elle savait maintenant comment elle allait procéder. Elle déroula négligemment le rouleau de papyrus que son mari lui avait fait parvenir par l'intermédiaire d'un messager. Il lui rappelait qu'il l'aimait et qu'il aurait souhaité se trouver à ses côtés pendant cette épreuve. Mais elle ne regrettait pas son absence car elle avait besoin de méditer et de se recueillir.

Alors même qu'elle pensait ne rester que très peu de temps en Égypte et retourner à Chypre après les funérailles de sa sœur, elle était soudain séduite par un charme envoûtant qui la retenait à Thèbes. Était-ce ces parfums qui l'entouraient ? Était-ce cet indéfinissable attrait pour les mystères qui jalonnaient sa vie depuis son arrivée en Égypte ? Il lui semblait inconcevable d'abandonner ainsi les recherches sans retrouver le corps de sa sœur ni organiser ses funérailles, tâche qui lui réclamerait des mois.

– Je ne dois pas m'attarder.

Elle prit une cruche dans la salle de bains et fit couler maladroitement de l'eau sur son corps.

– Seule, il m'est impossible de me laver. Il vaut mieux que je m'habille et que je parte au plus vite !

Comme elle entendait des voix, elle se recoucha et fit mine de dormir. La porte s'entrouvrit. Deux suivantes chuchotaient et avaient sans doute perçu quelque bruit. Dès que le silence revint, Nertari se leva prestement, enfila une tunique et des sandales puis elle se glissa dans le couloir et descendit dans le jardin sans être vue.

– Comment vais-je échapper aux gardes ? Ils sont si nombreux !

Elle longea quelques arbres, passa sous la fenêtre de la chambre d'Alexandros sans la quitter des yeux et se dirigea d'un pas assuré vers l'entrée.

– Hôte vénérable, lui dit l'un des gardes. Ne souhaites-tu pas une litière pour te promener dans Thèbes ? Veux-tu que je prévienne la sécurité et les domestiques ?

Nertari lui répondit d'un ton dégagé :

– J'ai envie de profiter de cette ville en fête. Laisse la sécurité où elle est. Je n'en ai pas besoin.

Le garde la salua et pria les dieux de la protéger. Nertari s'éloigna de l'embarcadère royal et trouva un pauvre Égyptien qui ne demandait qu'à la faire traverser en échange d'un peu d'or. Bien qu'elle eût pitié de cet homme âgé au visage buriné par le soleil, elle se garda de le lui montrer et se promit de lui donner beaucoup plus que la somme réclamée. Un jeune garçon l'appela.

– C'est mon fils, dit-il en grec. Il refuse d'aller écouter les cours de son professeur.

Comme Nertari s'étonnait de sa maîtrise de la langue grecque, l'Égyptien répondit, mi-passionné, mi-soumis, qu'il avait appris le grec, comme tous ses concitoyens, afin de lire les textes officiels et les lois votées par les assemblées.

– Quand le scribe des redevances arrive chaque année à Thèbes, il se refuse à parler une autre langue que le grec. Comment pourrions-nous discuter avec lui du montant des impôts, de nos récoltes ou de nos revenus ? Nous devons nous plier aux volontés de Pharaon.

Le vieil homme ordonna à son fils de rejoindre ses amis puis il fit lentement progresser le bateau vers la berge opposée. La jeune femme s'était assise au fond du navire, tenant ses jambes entre ses bras. Jamais elle n'aurait cru se retrouver un jour dans cette situation, elle qui était habituée aux honneurs et à une vie luxueuse. Mais elle n'en ressentait aucune honte, aucune gêne. Elle se trouvait encore trop élégante face aux pauvres gens qui habitaient Thèbes.

– Ton métier te rapporte-t-il suffisamment d'argent ? demanda-t-elle en observant les monts de la Vallée des Morts encore noirâtres, envahis par une brume presque transparente qui donnait aux formes situées au-delà des terres cultivables des apparences fantomatiques.

– Je ne me plains pas, répondit l'Égyptien, pudique.

– Aucun d'entre vous ne se plaint jamais, dit doucement Nertari.

L'Égyptien se contenta de lui sourire.

– Nous avons la joie d'habiter au milieu des dieux et près de nos illustres pharaons défunts qui ont rejoint les divinités, ajouta-t-il au bout d'un long moment pendant lequel Rê apparut doré, blondissant la surface lisse du Nil.

– On dirait qu'ils t'ont entendu, répondit Nertari.

– Ils nous aident et se mêlent à nous. Ici plus que partout ailleurs, nous les vénérons. Les pharaons ont habité Memphis, el-Amarna. Certains se sont même installés à Avaris dans le nord du pays. Aujourd'hui, leur palais est situé à Alexandrie. Pourtant, ils ne furent jamais plus glorieux que lorsqu'ils vivaient à Thèbes. Aménophis, Thoutmosis, Ahmosis, Ramsès, autant de noms qui enchantent cette région. Parfois, lorsque je m'attarde dans la Vallée des Morts, il me semble entendre leurs murmures lorsqu'ils débutent leur course nocturne. Alors la Vaste Prairie se remplit d'un étrange mystère jusqu'à ce que le voile nuageux de l'aube s'écarte pour laisser place à Rê lumineux.

– J'ai ressenti moi aussi cette sensation, répondit Nertari, pensive, pas plus tard qu'hier, sur le temple d'Hatchepsout Maâtkarê, qui devint elle aussi Horus d'or et souveraine de Haute et Basse Égypte.

– On le dit, en effet... Les Égyptiens considèrent Hatchepsout comme leur maîtresse pour l'éternité. Ils la vénèrent, l'honorent encore et ressentent pour cette femme, Pharaon lumineux, une profonde affection.

– Le crois-tu vraiment ?

– Je vais te révéler un secret. Je suis un jour parti pour la Vallée des Morts avec ma mule. J'ai longtemps avancé seul et sans but. Une force irrésistible me faisait continuer. Quand le chemin est devenu trop rocailleux pour l'animal, j'ai continué à pied. Harassé, je me suis assis sur la pierre brûlante en demandant aux dieux pourquoi ils me guidaient ainsi vers un endroit désert. J'ai dépassé la Vallée des Morts. Mon parcours paraissait interminable. Soudain, alors que je m'arrêtais pour boire les dernières gouttes d'eau de ma gourde et que mes lèvres gercées par le vent sec avaient le goût du sel, j'ai vu devant moi quelques hiéroglyphes que j'ai réussi à déchiffrer. Ils prétendaient que la tombe de la reine Hatchepsout se trouvait au-dessus du lieu où je m'étais arrêté. Je ne connaissais qu'une tombe d'Hatchepsout, celle qui a été construite au bord de la Vallée. J'ai levé les yeux. Le soleil se couchait, rougeâtre. Rê a alors illuminé une entrée creusée dans la falaise abrupte. J'ai compris qu'il s'agissait d'une tombe inconnue et peut-être inviolée. Retrouvant des forces, je suis monté sur le sommet de la montagne et me suis glissé par l'immense faille qui déchirait la falaise. J'avais pris une corde avec moi. Après l'avoir solidement attachée autour d'un roc, je suis descendu au risque de me rompre le cou et de devenir la proie des vautours...

Nertari poussa un petit cri qui en disait long sur l'intérêt qu'elle portait au récit du Thébain.

– Le passage était si étroit que j'ai déchiré mon pagne contre la pierre, poursuivit l'Égyptien. Je me suis retrouvé entièrement nu. Mes pieds et mes mains étaient ensanglantés. J'ai réussi, non sans mal, à descendre jusqu'au trou béant de l'entrée et à m'y introduire. Quelques indices laissaient supposer qu'une rampe permettait autrefois d'y accéder. A cet instant, mon cœur battait vite. J'ignorais ce que j'allais découvrir dans cet antre noir. Des bêtes pouvaient s'y être réfugiées. J'ai donc appelé, demandé s'il y avait quelqu'un. Ma voix me rassura. Elle résonna dans l'espace vide. J'avançai prudemment dans l'obscurité. Je distinguai alors un petit couloir descendant vers une salle. Je le suivis et me retrouvai dans un modeste sanctuaire dont un sarcophage constituait le seul ornement. C'était une pièce exceptionnelle, faite en quartzite. Sur les parois et le couvercle était gravée la titulature d'Hatchepsout !

– Mais son corps ne s'y trouvait pas...

– Non. Un puits destiné à piéger les pilleurs de tombes avait été creusé au bout du sanctuaire. Il était rempli d'eau. J'y ai jeté une pierre et ai observé à la lueur d'une torche cette eau claire que je venais de troubler en méditant sur ce tombeau d'Hatchepsout. La reine avait-elle été enterrée là ? Les pilleurs de tombes s'étaient-ils emparés de sa momie et de ses bijoux ? Je me trouvais confronté à un mystère. Quand je ressortis, il faisait nuit.

– As-tu parlé de ta trouvaille au responsable du nome ?

– Non. De nombreuses tombes ont été visitées ou pillées dans la Vallée. Nous sommes incapables d'estimer le nombre de tombeaux qui existent à cet endroit. Les Thébains gardent souvent bien des secrets.

Ce récit fabuleux accrut l'attirance de Nertari pour cette Égypte millénaire dont elle avait vu les monuments gigantesques.

– En venant d'Alexandrie, j'ai fait escale dans un village situé non loin de l'ancienne ville de Néfertiti et d'Akhenaton, ajouta-t-elle. Là ont été enterrés des milliers de chats, d'ibis et de babouins. Des tombes sont ornées de peintures à l'infini. A une faible distance, un temple construit par Hatchepsout et Thoutmosis en l'honneur de la déesse du désert Pakhet présente des parois recouvertes de scènes de couronnement. Sur la façade, Hatchepsout a fait reproduire son discours d'investiture. Les Grecs appellent ce sanctuaire de la déesse à tête de lionne la « grotte d'Artémis », en faisant de la divinité Pakhet une déesse grecque.

– Tu vois bien, répondit le Thébain en laissant la barque échouer doucement sur le bord de la rive. Hatchepsout, reine magique, a imprimé sa marque sur le sol de toute l'Égypte. A chaque pas, on marche dans ses traces. Le sable du désert embaume de son parfum divin.

Comme pour s'en imprégner plus profondément, Nertari respira de tous ses poumons. L'air chaud du désert s'engouffra dans ses narines et sembla lui couper le souffle. Puis elle reprit ses esprits et se laissa griser par les odeurs multiples des bords du Nil en éveil.

15

Dès l'aube, les hommes du chef de nome avaient envahi Thèbes et ses environs. Ils étaient chargés de contrôler l'activité des agriculteurs depuis la crue du Nil et estimaient déjà les taxes dues par les paysans.

Nertari ne regarda pas sans curiosité le nomarque issu d'une grande famille de la noblesse qui se tenait dignement à cheval, la tête haute et les yeux fixés sur les fonctionnaires auxquels il distribuait ses ordres. Il venait de franchir le Nil et observait les paysans avec mépris. Les prêtres étaient venus à sa rencontre afin de lui remettre des cadeaux et une part des bénéfices tirés des temples du nome.

Asis travaillait dans la maison de ce grand personnage qui n'échappait pourtant pas aux contrôles de Pharaon. Autour de lui s'activait une multitude de scribes déférents, vifs et appliqués. Scribe royal, topogrammates, scribes de cantons ou comogrammates, scribes de villages, tous égyptiens, connaissant parfaitement le grec, géraient les terres avec minutie et honnêteté.

Comarques et chef de la police locale écoutaient sans broncher les ordres du nomarque.

Nertari frappa énergiquement à la porte de la maison d'Asis et de Saféris en priant les dieux qu'elles fussent présentes. Asis s'étonna de la voir de si bon matin, le visage lisse et détendu.

– Je t'imaginais en train de paresser au lit jusqu'à ce que les marchands eussent rangé leurs étals sur la place du marché, dit Asis en se frottant les yeux. Nous n'avons guère dormi cette nuit. La mort de Mélissa nous a bouleversées. Nous l'aimions tant ! Elle apportait de la joie, de la vie à ce village et savait réconforter les uns ou les autres, même quand elle avait les pires ennuis.

– Les pires ennuis ? lui demanda Nertari en se retournant vers le nomarque qui donnait de nouvelles instructions d'une voix puissante et autoritaire.

– Ah ! tu as vu mon maître, s'exclama Asis. Il paraît intolérant quand on le voit ainsi juché sur son cheval, la mine superbe, mais j'apprécie sa droiture et sa franchise.

– Depuis combien de temps travailles-tu à ses côtés ?

– Je n'ai jamais travaillé qu'avec lui. Je connais les hiéroglyphes, le grec et quelques langues de nos ennemis et alliés. Voilà qui est bien utile pour devenir interprète ou scribe dans la maison d'un haut fonctionnaire !

– Ainsi donc, tu serais scribe ! s'exclama Nertari, impressionnée.

– Non. Je n'exerce pas cette fonction si enviée par les Égyptiens, mais mes activités auprès du nomarque s'en rapprochent.

– Ton salaire ne te permet-il pas de vivre à Thèbes ?

Asis lui sourit en l'invitant à s'asseoir.

– J'aime vivre ici. Ma famille a toujours vécu à el-Gournah. En outre, le nomarque m'a donné une terre de dix aroures. Même après avoir payé au scribe chargé de la fiscalité une rente annuelle de cinquante artabes de blé, après avoir rendu cette terre productive alors qu'elle ne l'était pas, il me reste encore une belle récolte que nous revendons sur les marchés.

Asis se servit un bol de lait frais et en proposa un à Nertari.

– Je le goûterais volontiers, répondit la jeune femme en s'inquiétant de l'absence de Saféris. Souhaitant vous voir au plus tôt, je n'ai même pas pris le temps d'avaler une olive !

– J'ai de la chance, reprit Asis. Plusieurs monarques se sont succédé dans la Thébaïde et tous n'étaient pas probes. Certains acceptaient des pots de vin, d'autres de l'argent gagné malhonnêtement. Personne n'a jamais tenté de discréditer notre chef de nome. C'est un signe qui ne trompe pas ! Il est respecté et aimé.

– Je m'étonne tout de même que vous viviez si pauvrement ! Que fait Saféris ?

– Elle travaille elle aussi chez le nomarque. Elle est déjà partie. Son travail commence à l'aube. Ne t'y trompe pas, Nertari : nous vivons simplement, mais pas pauvrement. Cependant, les impôts nous accablent ! Pharaon est très attentif aux caisses de l'État. Il souhaite des revenus réguliers et importants.

– Je le sais, soupira Nertari.

– Quand les sitologues chargés du prélèvement du blé s'installent à Thèbes, nous n'avons plus qu'à leur ouvrir les portes et à nous mettre à leur disposition.

Ils inspectent tout, pèsent, comptent, comparent et imposent. Ils s'emparent de notre blé sur les aires de battage, l'envoient à Alexandrie ou l'entreposent dans les greniers royaux et régionaux.

– Il faut bien nourrir le personnel, les nombreux fonctionnaires, les soldats...

– J'en suis consciente. Mais les taxes se multiplient en plus de ces impôts déjà lourds. Ceux qui garantissent la perception de l'impôt sont intraitables. Les producteurs sont obligés de vendre leur récolte à des fermiers. Les prix fixés par l'État sont extrêmement élevés.

– Je connais parfaitement ce système, répondit Nertari en portant le bol à ses lèvres. Il vient de Grèce. L'État doit cependant vous fournir des semences...

– Bien entendu. Je rédige moi-même le rapport de la réunion qui met en présence tous les mois l'économe, son scribe, les membres de la ferme et les banquiers. Ils contrôlent les comptes, établissent des bilans. J'envoie le tout à Alexandrie à l'adresse du dioécète et de l'éclogiste, chef comptable du palais et du pays.

– J'ai été étonnée du prix de l'huile. Elle est deux fois plus chère qu'à Chypre !

– Beaucoup de produits sont très chers. Pharaon évite de faire jouer la concurrence entre les nomes, plus encore entre les pays. Il fixe les tarifs une fois pour toutes...

Nertari l'observa attentivement, détaillant chacun de ses gestes.

– Tu me donnes tous ces détails pour que j'en parle à Alexandros, dit-elle calmement.

– Je le reconnais, dit Asis en rougissant et en lui servant de nouveau du lait.

– Rassure-toi. Je suis attentive au bien-être du peuple égyptien. Alexandros l'est tout autant. Nous agissons auprès de Pharaon pour qu'il prenne conscience des difficultés de chacun...

– Les connaît-il seulement ? Nous ne le voyons guère, par ici ! Il ne quitte jamais Alexandrie !

– Ne sois pas médisante, Asis. Pharaon est souvent malade depuis la mort d'Arsinoé, qui l'a contrarié. Sinon, il viendrait à Thèbes et comprendrait les problèmes de chacun.

Nertari l'aida à débarrasser la table en bois tachée d'huile et de vin.

– Laquelle d'entre vous était la plus proche de Mélissa ? demanda-t-elle après un long silence.

– Pourquoi me poses-tu cette question ? Nous nous connaissions toutes les trois depuis de nombreuses années.

– Bien sûr ! Mais je sais aussi que, dans les groupes d'amis, certains se sentent plus proches des uns que des autres. Mélissa se confiait-elle plus volontiers à toi ou à Saféris ?

Asis rougit en versant du vin dans des récipients en terre cuite. Comme elle ne répondait pas, Nertari s'approcha d'elle.

– Par les dieux, j'ai besoin de ton aide, lui dit Nertari en lui serrant la main. Ne souhaitez-vous pas que l'assassin de ma sœur soit puni ? Que craignez-vous ? Que l'on brûle votre maison ? Je vous en achèterai une autre plus grande et plus luxueuse !

– Je ne redoute rien, répondit Asis avec assurance. Ces hommes peuvent bien revenir et me menacer, je ne leur révélerai rien !

– Quels hommes ? insista Nertari en posant les bols lavés sur une étagère et en dissimulant une grimace

– elle n'aimait guère l'odeur d'encens qui se dégageait des supports en bois.

– Oublie tout ceci et retourne à Chypre, répondit Asis en buvant d'un trait un gobelet de vin pur. Mélissa se confiait volontiers à moi. Elle était débrouillarde et intelligente. Je l'aimais beaucoup. Saféris n'aurait pas approuvé certaines de ses activités. Moi, je la comprenais. Elle ne supportait pas de ne pas obtenir tout de suite ce qu'elle désirait.

– Mais qu'a-t-elle fait pour les obtenir ? A-t-elle volé ? A-t-elle menti ? De quoi vivait-elle ?

– Elle aidait par-ci, par-là. C'était une fille courageuse. Il lui arrivait d'être louée dans les banquets pour danser ou jouer de la flûte. Elle faisait aussi des acrobaties. Elle savait mieux que personne mettre son corps en valeur lorsque la nécessité l'y obligeait. Elle passait de longs moments à se coiffer, à se maquiller, à se parfumer, puis elle s'enveloppait dans une cape en peau de chèvre et franchissait le Nil. Elle ne revenait qu'à l'aube avec des bourses pleines d'or ou de bijoux.

– Toi seule connaissais ses activités ?

– Non. Au village, tout le monde le savait. Mais il n'est pas honteux d'exercer le métier de danseuse !

– Certainement pas, répondit Nertari, plus habituée à la réserve des Grecques qu'à la liberté des Égyptiennes. Mais alors, que sais-tu donc que Saféris ignore ?

– Quand elle revenait tard le soir, Mélissa ne rentrait pas toujours de Thèbes est. Elle fréquentait aussi la Vallée des Morts et délaissait celle des vivants pour en rapporter plus d'argent encore !

– Qui le savait ? Et que pouvait-elle bien faire dans la Vallée des Morts pendant la nuit ?

Asis sourit.

– Si tu le souhaites vraiment, je t'y accompagnerai et te présenterai à quelques-uns de ses amis.

– Que de mystères ! Emmène-moi immédiatement auprès d'eux et explique-moi tout !

– Je suis en retard. Les rayons de Rê ont depuis trop longtemps inondé de lumière les bords du Nil ! Je dois gagner l'autre rive. Si tu le désires, reste ici. Tu rencontreras les habitants d'el-Gournah ; ainsi, tu te feras une opinion sur ce qu'ils pensaient de ta sœur. Je reviendrai quand le soleil brûlera la terre. Ma journée de travail sera courte car le nomarque a décidé d'inspecter aujourd'hui toutes les terres des environs. Si tu patientes encore un peu, je t'emmènerai là où Mélissa avait son domaine, là où elle était reine !

Intriguée, Nertari lui promit de l'attendre et la remercia de son hospitalité.

16

Nertari resta un long moment silencieuse. Dans l'air flottait ce parfum d'autrefois dont Mélissa aimait s'enduire. Sa sœur sentait la myrrhe de si loin que tous les regards convergeaient vers elle quand elle approchait, mais elle le mélangeait à une savante mixture de plantes odorantes dont elle n'avait jamais voulu révéler le secret à quiconque. « Mélissa avait déjà le goût du mystère », se dit en soupirant Nertari. Elle demeura sans bouger, assise sur le lit de sa sœur, suivant au plafond le tracé d'une faille. « Qu'a-t-elle voulu me dire avant de s'enfuir ? » Elle examina un à un tous les coffres de la pièce, en sortit les vêtements et les foulards, une cape et des sandales, à l'affût du moindre indice. Puis elle passa, découragée, dans la salle voisine où couchaient ses deux amies. Celle-ci était rectangulaire, plus grande et plus lumineuse, mais il ne s'en dégageait pas cette odeur capiteuse et envoûtante de myrrhe fraîchement cueillie. Elle fut étonnée d'y trouver des extraits d'œuvres de Théocrite, de Callimaque et d'Apollonios de Rhodes, lut quelques idylles et un passage des *Argonautiques*. Puis elle fouilla dans le coin qui servait de cuisine.

– Rien ! Je ne trouverai rien ici ! dit-elle, découragée.

En sortant, elle fut éblouie par la lumière. Elle eut l'impression qu'une chape de plomb s'abattait sur ses épaules.

– Je suis restée si longtemps dans cette maison ! Rê a déjà avancé dans sa course. Asis ne va pas tarder à revenir. Elle m'a promis qu'elle terminerait juste un travail commencé hier, puis qu'elle rentrerait le plus vite possible. J'ai hâte de voir où elle veut me conduire.

Elle sortit sur le pas de la porte, à la surprise de quelques voisines.

– Que tu es belle aujourd'hui, Mélissa ! s'exclamèrent certaines d'entre elles qui ignoraient, manifestement, la triste fin de Mélissa.

« Asis et Saféris ne semblent pas avoir répandu le bruit de la mort de ma sœur. Pourquoi ? N'ont-elles pas l'intention de lui donner une sépulture décente ? Dès que son corps aura été retrouvé, je veux qu'elle soit enterrée dans son univers. Je paierai les funérailles, les pleureuses, l'embaumement, les chanteuses et les fleurs. Mélissa aura un enterrement digne d'une reine ! »

Elle se dirigea vers la sortie du village en observant chaque habitant avec attention et en réfléchissant à ce que lui avait dit Asis. Les Égyptiens des campagnes semblaient avoir un niveau de vie fort modeste. Leur lopin de terre leur permettait à peine de subsister. La visite du nomarque avait manifestement créé un malaise, rappelant aux Thébains les taxes et les impôts, la période des prélèvements et des réquisitions abusives.

Nertari fut prise à partie par des Thébaines agacées par les propos du nomarque.

– Heureusement que tu réussis à faire circuler de l'huile de ricin au marché noir ! lui dit l'une d'entre elles, sinon je me demande ce que nous deviendrions. Les fonctionnaires du roi se plaignent de ne pouvoir mettre un terme à la contrebande. Ils prétendent que nous sommes dans ce village les plus habiles à contourner les lois. Mais il nous faut bien vivre et nourrir nos enfants ! Élever des oies ne rapporte pas assez si une partie des volatiles est envoyée à Alexandrie ! Quand penses-tu nous en apporter ?

Nertari demeura sans voix. Elle préféra poursuivre son chemin en évitant de répondre. Mais la vieille la rattrapa et l'attrapa par le bras.

– Ne nous abandonne pas, Mélissa. Toi seule sais te procurer de l'huile d'olive dont nous avons tant besoin. A quel prix la vendras-tu cette saison ?

– Montre-toi plus discrète, sinon je finirai aux crocodiles ! répliqua Nertari. Le scribe royal surveille tous nos faits et gestes. Le nomarque est au bout du chemin et tu piailles à haute voix ! Oublierais-tu qu'en achetant mon huile, tu risques les mêmes peines que moi ?

La vieille baissa la voix.

– Si je dois acheter mon huile au prix fort, je ne paierai ni la taxe sur la bière ni celle sur le natron ! J'enverrai une pétition au nomarque.

– Jamais un haut fonctionnaire ne prendra le parti des villageois contre un système mis en place par Pharaon ou contre un fermier, tu le sais bien...

– De quel côté es-tu ? Je ne t'ai jamais entendu parler de la sorte !

Comme elle la regardait avec suspicion, Nertari préféra presser le pas pour ne point se montrer désagréable. « Que voulait dire Asis en me parlant de la Vallée des Morts ? », se demanda-t-elle en poursuivant son chemin. Elle leva les yeux et fut aveuglée par le soleil.

– Où mènent toutes ces pistes qui partent vers ces collines ? Comment se retrouver dans un tel dédale ? Qu'allait faire ma sœur dans ces endroits déserts en pleine nuit ? Asis a dû se tromper !

Quelques maisons se détachaient du centre. Non sans surprise, elle y entendit parler grec. Un groupe d'Hellènes discutaient de la gestion du gymnase récemment construit à Ptolémaïs. Ils désiraient en faire un ensemble sportif et culturel sur le modèle des gymnases grecs. L'un d'entre eux comptait les dons que de rares Grecs résidant à Thèbes leur avaient spontanément fait parvenir pour retrouver en Égypte leurs habitudes macédoniennes.

– Il nous faut un gymnasiarque pour diriger l'association ! dit le comptable.

– Pourquoi n'assumerais-tu pas cette tâche ?

– Parce que je n'ai pas suffisamment d'argent. Procédons à l'élection.

– Nous t'aiderons, insista l'autre homme.

Bien qu'il hésitât encore, le comptable finit par céder devant l'insistance de ses compatriotes et l'importance de la charge.

– Si tu acceptes d'être cosmète et de surveiller l'éducation des éphèbes, je veux bien être gymnasiarque de Ptolémaïs, répondit-il.

– Nous t'en remercions car chacun d'entre nous assume déjà de hautes fonctions. Paros supervise l'association des artistes dionysiaques qui se produisent au théâtre. Ce n'est pas là tâche facile car les comédiens connaissent tout sauf la discipline ! Pamphalos s'occupe de l'association de poésie, Elegos de la musique. Leur talent a fait les joies de Ptolémaïs. Ils ont pourtant accepté d'emmener loin d'ici des bandes de comédiens et de mimes afin de faire découvrir aux Égyptiens la culture hellénique. Leur spectacle de joueuses de castagnettes et de flûte a connu un succès si vif que Pharaon lui-même les a réclamés pour les prochaines fêtes.

Nertari avait précisément vu, près du lit de Mélissa, une statuette en terre cuite représentant un acteur comique. Sa sœur allait-elle souvent voir ces représentations ? « Mais non ! se dit-elle. Elle y participait ! Asis m'a bien dit qu'il lui arrivait d'être louée et de danser ou chanter jusqu'à l'aube ! »

Elle entra dans la maison des Grecs sans y être invitée.

– Vous ne me connaissez pas..., commença-t-elle.

Mais les six hommes éclatèrent de rire.

– Cesse de jouer la comédie, lui dirent-ils. Comment t'es-tu habillée aujourd'hui ? Ton rôle est-il celui d'une riche courtisane de Ptolémée ? Sans toi, Mélissa, le public ne viendrait pas aussi nombreux au spectacle ! Nous allons avoir besoin de tes services et de ton charme !

Comme Nertari ouvrait les lèvres, stupéfaite, pour s'expliquer, il lui vint une idée. Elle préféra ne pas révéler son identité. « Mais comment vais-je les interroger si je ne leur dis pas qui je suis ? »

– Je vous cherchais, répondit-elle en s'asseyant et en réclamant une bière avec l'audace dont elle imaginait Mélissa capable. Quand allez-vous me proposer un nouveau rôle ?

– La troupe va se déplacer. Accepterais-tu de la suivre ?

– Si elle ne remonte pas le Nil trop au sud...

Nertari savait danser correctement et elle possédait comme sa sœur un joli brin de voix, mais elle manquait d'audace pour se produire en public. « Que penserait de moi mon vénérable époux en voyant sa femme danser devant des Égyptiens comme une vulgaire joueuse de castagnettes ? » Mais elle était poussée par une envie qu'elle ne parvenait plus à réfréner.

– Rassure-toi ! Il n'est pas question d'aller loin mais de jouer à Ptolémaïs. Qu'en dis-tu ? Te produire dans la plus belle des villes après Alexandrie ! Tous les Égyptiens et surtout les Grecs seront présents !

– Combien me paierez-vous ? demanda Nertari en les regardant dans les yeux. Je suis suspendue à vos lèvres. Que proposez-vous ?

– On nous rétribuera grassement... si nous trouvons une belle danseuse ! dit Elegos en riant.

– Comme d'habitude ! Eh bien ! je veux être payée en conséquence. Si je n'existais pas, vous ne réussiriez pas à traiter de la sorte. Je souhaite donc recevoir une prime importante pour cette représentation exceptionnelle !

Pamphalos se leva et lui dit qu'elle n'avait jamais eu à se plaindre de leurs accords.

– Sans nous, tu ne signerais pas non plus de tels contrats ! rétorqua-t-il. Nous nous rendons mutuellement service.

Sentant qu'elle s'était montrée plus arrogante que ne l'aurait été sa sœur, Nertari approuva de la tête.

– Allons, par Isis ! Sers-moi une autre bière ! J'ai très soif aujourd'hui !

– Tu as rarement été aussi calme..., lui dit le comptable qu'elle trouva agréable. Cette coiffure sage te va très bien. Je me demande ce que les Égyptiens penseraient de ce nouveau chignon !

– Je crois surtout qu'ils préfèrent voir Mélissa sensuelle et pétillante !

Comme le comptable tentait de l'embrasser dans le cou, Nertari se dégagea brusquement.

– Cesse tes plaisanteries stupides ! lança-t-elle.

A ce moment, Asis entra. Comprenant la situation, elle joua le jeu de Nertari et répondit à sa place pour lui éviter quelques bévues.

– Je te cherchais. Un villageois m'a appris que tu avais suivi ce chemin...

– Laisse-nous travailler ! dit Pamphalos.

– Impossible ! Je dois emmener Mélissa. Nous avions des projets pour cet après-midi. Si tu souhaites traiter avec elle, fais-le maintenant. As-tu un papyrus à signer ?

– Les contrats seront établis demain si Mélissa est d'accord.

– Je le suis ! affirma Nertari en se levant.

Les deux femmes s'éloignèrent en hâte.

– A quoi joues-tu ? demanda Asis. Si tu veux te faire passer pour Mélissa, tu devras faire des efforts !

– Telle n'était pas mon intention.

– Tu as pourtant accepté de te mêler à la troupe...

– Montre-moi d'abord ce que tu voulais me faire découvrir. J'aviserai ensuite.

– Comment cela, tu aviseras ? demanda Asis en activant le pas. Qu'as-tu en tête ? Tu n'as guère pitié de moi ! Je suis éreintée et tous les Thébains font la sieste à ce moment de la journée. Ils ont sagement écouté le nomarque. Maintenant, ils dorment !

Nertari n'en était pas convaincue. Elle avait, au contraire, vu des visages révoltés et des langues prêtes à la querelle.

– Je préfère agir sans en parler à Saféris, ajouta Asis. Quand nous rentrerons, elle sera de retour. Je trouverai alors une excuse.

17

Asis jeta un regard furtif aux sandales de Nertari.

– Tu ne portes pas des habits et des chaussures appropriés à l'endroit où nous allons. Viens ! Change-toi !

– Mais je n'ai pas pris de vêtements avec moi !

Asis la poussa presque à l'intérieur de la maison.

– Dépêchons-nous ! Choisis une de mes tuniques et enfile ces sandales plus solides. Elles sont en cuir souple. Elles te blesseront peut-être les pieds car tu ne sembles guère habituée à porter d'autres sandales que celles-ci en or et en argent, mais tu me remercieras lorsque nous nous trouverons en pleine Vallée des Morts ! Mets aussi ce foulard sur ta tête car Rê te donnera des vertiges mortels si tu ne te protèges pas. Tes épaules doivent également être couvertes pour éviter les brûlures.

– Quelle expédition prépares-tu donc ? Nous n'allons qu'à une faible distance du village !

– Plus nous avançons dans les montagnes désertiques, plus la température monte. L'air se dessèche. Tu ne pourras bientôt plus respirer. Tu halèteras et tu auras constamment soif. Ne marche pas trop vite et ménage tes efforts.

– Je connais le désert, répliqua Nertari. De simples serviettes humides autour de mon cou et de mes poignets suffiront pour me maintenir en forme !

– Ne viens-tu pas de Chypre ? A Paphos, au bord de la mer, l'air doit être incomparablement plus agréable qu'ici. Chypre est une île. Écoute-moi et fais-moi confiance : la Vallée des Morts est redoutable. Tiens ! J'ai rempli ces gourdes à ton intention.

Asis sortit les gourdes et les suspendit à des cordes qu'elle jeta par-dessus ses épaules. Puis elle s'avança vers sa mule et les plaça en travers de l'animal.

– Prends cet âne, dit-elle à Nertari. Il est obéissant et courageux. Il ne te laissera pas en plan au milieu du chemin. Les dieux ont donné à ces animaux un caractère insupportable !

Les cheveux enveloppés d'une légère étoffe blanche, les bras couverts d'un châle, Nertari fit comme Asis le lui demandait. Elle boitait et gémissait à chaque pas.

– Une courroie m'écorche les pieds. Je n'y arriverai jamais ! Tant de précautions me paraissent excessives...

– Rassure-toi. Tant que tu monteras sur cette mule, tes pieds seront épargnés. Mais ton séant souffrira le martyre car cet animal refuse même une selle en lin ! Tu ne demanderas alors qu'à descendre et à continuer à pied !

– Allons-y ! dit Nertari en enfourchant sa mule et en retrouvant son courage. Ma sœur devait chevaucher à dos de mule avec une aisance remarquable !

– Sans aucun doute !

Autour d'elles, un parfait silence enveloppait le village. Les animaux somnolaient debout devant les portes, à l'ombre des rares arbustes. Les minuscules habitations blanches, carrées ou rectangulaires, représentaient les seuls signes de vie à la limite du désert. En face du village s'étalaient les champs inondés. Derrière jaillissaient les monts abrupts et dorés qui se détachaient presque trop nettement du ciel bleu.

Des Thébains venus de la rive opposée comptaient leurs pièces dans un coin ombragé. Ils avaient déposé leur sac et s'étaient assis en tailleur.

– Voilà les affermataires, dit Asis, non sans mépris. Ptolémée nous contraint à payer certaines denrées en monnaie. Ils viennent recevoir des dépôts.

Les hommes avaient effectivement sorti des tessons de poterie sur lesquels étaient rédigés des textes de reçus ou de cautions.

– Je suis étonnée que le petit village d'el-Gournah possède ses propres banquiers ! s'exclama Nertari.

– Il y a seulement un an, seules les grandes métropoles avaient leurs banques. Aujourd'hui, le moindre petit village a besoin de ces prêteurs qui nous assassinent ! Quand Pharaon a effectué tous ses prélèvements, les paysans n'ont souvent plus d'argent. Ils empruntent à ces usuriers qui prêtent à des taux incroyablement hauts ou qui prétendent ne pas avoir reçu l'argent déposé dans leurs caisses ! Il leur arrive de détruire les pièces comptables et de refuser de rendre le bien d'autrui. Ces deux-là paraissent honnêtes. Les habitants ne s'en plaignent pas !

– Les paysans me semblent pourtant très occupés. Aucun ne lambine dans son champ, sauf pendant les périodes de fêtes.

– Précisément ! Pharaon nous fait tellement travailler ! Heureusement, nous avons aussi droit à quelques compensations. Je vais te faire une confidence : je redoute toujours une nouvelle guerre. Les cultivateurs rejoindraient l'armée et nous n'aurions plus assez de bras. Il nous faudrait pourtant produire encore davantage car Pharaon multiplierait les perquisitions de blé pour nourrir les soldats !

– Ne t'inquiète pas ! lui répondit Nertari. Ptolémée Philadelphe souhaite la paix, comme son illustre père. Il veut voir prospérer l'Égypte et évite tout conflit avec les descendants des nombreux généraux d'Alexandre qui se sont tous appropriés un territoire. Personne ne voulait l'Égypte quand Alexandre le Grand est mort. Aujourd'hui, plusieurs rois la convoitent, mais ils connaissent la force et la ruse des Ptolémées ! Sôter était autrefois le complice d'Alexandre, le plus grand général de l'armée macédonienne.

– J'espère que tu as raison. Tu dois pourtant avoir connu des périodes de conflits ! Chypre est si recherchée.

– C'est exact. Mais je connais aussi l'ambition de Ptolémée. Il préfère s'entourer d'artistes et de savants ou compléter sa bibliothèque plutôt que d'envoyer des soldats au combat.

– Les pharaons, tout pharaons qu'ils soient, n'ont pas toujours le choix !

Nertari dut reconnaître qu'Asis parlait sagement. Mais elle avait remarqué combien les Thébains se montraient rétifs à tout changement, même lorsqu'il s'agissait de leur bien-être. Elle le lui fit remarquer.

– J'ai adopté le blé dur parce qu'il s'exporte, mais mes oliviers n'ont jamais pris. Je produis des lentilles, des fèves, des gesses pour mes bêtes, de l'orge. Sur le conseil de notre nomarque, nous avons acheté des vaches et des bœufs. Nous avons découvert l'élevage des poules. Les enfants adorent les œufs. Quant aux pigeons qui envahissent notre village, ils causent des dégâts mais sont succulents. Les Grecs ont apporté leur miel, mais nous connaissions l'apiculture. Je déplace moi-même mes ruches en fonction des cultures.

– Tu restes privilégiée...

– Certainement. Je me suis adaptée. D'autres refusent.

– Quel est réellement votre domaine ? demanda Nertari en suivant Asis avec peine. Le monde des vivants de l'autre côté du Nil ou la rive des morts ?

– Cette vallée où nous sommes nés et où nos ancêtres ont travaillé. Certains devenaient ouvriers. Ils ont habité le village des artisans. C'était au temps des splendeurs de l'Égypte ! Les Thoutmosides régnaient. Mélissa racontait souvent que ses grands-pères avaient eux aussi construits les temples et les sanctuaires de la vallée des Rois et des Reines. Elle inventait sans doute des histoires pour se mettre en valeur.

Les deux femmes chevauchaient maintenant l'une à côté de l'autre, de part et d'autre de la piste étroite.

– Non, répondit Nertari, au grand étonnement d'Asis. Mélissa ne mentait pas. Notre histoire est compliquée. Je me souviens des récits que nous faisait notre mère dans notre enfance. Elle rapportait que nos ancêtres avaient reçu les honneurs des pharaons et des nobles parce qu'ils étaient d'excellents peintres et sculpteurs. Ils habitaient avec leur famille à Deir el-Medineh et contribuaient par leur génie et leur talent à l'embellissement des tombes royales. L'un d'entre eux avait même travaillé sur le grand temple d'Hatchepsout, dessinant l'expédition du Pount, la campagne de Nubie, la naissance de la reine. Ils étaient si habiles que les rois les ont souvent honorés. Ma mère nous racontait qu'ils vivaient très heureux car leurs souverains se montraient bons et généreux.

– En as-tu la certitude ? demanda Asis avec une curiosité nouvelle. Quel prestige extraordinaire ! Tes ancêtres pourraient être enterrés dans la Vallée !

– Ils reposent à Deir el-Medineh, répondit Nertari avec certitude. Ils ont aménagé leur petite pyramide près du village. Si je la retrouve, je me recueillerai sur leur tombe. Mais les inscriptions seront-elles seulement lisibles ?

– Le sable n'a pas tout endommagé. Tu seras surprise de pouvoir descendre dans certaines tombes.

Se rendant compte de sa maladresse, Asis se tut.

– Ces tombes ont donc été visitées ? Pillées ?

– Presque toutes. Les artisans royaux s'étaient, eux aussi, fait enterrer avec du mobilier de qualité et des bijoux funéraires. Les tombeaux ont été ouverts et refermés avec une simple pierre.

– Mélissa a dû remédier à cela si la tombe de nos ancêtres a été ouverte.

– Savait-elle seulement où elle se trouvait ?

– Certainement.

Nertari demeura pensive. A cet instant, le cri d'un vautour déchira l'espace. Il s'élança du sommet d'une falaise escarpée et fondit vers elles en déployant des ailes d'une impressionnante longueur. Nertari frissonna.

– Quel endroit beau et lugubre à la fois ! dit-elle.

Elles croisèrent des prêtres qui transportaient des victuailles dans de petits paniers en osier placés de part et d'autre de leurs montures trottant à belle cadence. Les jambes tendues et légèrement écartées, ils les excitaient en claquant la langue et en leur tapotant le dessus de la tête avec un bâton.

– A l'exception de ces hommes des dieux, dit Asis, personne ne s'aventure jusqu'ici. On pénètre dans le domaine des temples et des tombes, dans l'Au-Delà et la vie éternelle.

– Es-tu sûre que nous devons poursuivre notre chemin ? demanda Nertari en levant les yeux vers la piste qui grimpait vers les sommets.

– Oui. Si tu veux comprendre, tu dois me suivre...

Les mules montaient pour redescendre aussitôt sur le chemin pierreux. Leurs sabots glissaient. Elles peinaient mais s'entêtaient. Nertari avait si chaud qu'elle avait des hallucinations. Elle ôta son foulard pour essuyer la sueur qui coulait de son front. Elle leva les yeux vers le sommet qui lui parut très éloigné sous un ciel cruellement bleu.

– Couvre-toi la tête ! dit Asis. Tu es rouge ! On dirait que tu vas tomber.

Elle se précipita pour l'aider à descendre de sa mule. Nertari se laissa aller entre ses bras comme une poupée de chiffon.

– Allons ! Tout ira bien.

Asis humecta un linge et le passa sur les lèvres de Nertari.

– Je refuse de continuer, murmura la jeune femme en appuyant sa tête sur les genoux d'Asis.

– Rê va bientôt nous épargner.

En songeant qu'alors les hululements, la respiration de bêtes toutes proches mais indiscernables les entoureraient et qu'elles seraient seules au milieu d'une immensité hostile, Nertari retrouva ses esprits et serra la main d'Asis de toutes ses forces.

18

Les deux femmes parcoururent une bonne distance à dos de mule, puis le chemin devint plus escarpé encore.

– Vois-tu ? dit Asis à Nertari.

– Oui. Le temple d'Hatchepsout, dans ce cirque rocheux, m'impressionne. Les représentations d'Hathor sur les piliers de son sanctuaire, les incrustations d'Horus faucon dans la pierre émergent de l'éternel. Hatchepsout est si belle, sur cette façade, avec ses bras croisés sur sa poitrine. Ses yeux sont si vifs qu'elle paraît humaine...

– Je ne te parle pas d'Hatchepsout, sourit Asis, mais de cette cachette.

– Une cachette ? s'étonna Nertari en cherchant des yeux un lieu propice à dissimuler des trésors.

– On l'appelle la « cachette royale ». On raconte que des prêtres ont camouflé ici plusieurs momies royales pour les soustraire aux pilleurs de tombes.

– Quel beau conte !

– Il s'agit sans doute de la réalité, bien que personne n'ait osé le vérifier. C'est Mélissa qui a la première laissé courir le bruit que des nobles et des rois avaient été placés à cet endroit.

– Ma sœur ne manquait pas d'imagination !

– Mais elle connaissait les tombes mieux que personne.

– Que cherches-tu à me faire comprendre ? demanda Nertari en se plaignant une nouvelle fois d'avoir les reins rompus.

– Cet antre a lui aussi livré ses secrets. Viens voir !

Nertari descendit de sa mule et traîna ses sandales jusqu'à l'entrée d'une cavité creusée dans la roche calcaire.

– Viens donc ! insista Asis qui l'avait précédée. Regarde là ! Et là !

– Je ne vois rien, répondit Nertari en clignant des yeux. Rê m'a trop éblouie pour que je puisse distinguer le moindre dessin ou le plus petit signe sur ces murs.

– Tes yeux vont s'habituer à l'obscurité.

– Je discerne en effet de drôles de croquis ! s'esclaffa Nertari. Qui sont ces personnes occupées aux plaisirs ?

– Il s'agit d'Hatchepsout et du Grand Administrateur d'Amon, Senmout. Les ouvriers du temple de la reine venaient autrefois se reposer ici à l'heure du déjeuner. Il y faisait plus frais qu'à l'extérieur. Ils passaient leur temps à dessiner leur reine en bonne compagnie !

– Et aucun chef de chantier ne leur a jamais rien dit ?

– Les responsables ne se rendaient pas dans ces grottes. Mélissa m'y a emmenée un jour. Elle m'a confié que les ouvriers avaient autrefois été tancés par le chef des travaux.

– Comment ma sœur connaissait-elle cet endroit ?

– Elle savait tout de la Vallée. C'était son domaine, je te l'ai dit. Tes parents ont dû t'enseigner tout cela et le tenir de leurs ancêtres...

– J'avoue ne plus m'en souvenir, répondit Nertari en détaillant les croquis qu'elle avait sous les yeux. Ces dessins sont tellement osés que la reine aurait sans doute envoyé aux crocodiles quiconque les aurait esquissés devant elle !

En découvrant des scènes érotiques peu ordinaires, Nertari en oublia ses souffrances et éclata de rire.

– Qu'as-tu d'autre à me montrer ? dit-elle à Asis. Je doute que tu m'aies fait souffrir le martyre pour me montrer ceci !

– Suis-moi. Poursuivons notre chemin.

Elles peinèrent. Bientôt, Asis annonça qu'il leur fallait continuer à pied.

– Nous n'avons traversé que des vallées chauffées par le soleil au milieu de collines pelées, dit Nertari. Pourquoi devons-nous poursuivre ce chemin aride et rocailleux ?

Elle se laissa tomber à terre et ôta son foulard trempé de sueur.

– J'ai soif. Il ne nous reste plus une goutte d'eau.

– Soit ! Que vois-tu autour de toi ? demanda Asis.

– Rien ! Une fournaise !

– Tu n'as donc rien vu en contournant ces monts ?

– Qu'aurais-je dû voir ?

– Nous sommes passées devant des dizaines d'entrées de tombes royales. Ces failles dans les falaises indiquent l'emplacement de sépultures de nobles.

Nertari leva les yeux.

– Que dis-tu ?

– La vérité. Ces trous que tu aperçois dans la falaise sont autant d'entrées de tombes. A l'intérieur, il faut suivre un long couloir avant de déboucher dans la salle funéraire. Mélissa m'a emmenée un soir dans l'une d'entre elles. Elle en connaissait tous les recoins et les pièges, savait éviter les puits et les trous creusés là pour surprendre les pilleurs. Je suis descendue avec elle dans une tombe profonde et étroite dans laquelle avaient été aménagées plusieurs salles. L'odeur était si forte et nous étouffions tant que nous avons dû ressortir aussitôt. Ce sanctuaire où Hatchepsout a dû être enterrée menait à proximité de son temple de millions d'années. Parfois, l'entrée des tombes est rectangulaire, comme celle qui se trouve juste derrière toi. Elle se fond avec la colline dans laquelle elle a été creusée et présente la même couleur ocre, si bien que tu es passée devant sans même savoir qu'il s'agissait d'une tombe royale.

– Que cherches-tu à m'apprendre ? demanda Nertari, si captivée qu'elle en oubliait sa fatigue. Avez-vous découvert des trésors dans ces tombes ? Pourquoi n'avez-vous pas retrouvé la momie d'Hatchepsout dans son tombeau souterrain ? Il devait y avoir des meubles riches et magnifiques, les bijoux des pharaons défunts, leurs affaires personnelles, des vases et des masques funéraires en or...

– Personnellement, je n'ai rien vu que des chauve-souris et des sarcophages en bois et en quartzite vides ou brisés. Mais je me demande si Mélissa n'avait pas un secret. Elle retrouvait ici des Thébains dont on ignore les activités. Que faisaient-ils en ce lieu, alors qu'ils sont officiellement scribe, tailleur de pierre ou menuisier ?

– Elle était sans doute attirée par le mystère de cet endroit. Reconnais que la tentation est forte de pénétrer dans ces tombes secrètes et d'en suivre les couloirs.

– Ainsi donc, toi non plus tu ne craindrais pas le châtiment des dieux ?

– Je ne crois pas..., répondit Nertari en réfléchissant. La curiosité l'emporterait...

Asis frissonna.

– En y repensant, mes cheveux se hérissent. Quand j'ai dû accompagner Mélissa dans ses escapades, j'étouffais dès que je franchissais ces trous béants qui séparent le monde des vivants de celui des défunts.

– Allons ! se moqua Nertari. Les Égyptiens ne croient-ils pas en une vie dans l'Au-Delà ? La mort existe-t-elle seulement pour vous ? Ne dit-on pas que les défunts sortent la nuit de leur sarcophage pour se nourrir d'offrandes ?

– Précisément ! répondit Asis. Il faut les laisser en paix et ne pas s'emparer de leurs biens !

– Mélissa ne faisait rien de mal, j'en suis sûre. Maintenant que j'ai découvert cet endroit, je comprends ce qu'elle venait y chercher. Ma sœur avait le goût du mystère...

– Et les autres ? Ses amis scribes ou menuisiers, qu'y cherchaient-ils ?

– Ils tentaient de découvrir de nouveaux tombeaux... Ils exploraient ceux que des pilleurs de tombes ont déjà visités depuis peut-être des dizaines d'années !

Asis la regarda avec étonnement.

– On dirait que les dieux t'ont éblouie et qu'ils troublent ton jugement. Je t'ai observée lorsque tu revenais du temple d'Hatchepsout ou lorsque tu longeais des lieux sacrés. Ton esprit quitte notre existence terrestre. Tu souris béatement et tu parais subitement heureuse, oubliant même la disparition de ta sœur bien-aimée.

– Il est vrai, Asis, que j'éprouve dans ces lieux une bien étrange sensation. Oserai-je te l'avouer ? J'en oublie même mon cher mari et ma maison, que je prends pourtant tant de plaisir à décorer. Jamais je n'envisage de retourner à Chypre...

– Que dis-tu là ? Il ne s'agit que d'un dépaysement. Quand l'affaire sera réglée et la mort de ta sœur expliquée, tu rejoindras Paphos avec joie.

– Emmène-moi dans ces antres noirs, demanda Nertari à Asis. Je voudrais tant visiter ces lieux mystérieux !

– Les murs sont parfois décorés de subtiles peintures retraçant la vie du défunt. Des scènes de funérailles, d'offrandes, des dessins représentant la vie quotidienne de la famille morte éblouissent les regards. Tout un monde revit, prend forme. Le dieu des morts, Anubis à tête de chacal, veille et protège les entrées. Osiris juge avec sa balance les âmes des défunts. Partout, des boulangers pétrissent leurs pains ; des bouchers découpent des cuisses de bœufs ; des cultivateurs sèment et récoltent ; des vendangeurs jettent leurs raisins dans de grands paniers en osier ; des marins proposent leurs poissons...

– Rien que de très ordinaire, tu le vois bien. Pourquoi s'effrayer de telles scènes qui représentent notre vie de tous les jours ?

– Il faut respecter les morts et leur domaine. Autrefois, les pilleurs de tombes étaient sévèrement punis. Aujourd'hui, Pharaon poursuit la tradition et nous a fait savoir que tout brigand ou voleur pris sur le fait sera condamné à mort !

– Tu prétends toi-même qu'il n'y a plus rien à voler !

– Je n'ai pas dit cela. J'ai seulement affirmé que je n'avais rien vu d'extraordinaire. Mais je ne tiens pas à sentir de nouveau cette odeur de natron qui prend à la gorge dès qu'on pénètre dans les sanctuaires. Royaux ou non, je ne veux pas le savoir !

Nertari se frotta les chevilles et les doigts de pieds. Elle ôta ses sandales, espérant trouver un remède à sa douleur.

– Et maintenant, que faisons-nous ?

– Nous attendons, répondit Asis.

– Te moques-tu de moi ?

– Non. Les amis de Mélissa devraient se trouver dans les parages. Du moins, je l'espère. Sinon, par Isis, nous devrons revenir !

– Il n'en est pas question, sauf si tu m'entraînes dans une tombe !

Un bruit et un éclat de voix les firent alors sursauter.

– Tais-toi, Nertari. Ne dis plus un mot. Le silence est tel que l'on entend de loin le plus petit chuchotement.

Nertari haussa les épaules en se massant la jambe.

– Remets tes sandales, murmura Asis. Tiens-toi prête !

– Prête à quoi ? S'il s'agit bien des compagnons de Mélissa, appelle-les !

– Inconsciente ! Comment les duperais-tu ? Je vois au loin, sur la colline, Basatis, le jeune Moun et le scribe Pakhetbet.

Asis avait placé ces mains de chaque côté de son visage pour ne pas être éblouie par le soleil. Nertari se leva et fit de grands gestes dans leur direction.

– Cesse ! Sais-tu quelle sera leur réaction s'ils te voient ? Peut-être ont-ils participé au complot contre Mélissa...

– J'en doute et je veux les interroger, répondit Nertari en leur faisant signe d'approcher.

– J'ai l'impression qu'ils nous ont aperçues, dit Asis vaincue. Je n'aime pas cela.

– Mais pourquoi voulais-tu les rencontrer si ce n'est pour leur poser des questions ?

Moun venait en effet dans leur direction. Lorsqu'il les vit, il se retourna vers ses comparses et les appela vivement. Le scribe avertit lui-même d'autres Thébains qui se précipitèrent vers les deux femmes.

– Ils sont plus nombreux que je ne le pensais, constata Asis, et ils sont armés !

Les Thébains pointaient effectivement leurs lances en avant. Nertari poussa un cri étonné et entraîna Asis à l'abri.

– Je crois que tu avais raison. Ils me paraissent hostiles.

– Vite ! Remonte sur ta mule ! Nous devons fuir !

– Mais que se passe-t-il ? demanda Nertari en s'exécutant...

– Nous ne leur échapperons pas. En voilà d'autres ! Ils sont trop nombreux. Abandonnons les mules. Suis-moi !

Elles mirent pied à terre et s'engouffrèrent dans une tombe toute proche

– Je croyais que rien ne te ferait pénétrer dans cet endroit, ironisa Nertari.

– Ce n'est guère le moment de plaisanter. Vite ! Mets-toi à genoux et avance dans ce couloir ! Maintenant, aide-moi à obstruer cette entrée avec ces pierres.

Elle tenta en vain de faire rouler de gros blocs détachés du sommet de la colline.

– C'est trop lourd. Tire en même temps que moi !

Mais les pierres ne bougeaient pas.

– Je vais ressortir et placer ce bâton sous le bloc. Je réussirai peut-être à l'ébranler.

– Ce bâton n'est pas assez solide. Il te faudrait plus de temps. Rassemblons le plus de pierres possible et plaçons-les en tas. Nous nous tapirons.

– J'espère qu'aucun reptile n'a trouvé refuge dans cette tombe ! soupira Asis.

Les deux femmes entassèrent devant l'entrée du sanctuaire tous les gravats qui se trouvaient à portée de leurs mains. Déjà, les voix des Thébains s'entendaient parfaitement. Ils étaient tout proches.

– Nous allons mourir étouffées là-dedans ! murmura Nertari en se couchant.

– Prions surtout les dieux que ces hommes ne pensent pas à fouiller cette tombe ! Ils devraient passer devant nous et continuer leur chemin en suivant nos mules.

Les deux femmes attirèrent de nouvelles pierres devant l'entrée et se mirent à plat ventre en retenant leur souffle.

– Les voilà ! chuchota Asis. Je vois par ce petit trou la chevelure de Moun. Tais-toi ! Ce gamin est plus rusé qu'un singe. Mélissa disait toujours qu'il était persévérant et habile.

Le scribe cria un ordre incompréhensible.

– Le digne Anu recherche Mélissa depuis des jours et des jours. S'il apprend qu'elle nous a échappé, il ne nous le pardonnera jamais ! Le chef le punira.

– Que signifie tout ceci ? chuchota Nertari. Qui est cet Anu ? Pourquoi recherchent-ils Mélissa ?

– Anu est un des plus riches et des plus puissants Thébains, répondit Asis. Deux de ses gardes du corps sont venus chercher Mélissa juste avant qu'elle ne s'enfuie pour Alexandrie.

Les Thébains semblaient tourner en rond devant la tombe. Leurs animaux piétinaient le sol avec rage. Ils se concertèrent.

– Où allons-nous ? demanda Moun.

– Regarde ! Je vois leurs mules dans cette vallée. Suivons-les ! Elles n'iront pas loin avec de telles bêtes...

Quand ils se furent éloignés, Nertari interrogea Asis.

– Il parlait d'un chef. Qui est-il ?

– Je l'ignore. Mélissa ne m'en a jamais parlé.

– Je suis certaine que c'est la clef de l'énigme ! Je dois découvrir qui il est. Ces hommes ne sont pas responsables de la mort de ma sœur. Sinon, pourquoi la rechercheraient-ils ?

– En effet. Ils me paraissent néanmoins dangereux.

Nertari poussa quelques pierres et regarda à l'extérieur.

– Que fais-tu ? demanda Asis en la retenant pas le bras.

– Je sors. Nous ne risquons plus rien.

– Attendons le crépuscule.

– J'étouffe. Refaire le chemin en pleine nuit ne me dit rien qui vaille !

– Nous aurons moins chaud, insista Asis. Je connais le chemin par cœur. Nous ne risquons pas de nous égarer.

Malgré le ton peu convaincant de sa voix, Nertari céda. Elle se demandait soudain ce qu'elle faisait là, tentant d'échapper à une bande de Thébains agressifs, alors qu'elle aurait dû se trouver à Chypre et écouter des poèmes ou de la musique dans le cercle d'amies qu'elle avait créé. Très entourée et très appréciée pour son intelligence et sa grande culture, Nertari soulevait l'admiration de ses compatriotes.

– Même si Isis m'avait envoyé un songe pour me prédire mon avenir, je n'y aurais pas cru, se dit-elle.

19

Dès que la nuit fut tombée et que les cris des vautours envahirent la Vallée, les deux femmes sortirent de leur cachette. Elles s'étaient presque assoupies sous l'effet de la chaleur.

– Où sont nos mules ? demanda la sœur de Mélissa en boitant.

– Elles ont dû rentrer au village. Elles connaissent le chemin par cœur.

– Tentes-tu de me faire comprendre que nous allons marcher jusqu'à el-Gournah ?

– Absolument !

Le parcours sembla toutefois moins long qu'à l'aller car une petite brise faisait frissonner l'eau du Nil, leur apportant dans le désert une fraîcheur légère et inattendue. Quand elles arrivèrent enfin, elles s'assirent épuisées sur un roc à l'entrée du village. Les Égyptiennes rangeaient leur demeure avant d'éteindre les torches.

– Quand nous étions enfants, dit Nertari en les observant, ma mère prétendait qu'il fallait écouter les sagesses des anciens scribes et ranger sa maison chaque jour. Si chaque objet se trouve à sa place, disait-elle, le mari ne se mettra jamais en colère. Il prendra au contraire la main de sa femme. S'il ne lui cherche jamais querelle, il vivra heureux dans un foyer en paix.

– Il est vrai que l'Égyptienne accomplit sans broncher toutes les corvées. A Chypre, je n'ai pas l'impression que tu remplissais les mêmes taches ménagères !

Nertari dissimula dans les plis de sa robe ses mains trop blanches et trop lisses.

– Nous avons en effet des serveurs et des cuisinières à notre disposition. Mais j'ai appris autrefois à tenir une maison.

– Mélissa détestait cela ! Elle voulait être riche pour s'entourer de dizaines de domestiques !

Nertari sourit. Cette réflexion ne la surprenait guère.

– Je m'étonne, cependant, que Mélissa et toi n'ayez pas vécu sous le même toit... poursuivit Asis. Ici, les familles s'aident et les enfants partagent la même maison que leurs grands-parents. Je ne te reproche rien. Mélissa était sauvage et indépendante. Je suis sûre que tu l'aurais accueillie si elle en avait manifesté le désir.

– Tu as parfaitement compris, répondit Nertari en suivant des yeux quelques Égyptiens qui attachaient ensemble de nombreux roseaux pour les déposer sur les poutres des toits liées les unes aux autres avec de la boue.

Un peu plus loin, des ouvriers apportaient des pierres prises à d'anciennes demeures abandonnées afin d'aménager leurs perrons. D'autres les peignaient déjà d'inscriptions de couleur voyante.

– Ils ont voulu agrandir leurs demeures, observa Asis, mais la superficie des pièces est maintenant trop grande et les murs pas suffisamment épais pour soutenir le toit. Il leur faudrait placer à l'intérieur des piliers en bois.

– Qu'est-ce qui les en empêche ?

– Le bois est trop cher !

L'entrée de chaque maison donnait sur une pièce large munie d'un cellier, la cour permettant de faire la cuisine, les toits plats en terrasses de dormir en plein air.

Comme chaque soir, les Gournawi fermaient leurs caves, aspergeaient d'eau de natron les sols de leurs demeures pour en chasser les puces, répandaient de la graisse de chat devant les entrées pour faire fuir les souris et remplissaient les trous d'oignons afin qu'il n'en sortît pas quelque reptile pendant la nuit. Elles désinfectaient chaque pièce par des fumigations de myrrhe et d'encens, chassant ainsi les odeurs déplaisantes. Autour des landaus en osier était déposée de la graisse de loriot pour éloigner les insectes.

Le blanchisseur passa devant elles et se dirigea vers les sacs de vêtements placés contre les maisons. Peu de Gournawi avaient les moyens de confier leur linge à cet homme issu de la noblesse. La plupart rassemblaient leurs habits, leur savon au natron, leur battoir et leurs pierres à frotter dans un grand panier pour partir laver dès l'aube au bord du Nil. Celles qui avaient eu le courage de laver leur linge en plein soleil l'étendaient à l'air ; d'autres le pliaient déjà et le rangeaient dans des coffres en bois ou dans de larges corbeilles. Les vêtements usés étaient déchirés en lambeaux pour servir de chiffons ou de bandelettes à embaumement.

Des jeunes filles balayaient le pas de leur porte après l'avoir humifié d'eau. Certaines achevaient les fresques ornant les murs de leur maison à la lueur d'une lampe.

– Allons-y ! dit Nertari en s'encourageant.

– Où vas-tu ? Les hommes d'Anu pourraient t'attendre.

– Asis, ce long chemin m'a permis de réfléchir. Ma décision est prise et tu vas m'aider. Les hommes que nous avons rencontrés dans la Vallée connaissaient-ils bien Mélissa ?

– Parfaitement ! Leur attitude me semble incompréhensible !

– Nous allons bientôt savoir pourquoi ils ont agi ainsi. Tu as remarqué comment les habitants me confondaient avec Mélissa.

– Au premier abord, mais ton maintien, la manière dont tu t'exprimes, tes tenues sont bien différentes des siennes !

– Soit, par Isis. Admettons que je porte ses vêtements, que je parle et me comporte comme elle, que je me maquille et me parfume comme ma sœur, crois-tu qu'on me prendra pour elle ?

– C'est possible, répondit dubitativement Asis. Où veux-tu en venir ?

– Ces hommes ont tenté de nous rattraper. S'ils me voient de nouveau, ils agiront de même. Qui est ce chef dont ils parlaient ? Je dois absolument le savoir ! La meilleure solution pour y arriver est de me faire passer pour ma sœur. Je vais sortir comme si de rien n'était. Nous observerons alors leur attitude. Ils me conduiront sans doute au responsable et peut-être à celui qui a fait tuer ma sœur !

Asis se prit la tête à deux mains.

- Allons nous coucher. Les dieux nous apporteront la raison. Nous sommes trop fatiguées pour réfléchir. Comment pourrais-tu supporter de dormir sur un lit en briques recouvert d'un maigre matelas et d'un drap alors que tu as toujours connu des lits en bois ? Comment t'adapterais-tu à la chaleur et aux insectes ? Dans nos maisons, les rats courent la nuit. Je doute que ce soit le cas au palais ! Je ne t'imagines pas non plus en train de te reposer à même le sol sur une natte ou un drap de lin !

- Je ne te cacherai pas que je préfère les lits faits de joncs et de cordes tressés qui constituent un doux matelas et que j'aime lire des contes à la lumière d'une vasque à huile, mais je me contenterai d'une natte et d'un repose-tête en pierre. Quant à l'éclairage, un bol avec des mèches enduites d'huile suffira. Je vivrai à votre rythme en me levant tôt le matin et en me couchant avec le soleil.

- Tu nous aiderais à broyer le grain dans les meules et à rassembler les excréments d'animaux qui nous permettent de constituer des foyers ?

- J'ai déjà mélangé des excréments de moutons avec de la paille et de l'eau pour les faire sécher au soleil. Le tout brûle lentement, mais efficacement. Penses-tu que je sois incapable de frotter deux silex l'un contre l'autre pour en faire jaillir une flamme ? Je n'hésiterai pas à m'accroupir devant le four pour surveiller la cuisson du pain. Je sais préparer les galettes d'épeautre, leur donner une forme, saler les poissons, cuire les cailles et griller les volatiles que les Égyptiens ne mangent pas crus et salés. Je n'apprécie guère les banquets. Une simple miche de plantes aromatiques suffit à apaiser ma faim.

– Rassure-toi, nous avons connu de très bonnes années ! Le grain ne manque pas. Tu te dévouerais donc entièrement et tu risquerais ta vie pour connaître la vérité ?

– Oui. Même si je dois abuser de sauces et d'épices pour relever une nourriture ordinaire. Je me contente de peu. Une pâtisserie de miel ou de dattes suffit à me combler. Je t'apprendrais peut-être des astuces pour conserver ta nourriture. Sais-tu par exemple qu'il est préférable de sécher la viande, le poisson ou les légumes et de les conserver dans le vinaigre ? Que le lait doit être placé dans des jarres en terre cuite humidifiées pour qu'il ne tourne pas ?

– Tes démonstrations se révéleront inutiles ! s'exclama Asis. Mets au moins le digne Alexandros et sa respectable compagne Héléna dans la confidence. Ils te feront protéger.

– Je le suis déjà, Asis ! J'ai dû échapper ce matin à la vigilance de leurs gardes du corps afin de pouvoir te parler en toute liberté ! Jamais ils n'auraient accepté notre expédition dans la Vallée. Aide-moi à devenir Mélissa...

– J'y consens. à la seule condition que le fils de Pharaon soit informé. Personne d'autre ne sera au courant, je te le promets. Je le jure, par Pakhet, la déesse du désert et de l'inondation, par tous les dieux grecs et ceux que le grand Ptolémée Philadelphe a adoptés !

– Tu me montreras demain ce que je dois faire. Alexandros préviendra le nomarque chez lequel tu travailles afin qu'il t'accorde quelques jours de liberté. Je dois maintenant rentrer au plus vite car Héléna va s'inquiéter.

– Seule et en pleine nuit ?

– Je préfère m'éloigner d'ici. Les hommes d'Anu peuvent revenir. Ils me chercheront à el-Gournah, non à Thèbes !

– Attends-moi ici. Je connais un passeur qui te fera traverser le Nil et qui a toute ma confiance. Il te mènera au palais. Je vais le réveiller. Tu le paieras bien.

Nertari approuva de la tête. Elle resta pensive en regardant le fleuve. « Quelle étrange vie les dieux m'ont-ils donnée ! Jusque-là, je menais une existence calme, et aujourd'hui je risque ma vie. Pourtant, ce lieu magique, cet endroit séduisant ne me fait pas peur. » Plus excitée qu'effrayée, elle songea à son époux et s'étonna de ne pas y penser plus souvent. « Chacune de ses absence me semblait insupportable et aujourd'hui, je n'ai même pas le temps de lui accorder une pensée. Que fait-il en cet instant ? »

– Pourquoi n'es-tu pas venue me trouver en personne, Mélissa ? demanda le passeur en s'approchant d'elle.

Nertari préféra se taire de peur qu'il ne s'étonnât des intonations de sa voix.

– Je te conduirai où tu le souhaites. Tu sembles moins pressée que la dernière fois ! Je doutais de ta bonne foi lorsque tu m'as donné ta bague en gage, mais j'avoue que je n'ai pas été déçu ! Rares sont les Thébains qui me donnent autant d'argent pour les mener sur le Nil !

Dans sa précipitation, il avait enfilé son pagne de travers. Nertari eut envie de rire.

– Tiens ! lui dit-il. Quand tu m'as quitté avec ton jeune ami sur les rives du Delta, tu as oublié ceci.

Il lui tendit une bague en or. Nertari le remercia et

s'empressa de le suivre. Elle prit congé d'Asis, bien décidée à interroger le passeur.

– J'avais l'impression que vous fuyiez quelque chose ou quelqu'un, ajouta-t-il en détachant la longue corde qui tenait sa barque attachée à un arbre aux racines inondées par le Nil.

La jeune femme releva sa robe au-dessus du genou.

– C'est exact, lui répondit-elle. Nous tentions d'échapper à des hommes qui me voulaient du mal.

– Je croyais plutôt qu'ils cherchaient à te punir. Qu'avais-tu fait ? Tu avais volé sur la place du marché ? Je ne te connaissais pas, mais j'ai entendu parler de toi depuis que je me suis installé à el-Gournah.

– As-tu vu le visage des hommes qui me poursuivaient ?

Tous deux montèrent dans la barque qui se mit à voguer sur l'eau noire. Les roseaux se penchaient sur leur passage comme une rangée de hauts fonctionnaires devant Pharaon.

– Je n'ai rien vu et j'avoue ne pas t'avoir crue ! Je n'ai aperçu qu'une jeune femme apeurée en haillons qui m'a demandé de traverser le fleuve le plus rapidement possible alors qu'elle n'avait pas d'argent. Je t'ai attendue comme tu m'en as prié et nous sommes partis pour Alexandrie. Nous avons pris au passage ton ami... le jeune...

– Apis.

– Oui. Ce qui m'a réconforté, je l'avoue, car je connais ses parents. Des Thébains honnêtes et courageux. Je n'ai pas hésité longtemps à vous emmener tous deux vers Alexandrie quand tu m'as donné ce bijou en or que j'ai revendu un bon prix. Il valait beaucoup plus que cette bague !

– Pour moi, cette bague a davantage de valeur, répondit habilement Nertari.

– Je comprends, répondit le passeur. Je l'avais deviné et je ne l'aurais pas revendue même si tu ne m'avais pas payé. Tu peux maintenant m'expliquer pourquoi vous avez refusé de faire des étapes tout le long du parcours et pourquoi vous avez sauté de mon embarcation comme des voleurs en disparaissant dans la nuit.

– Nous sommes arrivés, répondit Nertari, soulagée, en laissant glisser ses pieds dans l'eau trouble. Je te promets de tout te raconter un jour mais je suis épuisée et j'ai une grande envie de dormir.

– Asis m'a prié de t'accompagner jusqu'au palais. Je ne t'abandonnerai pas ainsi en pleine nuit.

– Soit. Mais nous sommes si proches ! Avec le débordement du Nil, nous pouvons accéder aux portes du palais sans prendre ni litière ni char.

Comme il la scrutait de haut en bas, Nertari crut bon d'ajouter :

– Comment me trouves-tu ?

– Plus posée et plus tranquille que lors de notre première rencontre. J'avoue préférer cette attitude. On m'a raconté que tu avais un grand cœur et que ton courage méritait récompense.

– Je suis surtout tête en l'air et indisciplinée !

– Je découvre ce soir une personnalité différente et bien agréable.

Nertari lui adressa un doux sourire et le remercia plusieurs fois avant de le quitter. Devant le garde qui lui ouvrit la porte, elle poussa un profond soupir. Il lui faudrait réconforter Héléna, rassurer Alexandros et cette perspective l'agaçait alors qu'elle se serait volontiers étendue sur son lit jusqu'aux heures flamboyantes du lendemain.

20

Alexandros et Héléna se montrèrent contrariés par les intentions de Nertari. Le palais était encore baigné de pâleur matinale quand Alexandros s'en entretint très sérieusement avec Héléna. A cette heure, les nobles profitaient de la fraîcheur pour aller voir le travail des paysans. Les femmes, derrière les murs de brique crue qui entouraient leurs domaines, se prélassaient dans leur bain ou livraient leur corps aux mains expertes des masseurs.

Sous le principal portique à colonnes du palais, les domestiques vaquaient discrètement à leurs occupations, balayant les salles de réception, retapant les lits des chambres, pliant les tabourets bas des appartements privés, rangeant les ustensiles de cuisine. Certains parfumaient les celliers et les annexes ou grimpaient, par un escalier extérieur, sur les toits plats pour répandre sur le sol de l'eau destinée à absorber la poussière.

Les jardiniers s'affairaient entre les bosquets, sachant qu'Héléna aimait les fleurs fraîchement cueillies et les parterres savamment taillés. Pharaon appréciait lui aussi, lors de ses rares visites, son jardin agrémenté de bassins remplis de poissons et la mare aux cygnes qui faisait sa fierté. Il la montrait à tous ses visiteurs. Sous les larges feuillages des arbres centenaires, les fleurs s'épanouissaient au milieu d'arbustes venus de contrées lointaines.

Au fond du jardin, une petite chapelle permettait aux invités du roi d'honorer les dieux égyptiens et grecs. Près d'un puits se trouvait une ferme que l'on ne discernait pas lorsqu'on pénétrait dans le jardin, mais qui se révélait peu à peu aux regards. Dissimulée derrière des haies d'arbres aux senteurs variées, elle était entretenue par des paysans thébains qui achetaient pour le roi des oies ou des canards, mais qui tentaient aussi de faire pousser des légumes. Ainsi les hôtes du palais pouvaient-ils profiter de produits frais.

Nertari regarda précisément les paysans du palais, qui marchaient voûtés à force de porter un joug sur leurs épaules. Ils arrosaient abondamment leurs légumes avant de s'occuper du verger et des fruits. « Pharaon a fourni à ses hauts fonctionnaires de magnifiques maisons de plusieurs pièces avec salles de bains et immenses jardins, mais il devrait davantage songer au peuple. Vivre dans une ville égyptienne n'est guère plaisant. La population est trop nombreuse ; les conditions de vie sont difficiles ; les trop hauts immeubles construits contre les bâtiments publics ôtent la lumière et rendent la vie triste. »

Alexandros l'interrompit dans ses pensées. Après avoir parlé avec Héléna, il jugea nécessaire de raisonner Nertari. Cette jeune femme volontaire et courageuse soulevait son admiration. Aussi ne souhaitait-il pas la voir en danger. Qu'elle prît la place de sa sœur lui paraissait inconsidéré.

Nertari l'accueillit avec beaucoup de plaisir. Elle appréciait cet homme digne et intelligent. Elle l'écouta attentivement mais argumenta avec acharnement avant de conclure qu'elle agirait comme elle l'avait décidé.

– Je suis consciente qu'Héléna et toi êtes inquiets pour moi. J'en suis désolée, mais je ne reviendrai pas sur ma décision. Si je risque de vous créer quelque souci, je préfère aller vivre à el-Gournah. J'en avais d'ailleurs parlé à Asis qui acceptera de m'héberger.

– Comment ? Tu n'y songes pas ! Que dirait Pharaon, qui apprécie tant ta compagnie, s'il apprenait que je t'ai laissée dormir ne serait-ce qu'une seule nuit à el-Gournah ? J'ai accepté de te protéger, ne l'oublie pas !

– Je partirai et vivrai comme Mélissa, répondit Nertari. Pardonne ces propos. Ma décision est prise !

– C'est beaucoup trop dangereux, ajouta Alexandros après une longue conversation à laquelle assistaient maintenant ses gardes du corps.

– Je suis de cet avis, approuva Aleb.

– Pourtant, j'agirai ainsi.

– Alors promets-moi de ne te déplacer qu'en compagnie d'Aleb et de ne pas me faire les mêmes frayeurs que la nuit dernière ! Je souhaiterais aussi que tu restes dans ce palais. Rends-toi tous les jours dans la Vallée si tu veux, mais reviens dormir ici. Ton séjour sera plus agréable et nous t'aiderons à retrouver ta sœur, à résoudre cette énigme.

– Je te donnerai ma réponse dans la journée, répondit Nertari, contrariée de ne pouvoir rejoindre le village sans rendre de comptes. Je te promets de ne pas repartir sans vous en avoir informés. Laisse-moi méditer.

Au moment où Nertari s'engageait ainsi à contrecœur, un message d'Asis lui parvint. Celle-ci expliquait que ses amis grecs lui avaient communiqué les dates des fêtes qui inaugureraient le gymnase de Ptolémaïs et qu'ils avaient laissé un mot à son intention. Nertari déroula le papyrus.

– De quoi s'agit-il ? demanda Héléna, inquiète.

– D'un simple message d'Asis, l'amie de Mélissa, que j'ai rencontrée hier. Je lui ai demandé de rassembler les vêtements et les objets qui appartenaient à ma sœur en vue d'un prochain enterrement.

– Quand l'envisages-tu ?

– Je préférerais retrouver le corps de Mélissa.

Sous prétexte de vouloir se faire masser, elle leur demanda de la laisser seule et lut attentivement le rouleau que lui envoyait Asis : « Mélissa, mets tes plus belles robes et couvre-toi le corps de bijoux, non pour festoyer pendant les jours fériés qui permettront l'inauguration du gymnase, mais parce qu'il te faudra te dévêtir et danser. A moins que tu n'y sois hostile, le responsable du nome est prêt à nous offrir trois fois plus que d'habitude. Je doute que tu refuses. Donne-moi ta réponse dans la journée. »

Nertari fit appeler sa nourrice et la pria de lui préparer quelques galettes.

– J'ai faim, ce matin ! lui dit-elle pleine d'enthousiasme. J'ai pris une décision capitale. J'ai décidé de punir les assassins de ma chère sœur.

La nourrice lui sourit et prit ses mains dans les siennes. Elle se mit à genoux et la regarda d'un air doux.

– Je craignais que tu ne quittes ce pays sans avoir enterré Mélissa, dit-elle. Tous ceux qui t'ont accompagnée jusqu'ici sont de tout cœur avec toi !

– Merci, ma tendre amie, lui répondit Nertari en se dévêtant.

Ses suivantes égyptiennes l'entourèrent avec des cruches d'eau.

– Profitons de ces instants merveilleux, dit Nertari. Il n'est pas dit que je me lave plusieurs fois par jour dans cet el-Gournah poussiéreux et pauvre !

Les adolescentes jeunes et minces, aux formes longilignes et à la peau mate, se placèrent à genoux devant elle pour lui épiler les jambes. Elles maniaient avec une grande adresse et beaucoup de discrétion les pinces en métal, les rasoirs et les couteaux, changeaient les pierres à aiguiser avec dextérité. A chaque intervention, Nertari poussait un petit cri tout en humant de nouvelles senteurs recueillies dans un récipient en albâtre.

– Appliquez un peu plus de savon ou d'huile sur mes jambes, dit-elle en les regardant agir à ses pieds. Je ressentirai moins cette petite douleur qui devient vite insupportable...

Toutes s'exécutèrent en riant, respectant sans crainte l'invitée de Pharaon.

– A el-Gournah, je devrai supporter ces poils disgracieux à moins de recourir à ces silex tranchants qui rougissent la peau.

Partout, des miroirs lui renvoyaient son image. Des serviettes en lin fin confectionnées dans les ateliers du roi et pliées en quatre avaient été empilées sur des coffres de belles dimensions.

– Peigne-moi longuement, dit-elle à une Égyptienne qui n'osait lever les yeux vers elle. Ma marche dans le désert m'a encrassé les cheveux. J'ai l'impression que des grains de sable crissent sans cesse sous mes ongles et dans ma chevelure.

– Il faudrait les laver, proposa la nourrice en revenant et en déposant un panier de galettes tièdes sur une table basse. On ne se débarrasse pas si facilement de ce sable !

– Eh bien soit !

Quand elle fut parfaitement épilée, Nertari livra son corps aux ablutions. Elle se tenait droite dans une cuve en pierre tandis que deux suivantes laissaient couler l'eau de sa tête à ses pieds. Les Égyptiennes frottaient sa peau d'un mélange de natron, de cendres et de soude. Elle s'enveloppa avec plaisir dans un linge en lin frais. Un paravent en pierre la dissimulait.

– J'ai entendu votre conversation, dit la nourrice à Nertari. Si tu te rends à el-Gournah, il te faudra te laver dans le Nil boueux ou dans les canaux d'irrigation des champs.

Nertari frissonna.

– Je me demande si je ne préférerais pas rester sale ! Les Thébains attrapent toutes sortes de maladies en se baignant dans cette eau malpropre qui recueille tous les détritus !

– Je te préparerai un mélange d'œuf d'autruche, de carapace de tortue et de noix de galle pour que tu sentes bon à tout moment de la journée malgré la chaleur et la poussière.

– Comment vais-je donc supporter tout cela ? se lamenta Nertari.

Puis elle prit soudain conscience qu'elle retrouvait là ses anciennes habitudes et ses réflexions de dame accoutumée au confort.

– Quelle honte ! dit-elle. Je me plains, alors que ma pauvre Mélissa a été tuée et qu'elle a supporté tout ce que je redoute aujourd'hui ! Ne puis-je vivre pendant quelques jours à el-Gournah alors qu'elle y a passé des années ?

– Tu as raison, répondit la nourrice en l'invitant à manger et à prendre des forces.

Elle ramassa le rouleau de papyrus qui était tombé à terre.

– Un message d'un Grec entreprenant mais chaleureux, dit Nertari. Déjà ! Par Isis, je ne pensais pas être mise si vite à l'épreuve. Je n'ai pas essayé les robes de ma sœur. Je voulais répéter ses mimiques, imiter ses intonations de voix avec Asis, me maquiller comme elle. C'est trop tôt... Je ne peux prendre le risque d'être dévoilée ! Je n'aurai jamais le courage de danser nue en public. Je serai ridicule ! Quel dieu malin m'a poussée hier à parler sans réfléchir ? Heureusement, les divinités du sommeil m'ont enfin redonné la sagesse qui me manquait !

– De quoi parles-tu ? demanda la nourrice, intriguée.

– Sache que, pour mener à bien mon entreprise, j'ai l'intention de prendre la place de Mélissa et de me faire passer pour elle.

La nourrice la supplia d'abandonner cette idée. Nertari allait répondre quand on frappa énergiquement à sa porte. Elle dissimula aussitôt le rouleau sous son lit et invita les gardes qui surveillaient sa porte à l'ouvrir promptement.

– Je suis le masseur du vénérable Alexandros, dit un Grec petit et râblé en s'avançant dans la pièce, les bras chargés de pots en albâtre.

– Mais je n'ai pas demandé de masseur ! répliqua

tout d'abord Nertari, qui voulait réfléchir à loisir et ne pas être dérangée.

– La digne Héléna m'a pourtant ordonné de venir ici et de travailler le mieux possible.

– Oui, bien sûr, répondit Nertari en demandant à sa nourrice de la laisser. Prépare tes onguents et la table de massage. Je vais de nouveau m'humidifier le corps.

Elle réclama à sa servante de l'eau et des parfums. Pendant qu'elle se tenait debout dans sa baignoire et qu'une eau agréablement douce et odorante glissait sur sa peau, ses pensées quittèrent la pièce. « Je suis stupide, se dit-elle. J'hésite encore et ma chère nourrice a semé le doute dans mon esprit. L'opportunité m'est donnée de remplacer ma sœur dans les jours qui viennent, alors que j'aurais pu attendre des semaines entières ! Pourquoi faut-il que je me montre toujours si peu entreprenante ? Dans quelques jours, les fêtes grecques commenceront, tandis que celles du nouvel an sont à peine achevées. Je dois être prête et personne ne s'apercevra de rien ! »

Elle songea aussi aux somptueuses funérailles qu'elle avait prévues pour sa sœur. « J'aurais dû demander à notre nourrice de réfléchir au repas funèbre. Elle seule saura choisir les mets que Mélissa adorait. Voyons... Elle n'aurait jamais conçu un repas sans une grosse miche de pain, du bon vin grec et des galettes au miel. Elle appréciait la soupe et le poisson grillé plutôt que cru, les pigeons farcis, les rognons et le bœuf. Les fruits qu'elle préférait étaient sans nul doute les figues et les baies. J'ajouterai du mouton, des canards, des oies et des légumes. Le tout sera agrémenté d'épices et de plantes. Jamais plus ma sœur n'aura à se soucier du lendemain. Elle recevra bien davantage qu'un salaire de pauvrette et que les quelques miches de pain ou les cruches de bière que l'on donne aux ouvriers d'el-Gournah. »

– Cela suffit, dit-elle en quittant la baignoire et en prenant une serviette que la servante voulait placer autour de son corps.

Elle saisit une pâte fabriquée à partir de racines diverses et l'étala sur ses dents à l'aide d'un morceau de roseau. Puis elle frotta quelques instants à l'intérieur de sa bouche, cherchant à atteindre toutes ses dents.

– Veux-tu de l'aide ? demanda une servante.

Nertari lui fit signe que non. Elle se gargarisa avec de l'eau et se rinça plusieurs fois la bouche, puis elle mâcha les boules de myrrhe, de noix de jonc et de cannelle que lui tendait la même Égyptienne aux seins nus.

– Ce sable qui se mêle à mes cheveux s'introduit aussi dans ma bouche. Mes dents craquent chaque fois que je mange un fruit comme si le sable s'était déposé sur lui.

– C'est malheureusement le cas, lui répondit le masseur en continuant à étendre ses serviettes sur une table étroite qu'il avait dépliée au milieu de la pièce. Les Égyptiens ont tous les dents usées et souffrent d'abcès douloureux. Un habile médecin de Thèbes a mis au point un système de bridge à l'aide de fils d'or et d'argent.

– Que m'apprends-tu là ? demanda Nertari. Et où se procure-t-il des dents saines ?

– Sur les morts, au moment de l'embaumement.

– J'espère que mon séjour en Égypte ne me gâtera pas toutes les dents !

Nertari laissa tomber sa serviette et s'enduisit elle-même le corps d'une huile hydratante pour chasser les effets agressifs du natron.

– Belle Nertari, lui dit le masseur en l'admirant, je te conseille, pour retarder l'apparition des rides, de répandre aussi cette huile bénéfique sur les traits de ton visage et sur ta chevelure. Je l'ai moi-même préparée avec de la cire, de l'encens, de la noix de jonc et de l'huile de balane. J'utilise les meilleurs produits d'Orient pour les membres du palais. Ils adoucissent la peau et la parfument subtilement. Je vends de l'huile de castor et de lin au peuple.

Le masseur l'aida enfin à placer sur sa tête un cône parfumé fait de suif imbibé de myrrhe.

– Je n'apprécie guère ces coulées de cire sur les joues, dit-elle, mais je vais juste le garder le temps d'en imprégner mes cheveux. Ma coiffeuse va les tresser. Sont-ils aussi longs que ceux des danseuses thébaines ?

– Assurément, répondit-il.

– J'ai remarqué que les femmes de la noblesse préféraient les cheveux un peu plus courts. Héléna les a légèrement coupés...

Le masseur rougit.

– Il est vrai que les cheveux très longs sont souvent portés par les acrobates et les danseuses qui les lestent avec de petites perles accrochées à leurs extrémités. Quand elles bougent, leur chevelure épouse ainsi leurs mouvements harmonieux. Certains, comme les jeunes garçons rasés qui ne portent qu'une mèche sur le côté, préfèrent y accrocher une amulette, par superstition.

– Cependant, je suis en deuil, et les femmes portent les cheveux défaits lorsqu'elles pleurent un proche.

– C'est la coutume, en effet, répondit le masseur. Mais pourquoi me poses-tu toutes ces questions ?

– Tu m'as été très utile, répondit Nertari.

– Je pourrais aussi te parer d'une magnifique perruque. J'en ai réalisé une avec plus de cent mille cheveux humains que j'ai collés à l'aide de cire d'abeille et de résine. Je n'ai pas utilisé les fibres rouges du palmier, mais les cheveux les plus doux qui se pussent trouver. Elle t'irait à merveille !

– Soit ! répondit Nertari qui comprenait que le masseur tentait de lui vendre ses parfums et ses perruques. Je vais en avoir également besoin. Garde-m'en une et donne-moi aussi de cette graisse de lionne, d'hippopotame, de crocodile, de chat, de serpent et de bouquetin propre à faire pousser les cheveux. Plus ils seront longs, mieux je me porterai, car je dois danser pour les fêtes grecques !

Le masseur la regarda, très étonné.

– Applique aussi du henné sur ton crâne. Celui que tu mets sur tes ongles conviendra. Et, pour dissimuler une mèche grisâtre, n'hésite pas à faire piler des organes génitaux de chienne. Ils cacheront la différence de couleur et te redonneront du brillant.

Nertari s'admira dans un miroir oval serti de pierres précieuses.

– Que penses-tu de cette coiffure nattée ? Elle me rajeunit. Mon cher mari aimerait sans doute cette nouvelle fantaisie !

– Puis-je commencer ? lui demanda le masseur en l'invitant à s'étendre devant lui.

– Finalement, j'ai réfléchi, répondit Nertari. Je préfère que tu reviennes ce soir. Laisse donc tes mixtures ici. Je te ferai appeler. N'est-il pas plus approprié de se laisser masser le soir après une longue journée sous le soleil que le matin ?

– Bien entendu, répondit le masseur en se retirant.

– N 'oublie surtout pas ce que je t'ai commandé : la perruque, les onguents et les produits pour faire pousser les cheveux !

Le masseur se retira en gloussant de plaisir.

21

Nertari s'assit devant une table de travail sur laquelle avaient été disposés des calames et de l'encre. Elle se mit en devoir de répondre à Asis et accepta l'offre qui lui était faite de participer aux fêtes grecques. Elle l'invita à la rejoindre au palais puis elle appela le garde du corps d'Alexandros et le pria d'apporter en personne ce message urgent et confidentiel. Celui-ci s'inclina et s'exécuta sans broncher.

– Et maintenant, dit Nertari à la suivante en s'asseyant devant une petite table en bois incrusté d'or surmontée d'un miroir cerclé d'argent, tu vas me maquiller comme je te l'indiquerai !

– Dois-je procéder comme d'habitude ?

– Non. Montre-moi ces rouges pour les pommettes et les lèvres ainsi que ces bleus pour ombrer les paupières. Dispose devant moi tout ce que tu possèdes.

Bientôt s'étalèrent devant Nertari des récipients de différentes dimensions, des petites cruches en terre cuite ou en albâtre, des coupes en pierre lisse veinée de vert ou de blanc contenant des poudres de couleurs diverses, des coffres miniatures pleins de pommades dorées. Elle essaya plusieurs perruques en réclamant l'avis des femmes présentes.

– Préférez-vous cette coupe en bol digne de l'ancien temps ? Cette coiffure laissant les oreilles découvertes ? Ainsi se peignait sans doute la reine Hatchepsout !

– Seules les femmes de basse condition osaient sortir ainsi ! s'exclama Karè en entrant. Tu me considères plus souvent comme une nourrice que comme ta coiffeuse. Pourquoi ne pas m'avoir rappelée ?

Nertari la supplia de ne pas lui en tenir rigueur. Nautis lui reprocha également de ne pas l'avoir consultée avant de prendre une décision.

– Nous t'aiderons, déclarèrent Ménos et Criton en l'entourant.

– Je ne vous ai guère considérés ces derniers jours..., reconnut-elle. Ainsi donc, tu estimes, chère Karè, que cette perruque ne m'irait pas ? J'ai pourtant vu Hatchepsout coiffée de la sorte sur les murs du temple !

– A son époque, les femmes de la noblesse ont fini par adopter cette mode peu seyante ! Tourne-toi vers moi. Voyons !

Elle s'empara des deux mèches qui tombaient sur le devant et les orna d'un ruban multicolore. Elle les enroula ensuite autour d'un disque.

– Si tu veux ressembler à Hatchepsout, je te conseille cette coiffe ; si tu préfères le style des Nubiennes, je vais moi-même boucler les cheveux de cette perruque. Mais j'avoue te préférer en hellène ! Qu'ont donc toutes les femmes à vouloir suivre la mode des anciennes Égyptiennes dès qu'elles arrivent à Thèbes ?

Nertari reconnut qu'elle avait été séduite par les tenues et les goûts d'Héléna.

– Et comment trouves-tu ces modèles tressés ?

– Ils me plaisent. Ils ressemblent à la coiffure que tu as choisie aujourd'hui et qui te va à merveille.

– Alors, adoptons-la !

L'Égyptienne qui entourait Nertari s'écarta pour laisser Karè opérer tranquillement. Karè posa son lourd matériel sur la table basse. Elle sortit des épingles, des rouleaux, des peignes en ivoire et en bois. Elle enroula la lourde chevelure de Nertari, la rassembla en chignon puis ajusta la perruque sur sa tête.

– Tu termineras en ajoutant des fleurs roses de chaque côté de ma tête, suggéra la jeune femme.

– Si ce diadème et ces rubans me laissent suffisamment de place !

Karè tria des anneaux dorés et des turbans, choisit habilement tout ce qui pouvait mettre les yeux de Nertari en valeur. Puis elle coiffa longuement la perruque avant de la tresser et de la parer. « Elle est trop sage », pensa Nertari. Mais elle ne laissa rien paraître de sa déconvenue. « Je préfère voir celle que le masseur m'apportera. »

– Vous me soutenez tous et je vous en remercie, dit-elle à ses fidèles domestiques. Il me faut maintenant me préparer à des exercices délicats. Puis-je vous demander de me laisser seule en compagnie de ces délicieuses Égyptiennes ?

Un peu vexée, Karè la salua.

– Et maintenant, que les déesses guident tes mains habiles, dit Nertari à la jeune femme qui lui présentait toutes sortes de fards. Essayons cette couleur et cette pâte !

– N'est-ce pas trop agressif pour ton visage si beau et si doux ? demanda timidement la servante. Les couleurs pastel te vont mieux. Ces produits servent surtout à protéger les yeux ou à adoucir les paupières lorsqu'elles sont attaquées par les insectes.

– Je suis de ton avis, mais j'ai envie de changer ! De nouvelles fêtes approchent et je souhaite plus de gaieté dans mon visage.

Elle choisit un rouge vif pour ses lèvres, un rose relevé pour ses pommettes, redessina ses sourcils avec une pâte noire, ombra ses paupières d'un bleu plus soutenu que d'habitude.

– Je te conseille le vert de malachite et le gris de galène, dit l'Égyptienne timidement. Mets un peu de vert sur tes sourcils et dans le coin de tes yeux...

Nertari s'exécuta.

– Maintenant, laisse-moi appliquer le gris sur le bord de tes paupières et de tes cils. Je vais aussi étaler un peu de poudre ocre.

– N'hésite pas à prolonger ce maquillage jusque sur les tempes et au-dessous de la courbe des sourcils, précisa-t-elle. Par dessus, tu ajouteras un peu de poussière d'or.

Elle se regarda dans le miroir, se plaçant de profil puis de face.

– Qu'en penses-tu ?

– Voilà un maquillage bien différent de celui que tu choisis habituellement, maîtresse, répondit prudemment la jeune servante, les doigts tremblants de ne pas être à la hauteur. Ce rouge vif sur tes lèvres serait plus approprié aux acrobates ou aux danseuses qui se produisent en public...

– Pourquoi t'exprimes-tu avec tant de mépris ? Ma sœur dansait lors des fêtes et elle n'était pas considérée comme une prostituée pour autant !

– Je n'oserais jamais affirmer cela ! dit la suivante en joignant les mains et en se prosternant devant Nertari comme si elle risquait d'être punie.

– Reprends tes pinceaux et redessine le contour de mes lèvres. Ce rouge a déjà bavé.

Devant la frayeur de l'Égyptienne, Nertari se contenta de sourire.

– Et maintenant, que les déesses guident tes mains habiles car tu vas souligner mes yeux d'un épais trait de khôl qui se terminera sur mes tempes.

Elle rejeta la tête en arrière et se laissa maquiller en prenant soin de ne pas bouger les cils. Puis elle se regarda une nouvelle fois dans le miroir.

– Parfait ! Je vois que ton coffre à maquillage est rempli de fines aiguilles.

– Elles servent aux tatouages.

– Pourquoi n'ornerais-tu pas mes bras et mes jambes ?

Nertari manipula quelques aiguilles.

– Ces aiguilles servent à tatouer les enfants, précisa la jeune femme. Pour les adultes, j'utilise celles-ci. Elles sont plus longues et plus épaisses.

– Ce pigment noir mélangé à de l'huile ne tient guère sur la peau.

– Je te le déconseille. Seules les femmes pauvres ont recours à ces ornementations considérées comme vulgaires. Autrefois, les épouses royales aimaient se faire peindre le corps, mais les coutumes ont bien changé... Tu n'es pas sur le point d'accoucher, sinon j'aurais gravé sur toi une déesse protectrice. Tu n'es pas souffrante, sinon j'aurais incisé sur ta peau les traits d'un dieu guérisseur. Crois-moi, les tatouages ne sont guère appréciés par les hommes de ce pays.

– Tu as raison, répondit Nertari. Il n'est pas dit que j'y échappe car Mélissa en avait peut-être. Mais je dois auparavant me renseigner.

Elle ôta d'un geste sa perruque et le peigne qui retenait ses nattes sur le sommet de la tête. Celles-ci retombèrent autour de son visage.

– Range ceci ! Je n'en ai plus besoin ! Ces nattes vont donner à mes cheveux un effet d'ondulation agréable à voir. Maintenant que j'ai fait tous ces essais, libère ma chevelure.

Elle secoua plusieurs fois ses épais cheveux sombres aux reflets bleu nuit et les rejeta en arrière d'un vif mouvement de la tête. Pour lui ajouter du volume, bien qu'elle n'en manquât pas, elle jeta la tête en avant et la releva d'un coup sec. Les cheveux retombèrent sur ses épaules en dizaines de boucles brunes du plus bel effet. La servante l'observait, les yeux ronds.

– Pourquoi me regardes-tu ainsi ?

– Parce que je n'ai pas l'impression de voir en face de moi la même personne que tout à l'heure !

– Mais ce n'est qu'une illusion...

– Bien sûr, répondit la servante en rangeant précipitamment tous les pots alignés dans un coffret profond et large.

La porte venait de s'ouvrir.

– Nertari ! s'exclama Asis en entrant derrière Héléna stupéfaite.

– Non, Asis ! Appelle-moi Mélissa ! Je suis dorénavant Mélissa, ne l'oublie pas !

– Te voilà donc telle que je t'ai aperçue sur le temple d'Hatchepsout, dit Héléna.

– Tu as vu ma sœur.

– Vous vous ressemblez tant !

– Mais comment as-tu pu imaginer le maquillage de Mélissa alors que tu ne l'avais pas vue depuis des années ? répliqua Asis.

– Je connaissais ses goûts. Le plus dur sera de marcher comme elle, de parler avec ses mots, de danser devant un public averti. Avons-nous seulement le même corps ?

– Montre ! dit Asis en l'invitant à se lever et à ôter la serviette qui l'enveloppait.

Nertari tourna plusieurs fois sur elle-même.

– Il ne te manque que le grain de beauté qu'elle avait sur la hanche, dit Asis.

– Un grain de beauté se fabrique, répondit Nertari en saisissant un peu de poudre noire dans la boîte de maquillage. Où se trouvait exactement ce grain de beauté ?

– Là, répondit Asis avec assurance en pointant son doigt sur le côté droit.

– Bien !

Nertari appliqua la poudre sur la hanche et dessina un point rond.

– J'espère que les dieux n'enverront pas la pluie pendant la danse, sinon ce grain disparaîtra aussi vite ! plaisanta-t-elle.

– En Égypte, il ne pleut jamais en cette saison. Rassure-toi, tu es parfaite !

– Trop parfaite pour que l'on ne te veuille pas du mal ! Prends garde encore une fois ! Tu mets ta vie en danger ! Qu'en penserait ton époux ? intervint Héléna.

– Je ne veux surtout pas qu'il soit informé !

– N'aie crainte.

– Alors, Héléna, fais venir tes musiciens. Asis ! La fête commence !

Nertari s'appliqua pendant de longues heures à retrouver des gestes gracieux et à danser comme Asis le lui indiquait.

– Mélissa se laissait aller d'instinct. Elle inventait de nouveaux pas, tourbillonnait sans cesse sans crainte du vertige. Elle était naturellement emprunte de sensualité. Tu es plus raide et plus réservée, même si tes gestes classiques soulèveront l'admiration. Mélissa n'avait que faire d'être applaudie. On l'adulait car elle entraînait la passion et l'envie. Mais elle ne perdait jamais de vue son objectif : gagner de l'argent. Elle ne dansait pas pour le plaisir, même si son tempérament l'entraînait dans de folles chorégraphies et si elle y prenait finalement goût. Mélissa voulait non seulement sortir de la misère, mais aussi devenir riche comme une reine !

Nertari recommença mille fois les gestes et les pas. Elle finit par s'asseoir à terre, exténuée. Asis réclama une bière très fraîche.

– Je te conseille de prendre un bain, de te faire masser et de recommencer les exercices, dit-elle à Nertari dont le corps ruisselait de sueur.

– Je suis éreintée. Je ne peux plus danser, répondit Nertari en traînant les pieds jusqu'à la salle de bains et en ordonnant à ses suivantes de l'inonder d'eau bienfaitrice.

– Tu ne peux abandonner si vite !

– Si je m'entraîne trop, je ne sentirai plus mes mollets demain. Ils seront durs comme du bois et je devrai renoncer à participer à ces fêtes !

– Alors poursuivons l'entraînement de diction, proposa Asis en la rejoignant dans la salle de bains.

Nertari se dévêtit sans gêne, trop heureuse d'ôter sa tunique qui collait à sa peau.

– Pourquoi fais-tu tout cela ? demanda-t-elle à Asis en la regardant droit dans les yeux.

– J'aimais beaucoup Mélissa, répondit Asis. Vraiment beaucoup. Et je souhaite moi aussi que son assassin soit châtié !

Nertari lui répondit en tentant de prendre les intonations de sa sœur.

– C'est étonnant ! s'exclama Asis, joyeuse. Tu y arrives sans peine. Encore quelques ajustements et tu parleras comme ta sœur !

– N'oublie pas que nous étions jumelles, répondit Nertari. Nous avions des réactions semblables. Nous ressentions parfois des émotions identiques tout en étant très éloignées l'une de l'autre. J'ai l'impression de me souvenir du ton de sa voix, de son accent chantant, de ses réflexions...

– Il ne manque que le vocabulaire, répondit Asis en soupirant et en s'asseyant sur un tabouret en forme de X. Jamais tu n'emploieras les mêmes mots ni les mêmes tournures !

– Nous y parviendrons ! dit Nertari en demandant à ses servantes de s'éloigner. Je me sens déjà mieux. Quand je pense à la manière dont ma chère sœur a disparu si jeune, les dieux me redonnent courage. J'ai envie d'accomplir des exploits pour la venger !

– Tu t'exprimes presque comme Mélissa lorsqu'elle était en colère ! dit Asis.

– Tu vois que tout peut arriver !

Nertari se remit à danser. Ses pieds touchaient à peine le sol. Elle s'envolait de nouveau dans les airs, s'emparait d'un tambourin et rythmait ses pas. Elle se mit à chantonner tout en évoluant nue devant les yeux ébahis d'Asis.

– Voilà ! dit-elle. C'est exactement ainsi qu'il faut danser ! Exactement ! Tu as compris !

Nertari renversa sa chevelure en arrière, en joua, la releva un moment sur le sommet de la tête puis la laissa retomber sur ses épaules dans de sensuels mouvements d'épaules.

– Tu es Mélissa, dit Asis.

– Je ne suis pas sûre qu'il s'agisse d'un compliment ! rétorqua Nertari. Mais, pour une fois, je l'accepte en souvenir de ma sœur bien-aimée !

22

Pendant les jours qui suivirent, Nertari refusa de quitter le palais. Asis venait la voir sans prendre le risque de la mettre en danger.

– C'est demain le grand jour ! s'exclama Nertari en voyant entrer dans ses appartements une Asis hésitante et encore sceptique.

– Tout le monde te cherche à el-Gournah ! Ceux qui t'ont embauchée se demandent où tu es passée.

– Que leur as-tu dit ?

– Que tu préférais rester avec ton ami Apis sur l'autre rive. Si je leur avais avoué que tu te préparais pour les fêtes, ils ne l'auraient jamais cru !

Nertari s'allongea sur le lit et renversa sa tête en arrière. Sa chevelure balayait la natte étendue le long de la couche.

– Je ne sais plus très bien qui je suis, murmura-t-elle.

– Et j'ai l'impression que tu y prends plaisir !

– Si l'enjeu n'était pas aussi important pour moi, j'avoue que ce changement ne m'aurait pas déplu.

Dis-moi franchement, Asis, comment Saféris réagit-elle à tout ceci ? Accepte-t-elle de garder le silence ?

– Je lui ai fait promettre de ne rien révéler autour d'elle. Comme elle refuse de mentir quelle que soit les circonstances, elle préfère se taire plutôt que de donner de longues explications, ce qui est préférable.

– Les hommes d'Anu sont-ils revenus ?

Asis baissa les yeux.

– Oui. Je ne voulais pas t'en parler pour ne pas t'affoler. Mais ils insistent pour te voir et savoir où tu te trouves. Comme je leur disais que tu n'étais pas chez toi, ils ont forcé notre porte et se sont précipités dans la chambre de Mélissa.

– De qui s'agissait-il ? Des pilleurs de tombes que nous avons rencontrés dans la Vallée des Morts ou des gardes d'Anu ?

– De robustes Égyptiens armés de lances que nous n'avions jamais vus auparavant !

– Tout cela me laisse perplexe. Je ne parviens toujours pas à comprendre comment ma sœur a pu se mettre dans une telle situation ! Mais je compte bien le savoir très vite !

Elle se leva et dansa.

– Qu'en penses-tu ? Tous les Égyptiens vont se fourvoyer et croire que je suis Mélissa !

– Fais bien attention ! Nombreux sont ceux qui la connaissent parfaitement !

– Que veux-tu dire ? Mélissa était danseuse, n'est-ce pas ? Uniquement danseuse ? Je sais que l'on loue des filles pour les banquets et que leur rôle ne consiste pas seulement à danser.

– Oui, rougit Asis. Je crois que Mélissa se contentait de danser... mais je n'ai jamais assisté aux spectacles qu'elle donnait chez les particuliers. Cependant, je puis t'assurer que les Égyptiens qui l'appréciaient ne manquaient aucune de ses évolutions quand elle se produisait publiquement. Je parierai fort que la plupart d'entre eux pourraient dessiner jusqu'à la courbe de ses reins !

– Que pensait Apis de tout cela ?

– Ses parents lui conseillaient de s'éloigner de Mélissa, mais plus ils intervenaient, plus Apis refusait. Je suis sûre qu'il n'appréciait guère ces manifestations, même s'il repartait au bras de Mélissa avec une fierté non dissimulée.

– J'espère qu'il jouera le jeu et qu'il se conduira avec moi d'une manière identique, sinon notre plan échouera. Je veux absolument que les Égyptiens qui ont poursuivi Mélissa me prennent pour elle et qu'ils se comportent avec moi comme ils l'auraient fait avec elle !

– Dès que tu te seras présentée dans la cour du gymnase et que tu salueras les spectateurs installés sous les portiques, les dés seront jetés. Tout pourra alors arriver. Une lance, un couteau, un trait, une flèche viendront peut-être t'atteindre au moment où tu t'y attendras le moins !

Nertari frémit et se frotta vivement les mollets.

– Tais-toi ! Tu vas me faire peur alors que je me sens remplie de courage. Aujourd'hui, je vais demander au masseur d'Héléna de m'enduire le corps d'onguent et de l'échauffer.

Comme Karè insistait pour appliquer sur sa chevelure une pommade spéciale qui gonflait les cheveux et les rendait plus luisants, Nertari accepta. Elle n'osait pas avouer à sa coiffeuse que le masseur du palais lui avait déjà donné tout ce qu'il fallait.

Bientôt s'activa autour de Nertari une ruche de jeunes femmes nues. Certaines lui présentaient des vêtements en lui conseillant une jupe courte et des bretelles croisées sur la poitrine ; d'autres prétendaient que Nertari devait absolument danser nue et ne porter qu'une large ceinture dorée autour de la taille ; d'autres encore prônaient des tuniques transparentes largement ouvertes afin de donner de lui l'aisance.

– Comment se présentait donc Mélissa ? demanda Nertari à Asis.

– Toujours nue avec des colliers et une ceinture. Les Grecs la comparaient à Diane sans tunique et les Égyptiens à Astarté. Il lui arrivait de mettre une tunique transparente et de se plonger dans l'eau avant de se produire. Seuls ses cheveux restaient secs. Mais son vêtement collant à sa peau révélait tous ses charmes.

Nertari resta les bras ballants au milieu de la pièce. Ces détails lui avaient jusque-là échappé.

– Je me sens incapable de me produire nue devant tous ces spectateurs ! dit-elle. Ma condition me contraint à opter pour une autre solution.

– Je te l'accorde, répondit Asis, embarrassée. Que dirais-tu de cette robe constituée de voiles qui laisserait apparaître tes charmes ?

Nertari tâta le tissu fin et compta les nombreuses fentes du vêtement.

– Tu appelles cela une robe ? Si encore elle était confectionnée en coton ou en soie !

– Mélissa ne portait jamais ces matières. N'oublie pas que nous n'avons que très peu de moutons et que leur toison est mince. Seuls nos capes ou nos châles sont en laine.

– Je pourrais choisir la même robe avec quelques plis. Ils dissimuleraient ma nudité. Ne serait-il pas possible d'envisager des couleurs ?

– Et pourquoi pas une tenue à manches ? Nertari, tu dois te rendre à l'évidence. Il te faut oublier ta condition et tes manières courtoises pour te mettre dans la peau de ta sœur.

Nautis vint se joindre au groupe. Elle ôta ses sandales en entrant en signe de courtoisie vis-à-vis de Nertari.

– Cette robe vaut au moins trois chèvres ! s'exclama-t-elle en admirant les voiles que Nertari hésitait à porter.

Nautis l'encouragea à le faire. Elle ne trouvait rien là d'indécent pour une danseuse.

– Eh bien soit ! conclut Nertari. Je vais m'entraîner dans cette tenue !

Elle claqua des doigts. Les Égyptiennes l'aidèrent aussitôt à se parer. Sans perdre de temps, Nertari évolua dans la pièce jusqu'à l'arrivée du masseur. Quand il eut préparé son matériel, elle mit tout le monde dehors. Elle voulait se concentrer, se décontracter, réfléchir avant le jour fatidique.

23

Héléna et Alexandros vinrent eux-mêmes chercher Nertari, le lendemain matin. La jeune femme avait passé un long moment à sa préparation.

– Les Thébains chantent dans les barques. Leurs épouses lancent des fleurs. Leurs enfants jouent. Partout les castagnettes, les crotales et les tambourins résonnent. L'Égypte est en joie !

– Les Thébains sont déjà partis ?

– Oui, Nertari, lui répondit Héléna. Ils vont suivre le fleuve en direction de Ptolémaïs, jusqu'au gymnase. Certains refusent de s'y rendre sous prétexte qu'il s'agit là d'une ville grecque et que nous allons inaugurer un bâtiment hellénique. Je redoute quelques échauffourées entre Grecs et Égyptiens, mais la majorité de la population est satisfaite. Dès qu'une occasion de faire la fête se présente, les Égyptiens sont toujours prêts !

– Ce soir, tu seras la reine de la nuit, dit Alexandros en admirant la tenue de Nertari. J'ai ordonné à Aleb de contrôler tous ceux qui s'approcheront de toi. Cependant, sur l'estrade, tu seras seule au monde, et nous avons prié les dieux de te protéger.

Aleb se présentait précisément dans l'encadrement de la porte. Sa carrure impressionnante occupa la largeur de l'entrée. Il croisa les bras sur sa poitrine et écarta légèrement les jambes comme pour signifier qu'il faudrait lui passer sur le corps si l'on voulait attenter à la vie de Nertari.

– Où est Asis ? demanda-t-elle. Je l'avais priée de se présenter au palais dès le lever de Rê.

– Les deux amies de Mélissa t'attendent en bas. Les Thébains s'étonneraient de ne pas les voir à tes côtés.

Nertari sembla se recueillir en s'approchant de la petite fenêtre et en regardant les palmiers du parc qui entouraient la mare. Elle resta muette pendant quelques instants puis elle se retourna comme si elle prenait une décision irrévocable.

– Allons-y ! Le sort des Parques qui tranchent la vie en est jeté ! J'avoue avoir longuement prié, moi aussi, les divinités grecques pour qu'elles m'aident !

Ils embarquèrent sans tarder et remontèrent le Nil en observant avec joie l'enthousiasme des Égyptiens dont les barques filaient non loin des leurs. Les rames en bois d'ébène incrusté d'or s'enfonçaient énergiquement dans l'eau du Nil. Les Égyptiens les actionnaient en chantant ou en s'interpellant bruyamment. Ils manipulaient les manches en bois de santal décorés d'or avec beaucoup d'énergie. Près d'eux les éventaient des femmes aux cheveux nattés, au corps mince, aux seins petits.

– Ce ne sont pas là des gens du peuple ! s'exclama Nertari, la gorge serrée par la peur de se produire devant un tel public. Leurs embarcations resplendissent d'or fin ! Ils se comportent pourtant comme des villageois ou des paysans !

Héléna éclata de rire.

– Ils ont bu du vin grec depuis l'aube et, même s'ils revendiquent leur statut d'Égyptiens, ils préfèrent laisser la piquette de leur pays pour déguster du vin grec ! Ce sont les plus grands personnages de Thèbes ! Les jeunes filles qui les entourent ne doivent pas avoir enfanté car ils ne louent que des personnes au corps svelte et au ventre plat.

Certaines ne portaient que des résilles, pure fantaisie de leur maître. Leurs épouses acceptaient ces écarts et paraissaient, elles aussi, réjouies. Elles s'étaient drapées dans de simples morceaux de tissus, enroulés autour de leur corps, qui ne demandaient qu'à se déplier. Une ceinture tenait l'ensemble soigneusement ajusté quand de fines bretelles n'empêchaient pas l'étoffe rectangulaire de glisser à leurs pieds. La plupart avaient embarqué avec quelque difficulté, leur robe étroite ne leur permettant pas de larges enjambées. Leurs épaules nues et dorées dégageaient de tels effluves de parfum que Nertari les recevait au visage comme une gifle agréable et cinglante quand leur barque croisait le navire royal.

– Je n'aurais jamais pu danser avec de tels fourreaux ! s'exclama-t-elle en plaisantant avec Héléna et Karè.

– Rassure-toi. L'usage de telles robes est très rare. J'ai déjà essayé de marcher avec ces vêtements drapés. Ils sont plus étroits que les tuniques grecques ! dit Héléna. Mais les épouses ne pensent en ce jour qu'à plaire à leur époux. Songe qu'il va être entouré toute la journée de ces nymphes qui maintenant les éventent !

– J'avoue que le spectacle de ces Thébains accoutumés à se faire servir en train de ramer ne manque pas de cocasserie, dit Karè. Mais leurs épouses auront plus de mal encore à leur faire oublier les danses sensuelles de Nertari !

Chacune rivalisait de beauté et de coquetterie. Les bretelles aux dessins brodés, les manteaux légers en résille ornés de perles blanches, les plissés à franges, les perruques élaborées, les drapés réunis sous les seins par un nœud majestueux, les tuniques à manches plissées d'une largeur élégante, rivalisaient de goût. Les bijoux des hommes, des femmes et des enfants savamment parés rutilaient sous le soleil.

– Tu as sans doute les plus beaux colliers et les bracelets les plus fins, remarqua Nertari en admirant le cou et les bras d'Héléna. Mon époux m'achète les plus chers de Chypre, mais j'avoue ne jamais avoir contemplé de telles splendeurs. Je reconnais là le travail en filigrane.

– Je ne porte, selon les souhaits de Pharaon, que des bijoux fabriqués dans les ateliers du palais, répondit Héléna. Si ce collier te plaît, je te l'offre volontiers.

– Je n'ai jamais vu un pareil éclat ! A côté, les breloques vendues sur les marchés paraissent si ternes que je n'oserais les porter en présence d'Alexandros !

Nertari accepta le cadeau de son amie. Elle fit miroiter sous les rayons de Rê, la cornaline, l'améthyste et le jaspe mêlés.

– Je préfère la turquoise que les mineurs rapportent du Sinaï et le lapis-lazuli, dit Héléna. Je ne regrette pas ce bijou. Il te va beaucoup mieux qu'à moi !

– Rhodopis me comble d'argent et d'or, reconnut Nertari. Je te ferai moi aussi un don en rentrant si les dieux me laissent la vie sauve et si j'arrive au bout de cette épreuve !

- N'aie crainte ! Tout se passera bien, lui dit Héléna en lui prenant la main pour la rassurer. J'ai une excellente nouvelle à t'apprendre. Je voulais t'en faire la surprise, mais je ne résiste pas à l'envie de t'en parler.

Nertari la regarda avec étonnement.

- Le gouverneur principal de Chypre, invité par Pharaon à faire son rapport sur la gestion de l'île, a décidé de venir à Thèbes. Aussi Alexandros a-t-il jugé judicieux de l'inviter à l'inauguration du gymnase.

- Comment ? Le *strategos* assistera aux fêtes ? L'officier le plus important de Chypre ! Celui qui dirige les meilleurs soldats ! Le parent de Ptolémée, Grand Prêtre et chef de la flotte !

- Eh bien ! oui. Le nouveau *strategos* est également responsable des mines de cuivre, gymnasiarque et chef de l'association des comédiens dionysiaques. Pour ces deux derniers titres, sa présence ne sera pas incongrue car un nouveau gymnasiarque prendra en charge la direction du gymnase et assumera les frais des concours sportifs. En outre, des représentations en l'honneur de Dionysos succéderont aux danses dès demain matin. On dit que ce gouverneur est plus intelligent et plus cultivé que son prédécesseur, prêtre du *ptolémaion*, qui dirigeait pourtant la bibliothèque d'Alexandrie. Il sera accompagné de quelques archontes et de plusieurs représentants des institutions de Chypre.

Nertari blêmit.

- Te rends-tu compte de ce que tu m'apprends ? dit-elle. Mon propre époux pourrait assister aux fêtes de ce soir ! Il connaît parfaitement le *strategos* qui vient souvent participer à nos réunions musicales ou intellectuelles. Oh ! nous n'avons pas à Paphos tous les artistes que Pharaon reçoit à Alexandrie, loin s'en faut ! Mais le gouverneur aime venir entendre dans notre salle de réception des philosophes, des historiens, des écrivains et des poètes... Certains se déplacent même de Kition pour évoquer devant lui leurs traités de médecine ou de philosophie. Lui-même écrit des vers comiques et rivalise avec le bon Sipater dont les phlyaques [1] m'enchantent. Tout cela me contrarie. Que vont-ils penser de moi ? Ils savent que je me suis rendue à Thèbes pour retrouver le corps de ma sœur, non pour danser nue devant des hommes ivres !

Nertari tressaillit en songeant à toutes ces personnalités qu'elle accompagnait habituellement à Paphos pour honorer Isis, Sérapis et tous les dieux grecs. Son mari avait été responsable du culte de la dynastie des Ptolémées contrôlé par la confédération des Chypriotes. Elle vénérait avec eux Aphrodite dans son temple de Paphos, Apollon Hylatès dans son sanctuaire souterrain taillé dans le rocher. En procession, ils déposaient ensemble des offrandes dans les niches des murs, suivaient les couloirs jusqu'aux chambres circulaires.

– Ne te fais pas de souci, lui dit Héléna. Tu manques de confiance en toi. Tu es magnifique et Alexandros assure que tu danses comme une déesse. Ces Chypriotes te verront dans une tenue inattendue, mais ils t'apprécieront autant que les Thébains. Les hommes

1. Comédies burlesques.

restent des hommes ! N'oublie pas qu'à leurs yeux tu seras Mélissa.

– En présence du *strategos* gymnasiarque, nous avons certes inauguré plusieurs gymnases à Salamis, à Kition, à Kourion, à Arsinoé et dans la ville fortifiée d'Amathous que Ptolémée Sôter a autrefois prise à Demetrios Poliorcète le bien nommé, mais jamais des danseuses nues n'ont couronné l'ouverture de tels édifices ! Même au théâtre de Paphos, les spectacles restent dignes.

– Parce que tu parles de personnalités habituées à fouler des sols de mosaïque et à s'entourer de fresques polychromes, mais fais-moi confiance, j'ai longtemps été naïve. La liberté des Égyptiennes m'a appris à connaître la mentalité des hommes. Si tu gardes ton sérieux et si tu ne tombes pas dans la vulgarité, tes danses seront appréciées pour leur beauté et leur langueur par le plus austère des hommes...

– Tu oublies un détail, Héléna ! Je dois ressembler à Mélissa et je doute qu'elle ait fait preuve de la réserve dont tu parles ! En outre, le gouverneur ne manquera pas de s'étonner que Mélissa soit en vie. Il se demandera où je suis.

Aleb observait les deux femmes avec une certaine tension. Sans oser les approcher, il tentait manifestement de leur faire comprendre qu'elles étaient trop exposées.

– Je propose que Nertari se place sous ce baldaquin recouvert d'un voile, dit Aleb à Alexandros. Elle s'avance trop près du bord et pourrait recevoir une lance bien ajustée !

– Tu as raison. Je n'aime guère qu'elle rende ainsi leurs saluts à tous ces Thébains qui croisent notre barque. J'avais pourtant recommandé à Nubis de veiller à ce qu'aucun navire ne nous doublât.

– Hélas, digne Alexandros, tu ne peux empêcher les Thébains ivres de joie et de vin de manifester leur enthousiasme et leur bonheur de venir t'honorer, ainsi qu'Héléna.

– Ils préféreraient sans doute voir Pharaon !

– Mais ils t'apprécient. Les Grecs t'estiment car tu viens de Macédoine et les Égyptiens reconnaissent ton humanité.

Alexandros tenta de convaincre Nertari de se joindre à eux pour déguster une collation et se protéger du soleil déjà chaud. Des étoiles de lumière miroitaient sur la surface du fleuve, l'habillant d'un vêtement d'apparat.

24

La barque royale arriva au gymnase au crépuscule. Nertari quitta l'embarcation, entourée de Nubis et d'Aleb. Elle s'était enveloppée dans une cape. Tous les Thébains se précipitèrent vers le banquet en plein air qui avait été organisé à proximité du gymnase. Les mets fumaient et les odeurs de viande grillée gagnaient le lointain en laissant de suaves senteurs.

En voyant les Grecs courir vers les tables garnies, Nertari crut assister aux fêtes en l'honneur d'Apollon dont le sanctuaire de Kourion accueillait l'élite de Chypre. Pendant plusieurs jours, les athlètes rivalisaient à la course dans le grand stade. Ils logeaient dans les bâtiments proches de la palestre. Les sacrifices se succédaient, accompagnés de danses rituelles. Après les concours athlétiques, les artistes dramatiques et les poètes rentraient eux aussi en compétition dans le théâtre du sanctuaire. Ces journées de saine joie s'achevaient par des banquets et commençaient par un dîner qui se terminait tard dans la nuit.

– A quoi songes-tu ? lui demanda doucement Asis en s'approchant d'elle. Il est temps de te préparer.

– Ainsi donc, nous ne participerons pas au banquet comme les autres ?

– Non.

– Je ne sais où je trouve encore la force et le courage d'affronter tous ces regards, dit Nertari. Le souvenir de ma sœur me redonne chaud au cœur. Je ne serai vraiment sereine que lorsque j'aurai enterré Mélissa dans la nécropole sacrée de Paphos.

Elle se tut quelques instants.

– Bien entendu, cette nécropole ne te dit rien car tu n'as jamais quitté Thèbes. Mais les tombes y sont plus belles que des demeures particulières ou des palais. Taillées dans le roc ou construites sur les collines qui rosissent puis se dorent le soir au coucher du soleil, elles ont déjà accueilli les corps de nombreux hauts fonctionnaires et des membres de la famille royale. De cette nécropole en bordure de mer, on voit Rê disparaître peu à peu dans les flots. L'eau est aussi rouge que les rayons frappant les cavités où dorment les morts.

Bien qu'elle souhaitât l'entraîner vers les baraques qui servaient de loges aux artistes et aux athlètes, Asis sentit que Nertari avait besoin de s'encourager en évoquant sa sœur. Aussi la laissa-t-elle parler.

– La tombe de ma sœur sera aussi belle que celle des cousins de Ptolémée. Un escalier descendra vers l'atrium à péristyle où les chapiteaux des colonnes doriques et triglyphes recevront les premières l'hommage de Rê au crépuscule. Afin qu'il ne subisse ni les dommages des tremblements de terre ni les ravages des pilleurs de tombes, ce sanctuaire sera creusé dans la colline. Tout autour de l'atrium, les architectes construiront des chambres funéraires. Nous y déposerons un mobilier funéraire magnifique, des marmites en céramique sigillée, des amphores pleines d'huile et de vin, des vases anthropomorphes, des récipients en verre moulés par les meilleurs artistes, des coquillages peints qui auront beaucoup voyagé... Dans la cour, dans les salles aménagées de niches funéraires qui nous accueilleront peut-être un jour, resplendira le soleil de la vie. Sur les piliers épais, je ferai graver, comme le fit autrefois Hatchepsout sur son temple, les noms de Mélissa et le déroulement de sa vie...

– Ne crains-tu pas d'outrager les dieux ? s'exclama Asis. Mélissa n'était pas pharaonne, encore moins déesse !

– Je m'étonne qu'une Égyptienne telle que toi fasse cette remarque, répondit Nertari avec un sourire résignée. Les Grecs t'ont donc habituée à la mesure. « Connais-toi toi-même », telle est la devise que mes maîtres m'enseignaient en Grèce. Je refuse, cependant, de me montrer modeste pour l'Au-Delà de Mélissa.

Asis lui prit le bras.

– Viens maintenant. Les habitants de cette ville apprécient les danseuses dès qu'ils ont fini de se restaurer et de boire avant de ripailler de nouveau. Tu as signé un contrat qui spécifie que tu danseras dès ton arrivée dans la cité.

– Je te suis, répondit Nertari en faisant un signe de la main à Héléna et à Karè.

Aleb et Nubis encadrèrent aussitôt les deux femmes. Mais, à cet instant, des personnalités chypriotes s'avancèrent vers Alexandros et Héléna.

– Il s'agit du gouverneur de Chypre, souffla Nertari à Asis. Quittons ces lieux. Je préfère ne pas le saluer dans cette tenue.

– Mais tu as jeté cette cape sur tes épaules...

– N'insiste pas.

– Pourquoi ne le salues-tu pas dès maintenant ? Il sera ainsi moins étonné de te voir sur l'estrade. Explique-lui ta démarche.

– Il ne comprendrait pas, dit Nertari, agacée de devoir se justifier devant Asis.

Elle s'empressa de la suivre vers les baraquements.

– Voilà de bien modestes loges...

– En Égypte, il arrive fréquemment de construire à la hâte ce genre d'abris que l'on démolit après les fêtes. Les statues des dieux que l'on transporte sur des barques sacrées de toutes les régions d'Égypte sont placées dans les chapelles en bois que tu vois là-bas. Les Grecs n'apprécient guère cette tradition égyptienne car ils ont sculpté et élevé dans leurs cités des statues de leurs dieux à tous les coins de rue, mais Pharaon tolère cette coutume. Ainsi les dieux grecs et égyptiens se mêlent-ils dans la joie, eux aussi, et les nouveaux dieux, tel Sérapis le tout-puissant, peuvent se joindre à eux !

Nertari s'engouffra dans un baraquement étroit.

– Tu vas te changer à cet endroit. Voilà précisément tes employeurs !

– Mélissa ! lui lança Pamphalos. Alexandros souhaiterait te présenter le nomarque. C'est lui qui a rédigé ton contrat.

– Elle le verra tout à l'heure, répondit Asis de peur que Nertari ne commît un impair et ne se retrouvât face au gouverneur et aux archontes chypriotes.

Puis elle glissa à l'oreille de la jeune femme :

– J'avoue ne pas savoir quelles étaient les relations de Mélissa avec le nomarque de la région. Il est beau et fier. Il ne la laissait pas indifférente. Quant à lui, il blêmissait chaque fois qu'il la voyait danser. En voilà un que tu ne tromperas pas facilement !

Apis rejoignait lui aussi Nertari. Sans perdre son sang-froid, Nertari lui fit remarquer qu'elle n'aimait guère être dérangée avant une représentation. Elle travaillait, tandis que lui se prélassait avec des amis. Asis l'approuva d'un regard. Cette attitude semblait correspondre à ce qu'elle attendait d'elle.

– Je te verrai après le spectacle, répondit Apis en faisant mine d'être dépité devant Paros.

– Je préférerais que tu viennes saluer le nomarque, insista ce dernier. Il t'attend et risque de se vexer. Il se trouve en compagnie du responsable de l'association des artistes dionysiaques de Chypre, un homme d'une grande distinction et d'une rare finesse ! J'espère qu'il appréciera demain les réjouissances dionysiaques que j'ai préparées pour les Grecs de Ptolémaïs.

– Allez les rejoindre. Je vous suis, répondit Nertari.

Quand ils furent partis, elle interrogea Asis avec inquiétude.

– Je ne doute pas que Rhodopis leur ait expliqué pourquoi je devais partir pour Thèbes, lui dit-elle. Que penseront-ils en voyant danser une Mélissa qu'ils croyaient morte ? Ils se demanderont où se trouve Nertari et pour quelles raisons je ne suis pas retournée à Chypre auprès de mon époux.

– Et si ton mari avait gardé le silence, s'il n'avait révélé à personne ton départ pour l'Égypte...

– Le gouverneur ne peut ignorer mon absence de Paphos.

– Peut-être n'est-il pas informé de la raison de ton départ.

– Quelle aubaine ce serait... mais je n'ose y croire. En fait, cette incertitude me pétrifie. Je me sens incapable de danser et de songer à autre chose qu'à la catastrophe qui va s'abattre sur moi !

– Écoute-moi, lui dit Asis. Voilà ce que je te propose... Je vais aller chercher Saféris. Elle se montrera réticente, mais je réussirai à la convaincre. Je veux qu'elle vienne t'aider à te vêtir et à te remaquiller. Pendant ce temps, j'irai parler à Héléna. Elle saura mettre les hauts fonctionnaires de Chypre dans la confidence sans les choquer.

– Après tout, c'est elle qui a eu cette idée incroyable d'inviter le gouverneur à cette fête !

Mais en sortant du baraquement, Asis croisa le nomarque impatient qui venait aux nouvelles. Vêtu à la grecque d'une tunique blanche drapée retenue par une ceinture brodée, il faisait avec ses bras des gestes d'avocat en train de plaider. Des bijoux rutilaient autour de son cou et de ses bras.

– Ainsi donc Mélissa, tu te fais encore prier, dit-il en pénétrant dans l'habitacle sans se faire annoncer. Il est vrai que ta beauté et ton talent te permettent tout !

– Seigneur, je n'avais pas l'impression que mon existence t'intéressait à ce point. J'en suis flattée, répondit Nertari en se courbant pour le saluer, un petit sourire en coin. Je t'ai croisé lorsque tu es venu à el-Gournah contrôler les paysans, mais tu ne m'as même pas aperçue.

– J'aime ta franchise, répondit le nomarque gêné en tendant le bras vers le gouverneur de Chypre. Voilà d'honorables fonctionnaires qui connaissent Pharaon tout-puissant et qui nous font l'honneur d'assister à nos réjouissances. Ne les déçois pas ! Ils viennent de Chypre.

Comme le gouverneur s'avançait vers elle, Nertari pâlit. Elle se courba devant lui.

– Mélissa, j'ai hâte de te voir danser car on ne me parle que de toi depuis l'aube. Tous les Égyptiens et les Grecs vantent ta souplesse et ta grâce.

Ne sachant comment interpréter ces paroles, Nertari s'inclina de nouveau et le remercia.

– Je tenterai de ne pas vous décevoir, vénérables visiteurs. A présent, vous m'excuserez, mais je ne veux pas faire attendre les Thébains qui ont navigué jusqu'ici. Ils se montrent souvent impatients et n'hésitent pas, dans ce cas, à chercher querelle aux Grecs qui habitent Ptolémaïs. Il serait dommage de troubler une si belle fête !

– Nous te retrouverons à l'issue du spectacle, répondit le gouverneur avec ce sourire courtois que Nertari lui connaissait si bien.

Se pouvait-il qu'il ne l'eût pas reconnue ? Héléna l'avait-elle informé de la situation ? Nertari paraissait rassurée par la bienveillance de cet homme qui fréquentait régulièrement sa maison de Paphos.

Asis aida Nertari à enfiler une tunique multicolore et transparente. De larges fentes permettaient d'entrevoir les jambes longues de la jeune femme et ses hanches étroites. Elle avait libéré sa chevelure sur laquelle brillaient de multiples points dorés. Ses yeux soulignés d'un épais trait de khôl et ses paupières si bleues qu'elle paraissaient remplacer le ciel lui donnaient des allures de femme légère. Mais son port altier rappelait qu'elle n'était pas une simple fille des rues.

– Tu remettras la tunique transparente que tu portais pour le final, lui conseilla Asis. Ces voiles te couvriront davantage car ils sont colorés. N'est-ce pas ce que tu avais suggéré hier ?

Nertari la remercia du regard.

25

Les Égyptiens s'étaient rassemblés sous le portique destiné à l'entraînement des athlètes qui faisait le tour de la cour. Aux quatre coins du gymnase carré, des têtes d'Hermès rappelaient que cet édifice avait été créé par des Grecs installés en Égypte. Derrière le public assis à même le sol avaient été aménagées des salles de lecture, de massage et de bains. Les Grecs étaient ravis de pouvoir exercer leur corps comme ils le faisaient dans leur pays. Les Égyptiens visitaient d'un œil curieux et sceptique ce nouveau gymnase où des hommes s'entraîneraient nus à la lutte, à la course, au javelot, au pancrace et au saut après s'être enduit le corps d'huile et de sable.

Quelques retardataires tentaient de trouver une place tout en finissant un morceau de bœuf encore tiède. Selon les vœux de Pharaon, Alexandros avait fait installer quelques gradins en bois pour les personnalités sur l'un des côtés du gymnase. Les notables de Ptolémaïs s'affichaient avec joie près du fils de Pharaon et du nomarque.

– Votre cuivre nous est précieux, dit Héléna au gouverneur de Chypre.

L'homme, distingué et discret, lui sourit poliment.

– De tous temps, les Égyptiens se sont rendus à Chypre pour y acheter du cuivre et du bois de cyprès. Je vous ai apporté des présents auxquels les ilotes sont très attachés, notamment un parfum à base de citron. Les femmes en raffolent.

– Les Thébains en fabriquent également, répondit Héléna en le regardant avec ses grands yeux doux qui brillaient à la lueur des étoiles et des torches. Ils racontent que la reine Hatchepsout Maâtkarè qu'ils vénèrent comme si elle était encore en vie avait fait représenter dans plusieurs sanctuaires des citrons d'une belle grosseur !

– J'ignorais, en effet, que les Égyptiens de cette époque connaissaient déjà le citron ! Tu me diras donc ce que tu penses de nos senteurs. J'ai également fait porter à ton palais des amulettes de Kition, des vases avec des dessins d'Aphrodite, la déesse de Chypre, et des pendentifs représentant Hathor et le dieu Bès.

– Tu nous a déjà comblés, vénérable gouverneur, répondit Héléna. J'ai ordonné de placer tes bustes d'Hygie et de Sérapis dans l'entrée du palais. Je t'invite à y séjourner pendant le temps qu'il te plaira.

Alexandros approuva d'un mouvement de la tête la proposition d'Héléna.

– Je me réjouis de constater que la sœur de notre chère Nertari est en vie et que l'annonce de sa mort n'était qu'une fâcheuse erreur. Nertari en a été très éprouvée. Son époux Rhodopis s'inquiète à Paphos. Sans doute Nertari a-t-elle déjà repris le chemin du retour ?

Héléna hésita à répondre et chercha des yeux le regard d'Alexandros, à l'affût d'un conseil.

– Mélissa semble effectivement en excellente santé ! répondit le fils de Pharaon.

– Elle ressemble tant à Nertari que j'en ai été troublé, avoua le gouverneur. Cependant, il apparaît clairement que les deux femmes n'ont pas reçu la même éducation. Nertari se montre toujours si réservée, si distinguée en société. Je lui trouve même du talent lorsqu'elle chante des vers, ce qui lui arrive. C'est une femme remarquable !

– Mélissa n'a pas vécu ces dernières années dans le faste, dit Héléna. Mais elle aussi se révèle exceptionnelle. Elle habite à el-Gournah, en bordure de la Vaste Prairie, là où les parents d'Hatchepsout ont fait bâtir ou creuser leurs temples et leurs sanctuaires. La vie y est rude. De l'autre côté du fleuve, nous bénéficions des commodités de la ville.

– Les cités grecques sont surtout moins misérables que les villages égyptiens. J'ai pu le constater lors de notre traversée. Pourtant, malgré cette différence qui caractérise les deux femmes, j'avoue que Mélissa m'a séduit. Elle a son franc parler et use de son charme. J'ai hâte de la voir danser.

Héléna adressa un clin d'œil à Alexandros. Le gouverneur, tout guindé qu'il paraissait, semblait sensible à la beauté féminine.

Les spectateurs commençaient à s'impatienter. Ils réclamaient les danses en tapant sur des écuelles ou en frappant dans leurs mains. Bientôt, le nom de Mélissa fut scandé par les plus nobles d'entre eux.

– Courage ! glissa Asis à Nertari qui se taisait depuis quelques instants et qui répétait dans sa tête les mouvements de danse qu'elle allait exécuter.

Puis, comme si elle en prenait son parti, Nertari s'avança vers l'estrade d'un pas décidé. Des murmures circulèrent dans l'assemblée. Les tambourins retentirent. Les flûtes les accompagnèrent bientôt. Puis les crotales et les castagnettes se joignirent à ces instruments égyptiens. La jeune femme laissait les voiles de sa longue cape flotter derrière elle sous la brise vespérale qui enfin se levait pour le plus grand soulagement des spectateurs. Des coupes de bière circulaient dans les rangs. Certains se prêtaient des coussins en soie ou en coton de toutes les couleurs.

Nertari monta les quelques degrés en bois de l'estrade située au centre du gymnase où lutteraient le lendemain des hommes robustes et musclés enduits d'huile. Les marches craquèrent sous ses pas. Elle ôta son manteau et le laissa tomber à terre avec élégance. Puis elle se mit pieds nus, se dépouillant de ses sandales dorées, inutiles. Les spectateurs semblèrent étonnés de la voir ainsi vêtue, Mélissa les ayant habitués à danser avec des pagnes en lin qui laissaient sa poitrine nue ou avec des tuniques fines et transparentes. Mais lorsque Nertari esquissa quelques pas, son corps apparut aussitôt à la foule en émoi. Les fentes de son vêtement étaient si larges que ses hanches apparaissaient subrepticement, le temps d'un mouvement. Elles se cachaient aussitôt pour laisser paraître un sein ou une cuisse.

Le gouverneur observait, les lèvres mi-closes, comme captivé par un spectacle étonnant. Nertari le distingua dans la foule. Elle préféra fermer les paupières. Elle cambra son corps en arrière et entraîna dans sa ronde ses voiles de couleur. Ses bras rutilaient d'or, son nombril de turquoise, sa taille et ses chevilles d'une fine chaînette argentée. La musique semblait emporter ses bras et ses jambes.

Aux quatre coins de la cour, des Égyptiens en pagne allumèrent de nouvelles torches dont les flammes dansèrent sur les colonnes qui entouraient l'espace central. Nertari ouvrit les yeux et vit mille amulettes briller au cou des Égyptiennes : la déesse Bat, garante de fertilité, des pendentifs en forme de poisson préservant de la noyade, des motifs en coquille d'huître éloignant les maladiess. Entourée d'une telle protection, Nertari aurait dû se sentir intouchable. Elle-même portait des bracelets auxquels pendaient des yeux *oudjat* symbolisant l'œil que Seth avait autrefois arraché à Horus, objet de lumière face aux périls de la vie. Son fin collier de turquoise, si léger qu'il manquait d'aplomb lorsqu'elle cessait de danser, les pierres vertes, clefs de la vie, dont elle s'était parée sans mesure, constituaient autant de remparts contre d'éventuels ennemis.

Même les hommes avaient choisi pour l'occasion leurs colliers de perles en stéatite ou en faïence enfilées sur de simples cordelettes en cuir.

Nertari fit tinter les cauris de sa ceinture. Asis avait accroché ces coquillages au dernier moment en assurant qu'ils ajouteraient de la sensualité à ses danses, les hommes imaginant en voyant leur forme les parties intimes des femmes qu'ils aimaient.

Nertari distingua le pectoral en métal du gouverneur qu'elle connaissait dans les moindres détails tandis qu'Alexandros portait un large collier de plusieurs rangs de perles en verre et faïence que Pharaon lui avait offert.

– Mélissa est si belle, murmura le gouverneur à l'oreille d'Alexandros, que je lui offrirai autant de bracelets en argent que la mère de Khéops en eut dans sa sépulture ! Elle pourra ainsi décider de les emmener avec elle dans l'Au-Delà. Je les ferai porter dès demain dans sa maison d'el-Gournah avec quelques bracelets de chevilles assortis à ceux qu'elle porte aux poignets.

Tout en parlant, le gouverneur ne quittait pas Mélissa des yeux. Il faisait des gestes élégants avec sa main, tournant maintes fois autour de son doigt sa chevalière ornée d'un scarabée qu'il portait, comme Alexandros et le nomarque de la région thébaine, au majeur gauche.

– Des boucles d'oreille en or, en verre et en terre cuite remplaceront ces anneaux en métal ordinaire et ces perles dont Mélissa s'est parée.

– Tu lui feras un grand plaisir, répondit Héléna un peu vite en se souvenant de la discussion qu'elle avait eue avec son amie sur le bateau. Elle apprécie particulièrement les boucles en forme de disque très travaillées aux contours festonnés à l'ancienne qui allongent le lobe de l'oreille.

– Mélissa a donc les mêmes goûts que Nertari.

– L'avantage des jumelles, se rattrapa aussitôt Héléna. Mélissa porte souvent les bijoux en or que lui offre son fiancé et ne se sépare jamais de son miroir au manche à tête d'Hathor.

Le gouverneur sourit.

– Ainsi donc, le cœur de Mélissa est pris. Je pensais cette jeune femme libre comme le vent...

Alors que le rythme de la musique s'accélérait et que tous les regards étaient suspendus aux gestes sûrs et harmonieux de Nertari, deux hommes s'avancèrent au premier plan. Leurs visages parurent blêmes et redoutables à la lueur des torches. Asis les remarqua aussitôt.

- Ces hommes sont venus à el-Gournah, dit-elle à Saféris en soulevant des murmures de mécontentement autour d'elle. Souviens-toi !

Saféris pria les dieux d'aider Nertari. Apis frémit. Lui aussi les avait reconnus. Il se leva, s'arracha aux Égyptiennes qui s'emparaient de ses jambes en le priant de s'asseoir. Il s'approcha non sans mal d'Alexandros qui ne distingua pas ses gestes alarmés. Aussi Apis fut-il soulagé de parvenir à se frayer un passage jusqu'à Aleb qui se tenait au bord de la cour, les bras croisés sur la poitrine.

- Ces deux hommes nous ont abordés à Alexandrie, Mélissa et moi, lui dit Apis en désignant du menton les deux Égyptiens qui ne quittaient pas Nertari du regard.

- En es-tu sûr ? demanda Aleb sans bouger.

- Absolument ! J'ai la ferme conviction qu'ils sont très dangereux !

Aleb se déplaça discrètement pour mieux les observer.

- Ils me semblent robustes. Qui sont-ils ?

- Je ne sais, répondit Apis en baissant les yeux.

- Je vais tenter de les éloigner sans déclencher d'esclandre. Où se trouve Nubis ? Il ne devait pas quitter son poste de l'autre côté du gymnase.

- Je l'ai cherché en vain. Il a disparu. Agis vite, sinon ces deux colosses vont tenter de nuire. Nertari est exposée et vulnérable ! Nous devons arrêter le spectacle immédiatement !

- Non, c'est impossible. Nertari termine sa première prestation. Qu'Isis lui donne le courage d'aller jusqu'au bout. On annulera le final si nécessaire.

Comme Apis lui reprochait de perdre du temps, Aleb répliqua de nouveau :

– Mieux vaut agir discrètement. Je vais chercher Nubis et prévenir les gardes du site. Toi, reste là et surveille-les !

Nertari se laissait entraîner dans une ronde folle en oubliant tous ceux qui l'entouraient. Elle refusait même de voir les deux hommes qui s'étaient approchés de l'estrade. La musique se fit alors plus douce et plus lente. Aussi espaça-t-elle ses pas et se concentra-t-elle subitement sur ceux qui l'applaudissaient. Elle dansait encore à genoux, le torse souple tel un félin, les bras ondulant comme des vagues, quand elle aperçut en face d'elle, dans la foule, les Thébains qu'elle avait fuis avec Asis dans la Vallée des Morts. Elle n'en interrompit pas ses gestes pour autant, mais fixa avec effroi les Égyptiens, le cœur battant. Toutefois, aucun d'entre eux ne bougeait. Ils se contentaient de la regarder. Nertari se sentit, cependant, menacée. Elle vit Aleb progresser vers eux dans la foule maintenant debout. Au moment où les spectateurs renouvelaient leurs applaudissements, ils disparurent avant même d'être arrêtés. Nertari quitta précipitamment l'estrade et se réfugia auprès d'Héléna.

– Tu as vu ces hommes ? lui demanda-t-elle tandis que les fonctionnaires chypriotes tentaient de comprendre la situation.

– Aleb va les rattraper, répondit tranquillement Héléna.

Le nomarque et le gouverneur s'avancèrent en même temps vers Nertari pour la féliciter chaleureusement tandis que des musiciens et des acrobates montaient sur l'estrade afin de poursuivre le spectacle. Tout le monde restait cependant sous le charme de Nertari, et nombreux furent ceux qui préférèrent se restaurer avant le final.

– Que penses-tu de moi ? demanda Nertari à Asis en regagnant sa loge.

– Je crois que tu as même trompé le nomarque ! dit-elle en éclatant de rire.

– J'aimerais rentrer au palais, lui confia Nertari. Je ressens soudain une extrême lassitude.

– Impossible. Il est normal que tu te sentes épuisée. Se produire en public fatigue beaucoup. Mais tu dois te préparer pour le final et participer au banquet. Tu es également payée pour te montrer aux côtés des hauts fonctionnaires locaux. Jamais Mélissa n'aurait fait une entorse au règlement !

Nertari soupira en ôtant ses vêtements mouillés de sueur.

– Masse-moi les mollets et les chevilles, lui demanda-t-elle. J'ai fait un choix. J'irai donc jusqu'au bout !

Asis lui frictionna le corps avec un onguent parfumé.

– Aleb s'est chargé d'écarter tout danger, dit Héléna en entrant. Tu peux être rassurée.

Nertari attendit dans le baraquement la fin des acrobaties puis elle retourna sur scène. Le final fut bref et magistral. Elle ne rejoignit pas sans déplaisir les invités d'Alexandros autour des tables. Elle avait retrouvé son énergie et sa joie. Elle riait, faisait de bons mots, acceptait les compliments des uns et des autres. Les hommes se pressaient autour d'elle. Les femmes l'observaient à la dérobée, envieuses ou curieuses, jamais jalouses.

Bientôt, les plats défilèrent. Du poisson séché, des cailles crues, du bœuf et des légumes crus, des oignons sucrés, de l'ail léger et des poireaux firent le délice du nomarque. Le gouverneur se régalait de manne [1] et de dattes sortant du four. Mais, afin de respecter le protocole, personne ne commençait un plat avant Alexandros et chacun attendait que les mets fussent déposés devant lui pour les goûter. De même, aucun convive n'osa lui parler ni le déranger pendant le dîner.

Bientôt, le fils de Pharaon ordonna d'apporter des couronnes fleuries que de jeunes femmes nues passèrent autour du cou des invités. Elles disposèrent sur leur tête des cônes de parfum de souchet, de genièvre, de safran et de menthe. Chacun avait à sa disposition une table individuelle recouverte de mets. Asis et Saféris furent flattées d'être invitées au repas des personnalités. Elles durent cependant se contenter de dîner sur une natte à même le sol. Les domestiques n'en finissaient plus d'apporter de nouveaux plats et de verser du vin. Une troupe de danseuses nues et d'acrobates agrémenta le festin, les chanteurs encourageant les invités à profiter des plaisirs de la table tout en faisant circuler dans l'assistance des momies miniatures rappelant combien il convenait de se réjouir pendant la vie terrestre.

– Ces danseuses ont tout à envier à Mélissa, dit Alexandros en levant sa coupe en direction de la jeune femme.

Les hommes présents joignirent leurs remarques aux siennes.

---

1. Le « pain du ciel », préparé avec les sécrétions des insectes pullulant sur les branches de tamaris.

– Ce vin blanc maréotique est parfumé comme une fleur, remarqua le gouverneur.

– Je te conseille celui de la région d'Antylla et le vin taénotique, plus clair et plus gras mais plein d'arômes, dit Alexandros en jetant le vin rouge qui remplissait sa coupe et en faisant signe aux servantes d'apporter ce qu'il demandait. Ils ne te donneront pas le ventre lourd ni les pensées confuses comme la bière impure et épaisse.

Tout le monde complimenta Héléna pour l'organisation du banquet et la saveur des mets.

– Je loue les meilleurs cuisiniers, répondit-elle modestement. Celui que j'ai choisi ce soir est aussi doué que Knoumotpou qui a été enterré dans l'une des plus belles tombes de Saqqarah, mais il est plus grand et moins laid ! Le lotus vous fera dormir et le népenthès [1] chassera votre tristesse. Le cumin, les grains d'anis, la coriandre exciteront vos papilles. Le safran vient des jardins du palais et la cannelle qui brûle autour des tables et nous embaume a été recueillie près du petit temple d'Amon. Nos bateaux ont également transporté le fenouil, la marjolaine, le thym et la moutarde dont s'est servi mon cuisinier favori. Il nous garantit que la livèche améliorera le son de notre voix, le genièvre qui assaisonne le gibier notre vue, les infusions de camomille, la plante de Rê, la température de notre corps et le persil frais l'apparence de notre peau. Le cerfeuil des desserts conservera notre

1. Cette plante entrait dans la composition d'un remède magique contre la tristesse.

jeunesse, le fenouil des pâtisseries nos yeux et le lait de nos nourrices, l'aneth notre sang, le carvi des légumes notre intestin, le romarin notre mémoire, le raifort nos poumons. La muscade vous enivrera. Le fenugrec vous redonnera votre vigueur. Le pavot des viandes vous grisera et soignera vos douleurs. La sauge des volailles prolongera votre vie.

– Tu nous honores en nous offrant des feuilles de corète comme les mangeaient les pharaons de l'ancien temps. D'autant qu'on n'en trouve pas à Chypre, remarqua le gouverneur. Mais ton cuisinier me semble aussi bon médecin que pâtissier. Il a en effet glissé dans ces gâteaux la « plante de la joie », cette marjolaine exquise, et de la rose qui parfume les tombes. Je ne la déguste guère qu'avec du miel pour soigner mes maux de gorge !

– La magie de toutes ces recettes ne vient-elle pas des épices dont les cuisiniers agrémentent leurs plats ? Hatchepsout a autrefois organisé une gigantesque expédition au pays de Pount. Elle y a envoyé ses meilleurs hommes. Ceux-ci ont été reçus par des chefs de tribus qui leur ont offert des épices inconnues des Égyptiens. Aujourd'hui, nous consommons ces épices. Que la vie d'Hatchepsout dure éternellement !

Les éclats de voix des hauts fonctionnaires résonnèrent tard dans la nuit. Les athlètes et les poètes qui concouraient le lendemain, ainsi que les Thébains, avaient depuis longtemps regagné leur demeure. Les habitants de Ptolémaïs continuaient à faire la fête chez eux. Après avoir bu des dizaines de coupes de vin blanc, Nertari ne contrôlait plus ni son discours ni ses raisonnements, mais personne ne prêta attention à ses réflexions car les dieux avaient endormi les esprits les plus subtils, victimes du vin maréotique dans lequel flottaient quelques âpres feuilles de menthe propres à stimuler les âmes les plus mélancoliques.

26

Aleb avait reconduit Nertari chez elle. Une longue discussion l'avait opposée à Alexandros pour savoir si la jeune femme devait retourner au palais ou à el-Gournah.

- Je tiens à ne pas éveiller les soupçons, avait déclaré Nertari, d'autant que le gouverneur et les archontes vont résider quelque temps dans la résidence royale. Je retournerai donc au village.

Mais en se voyant imposer Aleb qui ne serait pas passé inaperçu, elle préféra y renoncer. Elle appréciait pourtant la compagnie de ce personnage rassurant et aimable qui lui inspirait confiance. Elle s'était même surprise plusieurs fois à rechercher sa compagnie, n'hésitant pas à se confier à lui.

En rentrant à Thèbes, Asis et Saféris rencontrèrent le passeur qui leur remit un message destiné à Mélissa.

- Qui te l'a donné ? demanda Asis en retournant dans ses mains le rouleau de papyrus soigneusement fermé à l'aide d'un sceau.

– Un jeune garçon qui venait, prétendait-il, de Moyenne Égypte. Il affirmait avoir fait tout ce voyage pour rencontrer Mélissa et lui remettre cette invitation.

– Pourrais-tu nous le décrire ? demanda Saféris, soupçonneuse, en invitant Asis à lire le message.

– Il ressemblait à n'importe quel Égyptien. Il était petit, râblé, ne portait pas de bijoux.

– Quel âge avait-il ?

– Pas plus de dix-huit ans, répondit le passeur en le comparant à son fils.

– Où est-il à cette heure où Rê brûle la terre ?

– Je ne sais pas. Je n'appartiens ni à la police ni à la garde d'Alexandros. Pourquoi l'aurais-je interrogé ? Je lui ai promis de remettre son courrier à Mélissa. Je pensais qu'elle rentrerait avec vous...

– Elle se trouve à Thèbes, répondit promptement Asis. Elle a tant impressionné les personnalités invitées aux fêtes de Ptolémaïs qu'Alexandros l'a accueillie au palais.

Saféris baissa les yeux. Ces mensonges la mettaient mal à l'aise.

– Promettez-moi seulement de faire la commission, dit le passeur. Mélissa est redoutable et je ne voudrais pas me quereller avec elle. Elle m'est sympathique. Je la trouve franche et courageuse.

Saféris lut à son tour le message pourtant confidentiel adressé à Mélissa.

– Il s'agit d'une invitation à un autre banquet donné en l'honneur du dieu Hâpi et de la déesse du désert Pakhet dans la « Grotte d'Artémis ». Le contrat doit être signé dès demain matin au temple d'Hatchepsout.

– Rassure-toi, dit Saféris au passeur afin de l'éloigner. Nous ferons ta commission et nous te remercions.

– « Au lever du soleil », relut Asis. Comment allons-nous faire ? Cet engagement doit être absolument signé à l'aube. Regarde la somme proposée. Il s'agit d'un contrat colossal ! Mélissa n'aurait jamais manqué une pareille occasion.

Toutes deux traversèrent le village en discutant ferme.

– Quelle manifestation peut bien nécessiter la présence de Mélissa à la « Grotte d'Artemis » ? réfléchit tout haut Asis.

– A ma connaissance, la déesse à tête de lionne était honorée à la limite du désert par Hatchepsout, sa fille et Thoutmosis III afin de l'apaiser au cas où les Égyptiens lui auraient donné des raisons de se mettre en colère.

– Cette divinité n'a pas la réputation d'être conciliante ! reconnut Asis. Si elle nous refuse la crue du Nil, nous mourrons tous ! Avant que le sanctuaire construit par Hatchepsout ne soit appelé par les Grecs « l'Antre d'Artemis », seule Pakhet y était honorée. Je n'ai jamais entendu dire que des jeux aient été organisés en son honneur !

A cette heure de la journée, tandis que les hommes achevaient leur sieste, les femmes du village continuaient de s'occuper des tâches domestiques. Elles s'entraidaient pour aller chercher de l'eau, laver le linge ou préparer la cuisine. Certaines balayaient énergiquement leur modeste terrasse. Les rez-de-chaussée des demeures à deux étages, extrêmement rares à el-Gournah, étaient encore fermés. Ils abritaient les boutiques des boulangers, des fabricants de bière et les ateliers de tissage. Les salles de réception du premier aux fenêtres grandes ouvertes recevaient les chauds rayons du soleil. Les chambres situées au-dessus avaient, au contraire, été placées dans la pénombre tandis que les femmes s'activaient sur le toit, tout à leur cuisine, puisant dans les silos le grain nécessaire au frugal repas du soir.

La plupart surveillaient la cuisson du pain devant un petit four circulaire installé à l'arrière de leur maison. Les meules à grain entraient en action ; on ouvrait les pots en terre ; on frottait les silex pour allumer le feu. A cause de la forte chaleur, des Gournawi faisaient cuire leurs volailles ou griller leurs poissons à l'extérieur.

– Ces deux jours sans travail ne nous arrangent guère, dit Asis en ouvrant la porte de leur modeste maison. Nous n'avons ni l'une ni l'autre touché nos miches de pain et notre ration de bière quotidienne. Le maître ne nous a pas versé d'argent ! Je préférerais être prêtre et recevoir chaque jour du pain fait avec du blé sacré, du bœuf et de l'oie plutôt que de travailler chez un riche Thébain pour une poignée de pièces grecques.

– Ne t'inquiète pas. Nous en parlerons à Nertari qui nous donnera une partie de son cachet, comme le faisait Mélissa. En attendant, nous allons envoyer pêcher ou chasser le fils du passeur et nous mangerons des œufs. Pas question de tuer nos poules ou nos moutons qui n'ont pas assez engraissé.

– Je ne réclamerai rien à Nertari. Je lui ai d'ailleurs avoué que nous ne menions pas une vie luxueuse, mais que nous nous en contentions largement grâce à notre terre et à nos bêtes. Nous avons tellement mangé pendant ces festins que je me contenterai d'oignons, de laitue et de radis ! dit Asis en se laissant choir sur un tabouret.

Saféris tamisa dans une meule en pierre de la farine qu'elle mélangea à de l'eau et du sel. Elle alluma le four et disposa une pierre plate à l'intérieur. Puis elle ajouta de la levure et pétrit longuement la pâte qu'elle épiça généreusement. Elle fit couler la pâte épaisse dans un moule en forme de poisson.

– Ajoute quelques dattes, suggéra Asis.

– Je la mettrai au four dès qu'elle aura levé. En attendant, je vais faire cuire deux œufs.

– J'ai une idée, lui dit Asis. Je demanderai demain aux membres du clergé du temple d'Hatchepsout de me donner les excédents de bœufs sacrifiés en l'honneur des dieux guérisseurs.

– Ils te les vendront un prix exorbitant !

– Je leur donnerai ces boules de pain qui leur permettent d'engraisser leurs bêtes.

– Inutile de te fatiguer. Ils ne céderont pas leurs restes alors que les nobles les leur achètent un bon prix. Je vais aller trouver le fils du passeur et lui proposerai des pâtisseries en échange de quelques poissons pêchés avec sa nasse ou son harpon.

– Il est tout juste bon à les ramasser lorsque le Nil se retire ! répliqua Asis. Au pire, nous tuerons un pigeon ou un canard.

– Sors les cages en bois, insista Saféris. Je vais les lui remettre pour qu'il nous rapporte aussi quelques oiseaux. Il ne résiste pas à mes melons et à mes concombres, encore moins à mes gâteaux au miel.

Saféris fit également bouillir des lentilles, des haricots bruns, des pois chiches et des fèves qu'elle assaisonna d'ail puis qu'elle introduisit dans plusieurs boules de pâte sans levain. Elle mélangea un œuf avec des oignons hachés et des légumes sautés à l'huile qui vinrent, eux aussi, remplir de grosses miches de pâte.

Saféris retira du four les premières boules et les émietta. Elle plaça chaque morceau dans une jarre où elle versa encore de la farine et de la bière. Asis se leva pour l'aider. Elle renversa la jarre dont le contenu filtré remplit un récipient au col large.

– Ferme-le bien pour que la bière ne devienne pas trop acide, lui dit Saféris. Maintenant, je vais chez le passeur.

Dès que Saféris fut partie, Asis relut le message adressé à Mélissa.

– Je savais que Nertari avait du talent. Plus que sa sœur, plus que toutes les autres danseuses, elle a de la distinction. Ce contrat ne m'étonne pas. Je suis sûre que Nertari va l'accepter. Elle poursuivra ses recherches jusqu'à ce qu'elle connaisse le nom de ce chef dont parlait le scribe dans la Vallée des Morts. Anu ne dirige sans doute pas seul toutes ces opérations auxquelles Mélissa participait dans le désert. Mais qui peut bien commander ces hommes ? Qui peut laisser impunis les pilleurs de tombes alors qu'ils devraient être écartelés et mourir dans d'atroces souffrances ?

Après y avoir longuement réfléchi, Asis décida de se rendre au temple d'Hatchepsout à la place de Nertari.

– Je me lèverai à l'aube et ferai un détour avant de rejoindre la maison de mon maître. On acceptera bien ma signature à la place de celle de Nertari. Je saurai parler pour elle et elle m'en sera reconnaissante.

27

Le lendemain, Asis se rendit d'un bon pas au temple d'Hatchepsout dont les terrasses dorées s'éclairaient à peine des rayons de l'aube. En arrivant dans le cirque rocheux, désert, elle appela, mais personne ne lui répondit. Quelques vautours planaient au-dessus du temple. Effrayée et admirative devant tant de majesté, Asis les contempla longuement, puis elle appela une nouvelle fois, entraînant des fuites d'oiseaux et des bruissements d'ailes. « Il ne doit pas être là, se dit-elle. Le message précisait pourtant bien que nous devions nous rencontrer à l'heure où le disque solaire de Rê devient entièrement visible. »

Elle longea les murs où s'étalaient des frises sur les parties de chasse et de pêche d'Hatchepsout adolescente, autant de souvenirs de la reine pharaon partageant les loisirs de son père. La représentation du transport de deux obélisques d'Assouan à Thèbes rappelait qu'Hatchepsout avait fait élever à Karnak les plus grands de ces monuments, liens du ciel et de la terre. Là, elle écrasait en sphinx les ennemis de l'Égypte, ici elle consacrait un culte à Amon et guidait les quatre veaux, devenant pasteur de l'Égypte et dissimulatrice de la tombe d'Osiris.

Asis monta la première rampe d'accès à la deuxième terrasse et chercha sous les portiques. Sur les murs décorés de l'expédition du Pount, Senmout, en tête du cortège, tendait à Hatchepsout les produits rapportés des contrées lointaines. Des arbres à oliban étaient destinés aux temples d'Amon. Un chef de tribu en compagnie de son épouse dodue et petite accueillait les Égyptiens avec joie, leur offrant des dons précieux. Mais, là encore, seul Anubis, le dieu chacal honoré dans la chapelle, lui tint compagnie. Elle avança jusqu'au sanctuaire d'Hathor situé à l'autre extrémité.

– Personne ici non plus...

Elle pénétra à l'intérieur de la chapelle qui symbolisait la grotte de la déesse à tête de vache. Les piliers de la cour ornés de la divinité la dominaient étrangement. Les yeux d'Hathor semblaient braqués sur elle. Elle ressentit une sensation nouvelle, indéfinissable. Elle regarda par habitude les fresques qui ornaient les murs de la cour aux dimensions modestes. Les soldats d'Hatchepsout semblaient revenir de campagne ou d'expédition. Leurs barques oscillaient sur les flots. La représentation d'Hatchepsout au visage martelé et celle de son père divin Amon encadraient l'entrée du sanctuaire.

– Où se trouvent donc les prêtres et les malades qui dorment aux abords du temple ?

Elle pénétra dans la première salle du temple d'Hathor. Les fresques colorées de la déesse allaitant de son lait divin Hatchepsout nouveau-née rendaient le lieu magique. Toutes les peintures retraçaient le lien étroit entre Hathor et la reine-pharaon.

– Je doute que le jeune garçon se soit aventuré jusqu'ici. Lorsqu'on ne connaît pas l'endroit, on n'imagine pas que plusieurs pièces constituent ce sanctuaire. En revanche, je m'étonne de l'absence des membres du clergé. Ils ont dû aller vendre le reste des bœufs sacrifiés hier ou contrôler leur cheptel.

Elle entra dans la seconde pièce, attendit devant une image de Senmout, l'ancien Grand Intendant d'Amon que la reine Hatchepsout avait élevé aux plus hautes fonctions.

– Si elle pouvait encore contempler ce visage en adoration et ce corps agenouillé devant les dieux, Hatchepsout serait enfin comblée car les images de Senmout n'ont pas été épargnées. On raconte parfois que Néfertiti fit autrefois effacer les représentations de Senmout en le confondant avec la déesse Mout, épouse d'Amon, dont elle voulait gommer le souvenir à tout jamais. Quoi qu'il en soit, voilà une belle revanche de cet homme sans doute exceptionnel car figurer dans la chapelle d'Hathor ou dans les recoins les plus sacrés de la troisième terrasse de ce temple représente une victoire inégalable.

Elle se surprenait à parler seule comme si Hatchepsout était présente, grande, majestueuse, unique, portant les attributs du pouvoir suprême.

La pièce était plongée dans une obscurité presque totale. Elle se sentit soudain mal à l'aise et préféra ressortir. De là où elle se trouvait, elle avait une vue sur l'ensemble du cirque. Elle tenta de déceler si quelque prêtre ne travaillait pas près des temples endommagés tout proches de Thoutmosis III ou de Montouhotep. Mais rien ne bougeait.

– J'ai dû me tromper, dit-elle en s'apprêtant à partir. Le message mentionnait peut-être un autre jour. Il s'agissait sans doute d'une farce...

Au moment où elle allait redescendre la rampe d'accès flanquée de deux Horus faucons d'une belle hauteur qui fixaient l'autre rive de Thèbes par-delà le Nil, elle crut tout à coup entendre un bruit provenant de la terrasse supérieure.

– Il serait étonnant que cet étranger attende dans la cour hypostyle ou devant les colonnes en construction qui encadrent l'ancien sanctuaire d'Amon...

Elle gravit cependant la seconde rampe d'accès du temple, fit les cent pas devant les piliers osiriaques de la façade où les statues d'Hatchepsout contemplaient l'infini dans une attitude hiératique. Asis paraissait ridiculement petite devant ces représentations gigantesques. Elle entra dans la cour et poussa un grand cri qui sembla se répercuter sur les parois rocheuses dominant le sanctuaire. Puis le silence revint. Le sable que la brise avait déposé sur les terrasses crissa sous les pas d'un inconnu. Le soleil domina alors l'endroit en s'imposant comme le seul visiteur du temple.

*

Saféris se présenta au palais, la mine chiffonnée et les yeux rouges. Le passeur l'avait aidée à traverser le Nil, les larmes aux yeux. Il n'avait pas appris sans peine la disparition d'Asis, qu'il connaissait de longue date.

Dès qu'elle apprit que Saféris se trouvait au palais, Nertari enfila une tunique en hâte et se précipita dans le jardin où l'attendait la Thébaine, désorientée et inconsolable.

– Que se passe-t-il ? lui demanda Nertari, inquiète.

– Asis a été tuée dans le temple d'Hatchepsout !

A cette nouvelle, Nertari étouffa un cri.

– Je savais bien que ce petit jeu finirait par être dangereux, dit Alexandros en se joignant à elles.

– De quoi parles-tu ? lui demanda Nertari en se laissant choir sur un banc de pierre. Il ne peut s'agir que d'un accident. Pourquoi en voudrait-on à Asis ?

– On a retrouvé sur elle un rouleau de papyrus. Tu devais te rendre ce matin au temple d'Hatchepsout pour signer un nouveau contrat, expliqua Saféris. Tout laisse penser qu'Asis n'a pu te joindre hier et qu'elle y est allée à ta place. Elle traitait souvent à la place de Mélissa et discutait ses contrats.

– Mais il est impossible que l'on nous ait confondues ! répondit Nertari.

– Asis a été tuée dans le sanctuaire des dieux guérisseurs. Il n'y avait aucun éclairage. Elle n'avait pas de torche.

– Comment est-elle morte ? murmura Nertari, le visage blême.

– D'un coup de couteau. Mais aucun indice ne nous permet d'identifier l'assassin.

Héléna venait d'apprendre la triste nouvelle. Elle accourut et s'empara des mains de Saféris puis de celles de Nertari.

– Elle qui était si joyeuse pendant les fêtes de Ptolémaïs ! Je ne peux y croire. Alexandros a raison, Nertari. Ta vie est en danger !

– Au contraire, rétorqua la jeune femme, les yeux dans le vide. Je ne veux pas qu'Asis soit morte pour rien. Elle m'a beaucoup aidée. C'était une femme honnête, courageuse, que ma sœur aimait.

En entendant ces paroles louangeant son amie, Saféris éclata en sanglots. Nertari la réconforta.

– Par tous les dieux, vous avez raison, dit-elle finalement. Je vais regagner Chypre et oublier tout ceci. La situation est idéale pour disparaître. Les hommes d'Anu me croient morte. Ils ne doivent plus jamais me revoir !

Cette décision contenta tout le monde.

Nertari ne serait sans doute pas revenue sur sa parole si Alexandros n'avait reçu un message dont le contenu le surprit. Il en fit aussitôt part à Nertari qui préparait ses bagages.

– On m'a apporté cette lettre étrange, dit-il : « Le mystère de la mort de Mélissa est à jamais enfoui dans le temple d'Hatchepsout. La vie de la femme-pharaon te donnera la clé de l'énigme. » Que signifie tout ceci ?

– Qui a bien pu envoyer ce mot ? Nous ne sommes qu'un petit nombre à connaître la mort de Mélissa. Saféris, Héléna, toi et moi.

– Quelqu'un qui a deviné que tu n'étais pas Mélissa. Peut-être un spectateur...

– J'ai besoin d'avoir des renseignements précis sur l'existence d'Hatchepsout, dit Nertari.

– Rien de plus simple ! Je pourrais moi-même te les donner. J'enverrai un coursier auprès de Manéthon, l'historien de mon père. Il complétera ce que je n'aurai pas su t'apprendre. Mais je veux auparavant faire fouiller le temple.

– Pourquoi donc ?

– Ne nous parle-t-on pas de quelque chose d'enfoui ?

– Sans doute, rétorqua Nertari en relisant le message attentivement.

Elle donna aussitôt l'ordre à Karè de défaire ses ballots.

– Je veux connaître le fin mot de cette histoire !

Alexandros réunit les meilleurs policiers du nome et leur donna des instructions précises. Il voulait que le sanctuaire fût fouillé dans les moindres recoins et qu'aucun prêtre ne gênât le travail de la police.

– Faites évacuer tous les malades qui se reposeraient dans le temple. Ne les brutalisez pas. Expliquez-leur qu'ils pourront retourner sur les terrasses du sanctuaire après la fouille. Je tiens à ce qu'Aleb et Nubis surveillent les opérations.

L'équipe partit d'un bon pas vers Thèbes ouest. Le résultat de leurs recherches ne se fit pas attendre. L'un d'entre eux revint satisfait après une demi-journée de fouilles incessantes.

– La moisson a été bonne, dit-il à Alexandros. Regarde ce que l'on rapporte !

Alexandros s'empara du coffre en bois et en souleva le couvercle.

– Quelles belles pièces ! s'exclama Nertari. Où étaient-elles cachées ?

– Dans le temple d'Hatchepsout. Nous les avons trouvées dans une niche de la troisième terrasse, là où Hatchepsout s'est fait représenter devant une table d'offrandes. Le bois est sec. Les dessins sculptés sont intacts. Tout laisse penser que ce coffre a été placé récemment à cet endroit. Seules deux grosses pierres la dissimulaient au regard. Voilà une bonne cachette car personne ne fréquente actuellement cette terrasse sacrée. Après les fêtes des dieux guérisseurs, la plupart des malades sont repartis chez eux.

– Tel était donc le sens du message, dit Nertari. Est-ce là le produit d'un larcin ?

– Il s'agit de bijoux royaux qui auraient appartenu à la famille d'Hatchepsout ou à la pharaonne elle-même ! répondit Alexandros en prenant les bracelets et les colliers les uns après les autres. Regarde ces cobras, ce disque solaire et ce signe qui désigne le ka de Rè.

– Le *ka* de Rê ? s'étonna Nertari. Hatchepsout portait donc le même nom que ma nourrice ?

– A peu près. Sur les frises de son temple, Hatchepsout a fait peindre son nom de Maâtkarè qui signifie : « La déesse Maât, divinité de l'équilibre et de la justice, est le souffle de Rè. » Comme elle craignait sans doute que ce nom ne fût martelé, elle l'a fait représenter sous forme de rébus. Le cobra représente la déesse Maât, le disque solaire, le dieu Rê, et le signe hiéroglyphique, l'esprit de Rè. Hatchepsout est la reine-cobra, pharaon Maâtkarè.

– Et voilà donc le trésor de la reine-cobra, dit Nertari sans parvenir à détacher ses yeux des joyaux de lapis-lazuli, de turquoise, de jaspe, d'ivoire, d'or et d'argent. De lourds et larges gorgerins rutilant de bleu et d'or assortis à des bagues, des bracelets et des chaînes cachaient des colliers à triple rangs de perles. Des diadèmes fins couvraient une couronne plus imposante.

– La couronne du double pays ! Des pilleurs de tombes ont dû cacher ce trésor juste après les fêtes.

– Nous connaissons parfaitement l'organisation de ces bandes de vauriens, intervint Aleb. A mon avis, Mélissa a participé à un pillage de tombe. Elle a dû dissimuler le produit de son larcin dans le temple avant de s'enfuir.

– Nous savons pourtant qu'elle a quitté Thèbes avant la fin des fêtes en l'honneur des dieux guérisseurs, dit

Alexandros. Or, des milliers d'Égyptiens envahissaient alors les rampes du sanctuaire. N'importe qui aurait pu la voir et dérober ce trésor. Comment l'aurait-elle caché sans attirer l'attention du Grand Prêtre ?

– Ma sœur n'aurait pas pris ce risque. Elle se montrait parfois originale, mais pas stupide. Ces bijoux ont donc été cachés là après la disparition de Mélissa... mais par qui ?

Héléna, Alexandros et Nertari réfléchirent longuement, avançant maintes hypothèses.

– Ces bijoux me rappellent en tout point celui que ma sœur a perdu avant de mourir, dit Nertari. Il appartenait sans doute à cette collection...

– Cela ne nous apprend rien de neuf, dit Héléna.

– Peut-être pas..., répondit Nertari. J'ai pourtant une idée. Je dois sortir.

– A quoi penses-tu ? demanda Héléna avec insistance.

– Je souhaite en avoir le cœur net. Si j'ai raison, vous saurez tout dès ce soir.

28

Comprenant que Nertari n'en dirait pas davantage, personne n'osa insister.

– Allons-y ! dit-elle à Aleb.

Le garde la suivit docilement. Quand elle fut montée dans le char d'Alexandros, elle ordonna au cocher de les conduire chez Apis.

– Je m'inquiète pour toi, lui dit Aleb alors que les chevaux avançaient au trot à vive allure, la crinière au vent, les pattes si légères qu'elles semblaient effleurer le sol.

Nertari le sentit tout proche d'elle. Elle aimait le parfum de myrrhe dont il inondait ses cheveux et son corps. Il se montrait si attentionné et si doux qu'elle appréciait de plus en plus sa compagnie.

– J'avoue que j'ai parfois très peur et n'ose l'avouer, lui répondit-elle.

Il la maintenait par les épaules toutes les fois qu'un passage difficile se présentait sur le chemin de terre. Quand le char s'arrêta devant la demeure de la famille d'Apis entourée de roseaux touffus qui pliaient sous la brise, Aleb s'empressa d'aider Nertari à descendre.

– Souhaites-tu que je t'attendes ici ?

– Non, lui dit-elle. Je veux que tu viennes avec moi et que tu écoutes notre conversation. J'aimerais connaître ton avis.

Aleb inclina la tête en signe d'obéissance. Elle fut troublée par l'éclat de ses yeux bleus lorsqu'il releva le menton.

– Que se passe-t-il ? lui demanda-t-elle, presque gênée.

– Que veux-tu dire ?

– Tu me regardes d'une étrange façon.

Aleb s'excusa aussitôt en prenant un air contrit qui la fit rire. La demeure des parents d'Apis était imposante. Un garde leur fit traverser une cour carrée entourée d'arbres et de fleurs. Nertari respira profondément l'odeur citronnée et mentholée qui se dégageait de certaines feuilles à l'aspect velouté et au contour dentelé. Elle s'étonna de se montrer aussi sensible aux senteurs alors qu'elle aurait dû avoir l'esprit occupé à interroger Apis. Mais la présence d'Aleb favorisait ses rêves les plus audacieux.

Il la guida en la prenant une nouvelle fois par les épaules.

– Je t'attends, lui dit-il d'une voix douce comme venue de l'Au-Delà. A quoi penses-tu ? Renoncerais-tu à voir Apis ? Souhaites-tu que nous partions ? Tu t'es arrêtée subitement et semble avoir rejoint les astres qui entourent Sirius.

Nertari s'excusa.

– La beauté de cette cour et les odeurs qui émanent de ces arbres m'ont troublée, je l'avoue. Continuons !

Tous deux répondirent à l'invitation du garde qui leur ouvrit la porte d'une salle de réception.

– Mes maîtres doivent se trouver dans les pièces privées, dit-il en faisant le tour d'une petite salle occupée par deux lits.

Il longea le cellier et l'escalier qui permettait d'accéder au premier étage.

– Je vais voir dans les chambres, la cuisine et la galerie du vestibule. Ma maîtresse est occupée dans le quartier des femmes. Je ne peux y faire entrer aucun visiteur.

Partout, le bois utilisé pour les encadrements de portes, les colonnes et les tours de fenêtres témoignait de la richesse des lieux. La pierre des perrons, des chambranles et des bases de statues gigantesques, si coûteuse et si difficile à travailler, souleva l'admiration de Nertari. Sur la plupart des bases de piliers, également en pierre, parfois en marbre, avaient été gravées des inscriptions de couleurs rouges ou bleues.

– Je n'aurais jamais pensé que la famille d'Apis fût si aisée, remarqua Nertari. Cet immense parc isolé du monde par un mur de briques crues, ces portiques à colonnes dignes d'un temple, ces grandes salles de réception aussi vastes que celles du palais, ces pièces réservées aux domestiques que l'on a entraperçues en traversant le jardin, laissent assez deviner la beauté des salles privées et la grandeur de la cuisine !

– Dans le parc se trouvent quatre annexes servant de logements aux serviteurs. Les celliers regorgent de vins des meilleurs crus et le jardin est entretenu en permanence, précisa le garde sans y être invité.

Suivant des yeux l'un des domestiques qui descendait du toit en terrasse, il l'interrogea sur l'emploi du temps d'Apis.

– Notre jeune maître n'a pas l'habitude de me rendre des comptes, dit sèchement l'homme au visage émacié. Il se trouve sans doute dans le parc. Depuis la disparition de sa fiancée, il refuse de sortir en ville.

– Nous allons le chercher nous-même, suggéra Aleb.

En sillonnant les allées bordées de milliers de fleurs et d'arbustes exotiques que dominaient des arbres au tronc large et à l'écorce sèche, pelant sous l'effet de la chaleur, Nertari se laissa encore distraire par un bassin où nageaient quelques poissons. Elle regarda dans la chapelle, s'assit sur un puits bordé de tournesols et se plut à passer d'un arbre fruitier à l'autre en croquant dans quelques fruits à peine mûrs.

– Cette maison est un véritable pays d'Amon, dit-elle. Elle possède au moins vingt pièces et je ne serais pas étonnée que chaque chambre ait sa salle de bains particulière.

– Sans doute, répondit Aleb en appelant Apis à plusieurs reprises.

Celui-ci se manifesta aussitôt. Il était assis sur un banc non loin de là et paraissait songeur. Fixant le sol, il dessinait dans la terre des figures géométriques à l'aide d'une branche morte. L'approche de Nertari le fit presque sursauter. La jeune femme s'installa à côté de lui et lui dit sans ménagement :

– J'ai besoin que tu rassembles tes souvenirs et que tu nous aides. Tu te souviens du bijou que nous avons retrouvé à Alexandrie ?

– Hélas ! J'aurais préféré que l'on retrouve Mélissa...

– D'où venait ce bijou si tu ne le lui avais pas offert ? Faisait-il partie d'un ensemble ? Mélissa t'a-t-elle montré des bracelets ou des colliers qui ressemblaient à cette bague ?

– Jamais.

– Depuis quand Mélissa portait-elle ce bijou ?

– Je ne l'avais jamais vu avant que nous ne partions pour Alexandrie.

Apis semblait mal à l'aise. Il évitait de croiser le regard de Nertari et se tordait les doigts.

– C'est bien ce que je pensais, dit Nertari à Aleb. Cette bague faisait partie du trésor retrouvé dans le temple d'Hatchepsout. Mais comment Mélissa l'a-t-elle eue entre les mains ?

Apis se leva.

– Que se passe-t-il ? demanda Aleb en voyant son regard effrayé.

– Je dois vous parler, répondit Apis. J'aurais dû vous le dire tout de suite.

– A quoi fais-tu allusion ? demanda Nertari en le pressant de questions.

– Je connaissais l'existence de ces bijoux. Mélissa m'a raconté qu'elle avait participé à un pillage de tombe la nuit même où l'on vénérait les dieux guérisseurs. Elle m'a expliqué que des hommes intelligents et puissants, habitués à ce genre de crimes, avaient souvent recours à ses services parce qu'elle connaissait mieux que quiconque les tombes royales. Elle a ajouté qu'elle les avait conduits dans une tombe apparemment modeste dans laquelle avaient été enterrées deux femmes dont l'une était une nourrice. L'autre Égyptienne demeurait pour elle une inconnue mais elle avait tout de suite reconnu gravés sur les bijoux les titres des Thoutmosides et de la reine Hatchepsout grâce aux leçons de ses ancêtres. Elle seule parmi les pilleurs de tombes possédait ces connaissances exceptionnelles. Afin de savoir si ses acolytes soupçonnaient quelque chose, elle les interrogea ingénument. Tous prétendirent qu'il s'agissait là de bijoux précieux, mais qu'aucun pharaon n'avait été enterré à cet endroit et que le trésor ne pouvait être que celui d'un noble Thébain.

– Ma sœur connaissait, en effet, les tombes et l'histoire des pharaons, approuva Nertari.

– Comprenant que les pilleurs de tombes n'étaient pas en mesure d'estimer la richesse qu'ils avaient entre leurs mains, elle se promit de mettre la main sur les plus beaux bijoux, qui n'étaient pas forcément les plus gros. Elle prétendait que ce trésor lui porterait chance et qu'il nous permettrait de vivre heureux et riches jusqu'à la fin de notre vie. J'ai été profondément choqué. Je lui ai démontré combien posséder de tels trésors était dangereux. La reine pharaon Hatchepsout à qui ils avaient appartenu risquait de se venger.

– La malédiction a frappé, dit Aleb.

– Non. Pas la malédiction. Mélissa m'a avoué qu'Anu dirigeait cette opération et qu'elle lui avait dérobé sa part. Elle avait caché ses bijoux et ceux d'Anu dans le temple de Ramsès II.

– Et que faisaient-ils dans le temple d'Hatchepsout ? demanda Aleb.

– Quand nous sommes revenus à Thèbes, je me suis rendu au Ramseseum et l'ai trouvé sans peine. Mélissa avait emporté avec elle quelques bijoux qu'elle avait réussi à revendre au risque de se faire arrêter. Comme les fêtes des dieux guérisseurs étaient terminées, j'ai pensé que personne ne se rendrait avant longtemps dans le sanctuaire d'Amon, à l'exception du Grand Prêtre. Je n'avais guère de temps. Je devais agir vite en me promettant de trouver ensuite une cachette plus sûre.

– Nous n'aurions rien trouvé si une fouille n'avait pas été organisée, dit Aleb. Pourquoi n'as-tu pas caché ce trésor ici ?

– J'avais peur qu'un domestique ne le découvrît. Je ne savais plus très bien comment agir. La mort de Mélissa m'avait perturbé. Je craignais d'être victime des mêmes agresseurs.

– Tu aurais surtout dû nous parler de tout cela ! s'exclama Aleb.

Apis trembla.

– Vas-tu me livrer au tribunal ? Les juges vont-ils statuer sur mon sort ?

Aleb regarda Nertari.

– Parlons-en à Alexandros, proposa-t-elle. Il sera clément, j'en suis sûre. Mais tout cela ne nous renseigne pas sur l'auteur du message envoyé au palais. Quelqu'un connaissait la présence de ce trésor dans le temple. Apis, as-tu été surpris lorsque tu l'as dissimulé ?

– Je n'ai vu personne, honorable Nertari. Je serais prêt à le jurer par tous les dieux.

– Le raisonnement ne tient pas, avança Aleb. Si un Thébain avait surpris Apis, il se serait emparé des objets sur-le-champ.

– Nous avons donc mal compris le message, dit Nertari.

Apis demanda à le connaître. Nertari tenta de le lui révéler de mémoire sans omettre le moindre mot.

– Il fait référence à l'existence de la reine-pharaon Hatchepsout, avança-t-il en réfléchissant, pas au fait qu'un trésor soit caché dans son temple.

– Ces quelques lignes nous ont pourtant menés à ta cachette !

– Je l'avoue, mais il s'agit peut-être d'une coïncidence.

– Viens avec nous, lui dit Nertari. Nous allons t'emmener au palais. Il te faudra répondre de tes actes devant Alexandros. Ensuite, je te propose de nous aider à résoudre cette énigme. Rassemble tes souvenirs. Réfléchis bien ! Je cherche aussi à connaître le nom de ce chef auquel ont fait allusion devant moi les complices d'Anu. Alexandros les a fait rechercher dans toute la région. Ils restent introuvables. Nous en avons aperçu quelques-uns pendant les fêtes du gymnase, mais ils ont réussi à s'échapper. Si nous pouvions les interroger, sans doute révéleraient-ils le nom de ce chef suprême qui protège des pilleurs de tombes !

– Je doute qu'ils le connaissent ! répondit aussitôt Apis. Mélissa l'ignorait elle aussi. Seul Anu semble lui parler et exécuter ses ordres.

– Pourquoi Anu n'a-t-il pas été interrogé ? demanda Nertari à Aleb. Son nom est sans cesse mentionné et personne ne songe à enquêter sur lui.

Le garde baissa les yeux.

– C'est un homme extrêmement puissant et riche, honorable Nertari, souligna-t-il en reprenant ses distances.

– Plus puissant que le fils de Pharaon ?

– A Thèbes, peut-être... N'oublie pas qu'Alexandros, le digne et respectable, ne vit pas à Alexandrie et que sa mère n'était pas une épouse de Pharaon mais une simple fille du peuple. Les hauts fonctionnaires d'Égypte sont parfois respectés à l'égal de certains membres de la famille royale.

– Je refuse de le croire. Je vais parler à Héléna et irai si nécessaire trouver Pharaon en personne. Cet

Anu n'échappera pas à la question ni à la justice. Les pilleurs de tombes sont condamnés à la peine de mort !

– J'accepte de vous aider, dit Apis en les suivant. Ton langage me plaît. Je me sens si ridicule de demeurer terré ici, faute de courage. Mélissa prétendait toujours que je ne réussirais jamais dans ma vie. Elle avait peut-être raison...

Nertari le prit par le bras en l'encourageant.

– N'importe quel Égyptien aurait été bouleversé par la perte d'un être cher tel que Mélissa, lui dit-elle. Nous te pardonnons tes faiblesses si tu nous promets de ne plus rien nous cacher.

Apis le promit, mais il avait déjà donné sa parole à maintes reprises dans les semaines qui avaient précédé tout en gardant ses secrets.

29

Alexandros réclama à son père l'autorisation de faire venir quelques savants à Thèbes. Ceux-ci, originaires de tous les pays, résidaient à côté du palais. Certains étaient très célèbres. Alexandros avait besoin de spécialistes, d'historiens de la vie d'Hatchepsout, cette femme-pharaon hors du commun dont les images et le cartouche avaient parfois été martelés avec sauvagerie et acharnement. Bien qu'il connût lui-même la vie de cette reine, il ne voulait rien laisser au hasard.

En attendant l'arrivée de ces savants à Thèbes, Alexandros tenta encore de dissuader Nertari de poursuivre l'enquête.

– Nous cherchons peut-être pour rien. Un plaisantin a dû envoyer ce message. Nous savons grâce à Apis pourquoi Mélissa a été tuée. Elle avait volé la part de butin de ses complices. Ils cherchaient probablement à la récupérer lorsqu'ils l'ont suivie jusqu'à Alexandrie.

– Pourquoi l'auraient-ils assassinée ? Pour se venger alors qu'ils n'avaient toujours pas récupéré leurs biens ? Tant qu'elle était libre, Mélissa ne risquait rien. Elle seule connaissait sa cachette.

– Mélissa avait peut-être découvert quelque chose d'important...

– Le nom du chef de cette bande de criminels, par exemple, avança Nertari.

Tous deux regardèrent Apis en attendant une réponse.

– J'en ai déjà parlé à Nertari, dit-il. Mélissa ne savait pas qui donnait les ordres.

– Elle avait peut-être tout découvert sans que tu ne fusses au courant. Avait-elle totalement confiance en toi ?

– Je le crois, répondit Apis en rougissant.

– Elle cherchait sans doute à te protéger en gardant son secret.

– Apis, dit Alexandros en plongeant ses yeux dans ceux du jeune homme, je comprends tes frayeurs et je me doute que tu serais aujourd'hui tenté de te taire si tu en savais plus. Mais les dieux vont maintenant punir les coupables. Tu ne risques plus rien. Aussi te supplions-nous de parler si tu as encore une révélation à nous faire.

– Ce n'est pas le cas, répondit Apis, irrité par le ton inquisiteur d'Alexandros. J'ai commis une erreur. Tu peux me faire battre pour cela. Je recevrai les coups de bâton avec courage. Je le mérite. Mais je ne mens plus.

Nertari envisagea d'aller trouver Anu en espérant qu'il lui révélerait qui dirigeait les opérations. Mais Héléna sut la convaincre qu'il s'agissait d'une idée dangereuse.

*

Après plusieurs jours de deuil, Asis eut un enterrement digne d'une noble Thébaine. Nertari tint à s'occuper elle-même de l'embaumeur qui enveloppa le corps de la jeune femme dans du lin provenant des ateliers royaux. Ses organes furent déposés dans des vases canopes, selon l'ancienne coutume égyptienne. Alexandros et Héléna accompagnèrent le cortège funéraire et tinrent à déposer dans la tombe d'Asis des bijoux et un mobilier de très grand prix. Les parents de la jeune femme qui habitaient non loin d'Alexandrie firent le voyage dans la douleur. Nertari leur donna des biens et promit de les aider en leur offrant plus qu'ils n'avaient jamais reçu.

Saféris demeurait inconsolable. Elle craignait de vivre seule dans la maison d'el-Gournah, persuadée qu'en restant seule les « hommes de l'ombre » réussiraient bien à la tuer. Nertari dut lui expliquer qu'elle ne risquait rien. Elle lui rappela maintes fois qu'Asis avait été assassinée par erreur à la place de Mélissa et que les tueurs n'avaient aucune raison d'attenter à sa vie.

– Peut-être penseront-ils que je sais quelque chose ou que je possède des trésors ! Les dieux m'ôtent le sommeil ! Pire ! Je fais de terribles cauchemars et les devins racontent que ces songes se réalisent très souvent !

– Bois des potions qui détruisent les mauvais rêves. N'importe quel devin saura te les préparer, lui répondit Nertari qui se sentait responsable de la mort d'Asis.

Les objets familiers d'Asis furent placés dans sa tombe au milieu des coffres en bois ciselé et des bijoux en pierres semi-précieuses offerts par le fils de Pharaon. On déposa aussi sur son visage un masque doré et, tout près de ses mains, des cruches remplies de victuailles pour sa vie dans l'Au-Delà.

– Ce serait le comble si cette tombe était pillée par des vauriens ! remarqua Nertari après les funérailles. Digne Alexandros, peux-tu la faire surveiller nuit et jour ?

Alexandros lui promit d'être attentif.

– Je te rappelle, cependant, que la belle Asis n'a pas été enterrée dans la Vallée des Rois mais dans une simple nécropole !

Nertari contempla les petites collines que l'on avait creusées pour les transformer en sanctuaires. Dans chacune se trouvaient une ou plusieurs familles. L'intérieur était constitué d'une multitude de cellules de forme rectangulaire. Certains tombeaux représentaient une cour carrée entourée de colonnes surmontées d'un chapiteau. Des tombes rectangulaires avaient été creusées à même le sol, juste derrière les colonnes. L'ensemble se dorait puis se rosissait des rayons du soleil disparaissant en illuminant le Nil tout proche.

– Asis possédera sans aucun doute le plus beau mobilier funéraire de tous ceux qui ont rejoint l'Au-Delà et qui ont été enterrés ici, dit Alexandros. Mais personne ne le saura à l'exception de sa famille et de ses amis. Qui aurait intérêt à s'en vanter ? La tombe d'Asis ne sera jamais visitée.

Alexandros ordonna aussi de faire graver dans la pierre au-dessus de l'entrée du sanctuaire des représentations de triades divines. Il ajouta un nouveau buste de dieu dans une niche vide et convoqua les meilleurs peintres pour décorer les murs de la tombe de scènes de la vie quotidienne d'Asis. Chaque fresque représenterait des fragments de sa courte existence. On y retrouverait ses amis et les membres de sa famille, mais aussi les artisans qu'elle rencontrait chaque jour, les commerçants chez lesquels elle se servait, les hommes importants avec lesquels elle avait travaillé. Son amour des animaux et des enfants, sa passion pour un jeune Thébain parti faire fortune à Alexandrie, son habileté à confectionner des vêtements simples mais fluides et beaux, sa joie de vivre au milieu du désert, ses promenades dans les marais parmi les multiples oiseaux hantant les hauts roseaux seraient retranscrits avec cet art du détail et de la précision propres aux peintres égyptiens.

Alexandros engagea aussi des pleureuses qui se frappèrent la poitrine pendant plusieurs jours et se lamentèrent près de la tombe d'Asis. Après ces manifestations bruyantes, presque excessives, le silence revint et la vie reprit son cours.

*

Tandis qu'Alexandros consultait les savants enfin arrivés à Thèbes, Nertari parut se désintéresser de leur discours. Elle était persuadée qu'elle trouverait la solution de l'énigme loin des rouleaux poussiéreux de papyrus et des colloques pompeux. Elle convoqua Aleb et le mit dans la confidence. Elle souhaitait approcher la maison d'Anu et si possible lui rendre visite.

– Par Isis ! Tu oublies les sages conseils de Maât et de la déesse de la raison ! Anu te croit sans doute morte. Retourne chez toi et tu retrouveras pour toujours ta tranquillité d'esprit.

– Je te croyais plus malin, Aleb, répondit Nertari, surprise d'une telle réflexion. Nous ne nous sommes pas cachés pendant l'enterrement de la pauvre Asis. Tout le monde a pu m'apercevoir et personne ne me croit morte !

– Nertari, lui répondit Aleb avec cette voix douce et chaude qu'elle appréciait dans les moments les plus inquiétants, j'ai une meilleure idée. Je crois savoir qui dirige ces bandes de pilleurs de tombes que nous avons tant de mal à maîtriser. Pharaon a donné des ordres précis pour les anéantir et les jeter aux crocodiles. On raconte qu'Anu participe à ces complots et on cite les noms de Thébains connus dans la ville, sans qu'aucune preuve ne permette de les arrêter. Ils vivent en toute impunité, comme toi et moi. Que font-ils de leur trésor ? A qui le revendent-ils ?

– A quoi penses-tu ? demanda Nertari en venant se placer plus près d'Aleb comme pour mieux connaître le fond de sa pensée.

– Tel scribe, tel menuisier, tel artisan vivent bien au-dessus de leurs moyens. Nous le constatons, mais nous ne pouvons agir.

– Pourquoi ne pas les suivre ? Vous finiriez bien par trouver !

– Nous ne savons pas quand ils vont agir. Les hommes ne sont jamais les mêmes. Anu est malin et respecté. Il affiche surtout cette assurance qui me fait dire que...

– Oui ?

Aleb hésitait.

– ... que celui qui lui donne ses ordres est un homme très haut placé.

– Qu'entends-tu par là ? Pourrait-il s'agir d'un haut fonctionnaire vivant au palais d'Alexandrie ou d'un notable du nome ?

– Malheureusement, je ne suis sûr de rien et je doute qu'Anu te révèle quoi que ce soit si tu te rends chez lui ! Il se moquera de toi et te renverra. Mais demain, il tentera peut-être de te tuer.

– Précisément, Aleb. Pourquoi veut-il me tuer ? Admettons que Mélissa ait participé à ces pillages.

Chaque voleur emportait sa part et l'affaire était terminée.

– Mélissa a accompli un acte impardonnable. Lequel ?

– Anu me l'apprendrait sans doute. Il n'avait peut-être plus confiance en elle...

– Viens avec moi, lui dit Aleb en plaçant sa ceinture sur le haut de son pagne en lin fin. Je dois aller chercher mon arc et ma lance. Veux-tu m'accompagner dans ma demeure ?

Nertari accepta aussitôt. Quand ils sortirent du palais, ils durent affronter l'ironie et les sarcasmes de Nubis qui n'admettait guère de se voir préférer Aleb. Mais Nertari n'avait qu'une confiance limitée en cet homme un peu rustre et sans scrupule. Ils montèrent à bord d'une barque royale et se laissèrent glisser sur le Nil au milieu des plantes qui émergeaient à peine du fleuve transformé en lac immense.

– Je te remercie de risquer ta vie pour moi, dit soudain Nertari.

– Je ne fais que mon métier, répondit Aleb. Un métier que j'aime.

– Tu ne ressembles pas à Nubis. Un trésor peut être ramené d'un pays en guerre. Il prend aussitôt les armes et demande à être embauché !

– Nubis est pourtant très efficace, répondit Aleb.

Avant même que la maison d'Aleb n'apparût sur les bords du fleuve, une barque filait dans leur direction à bonne allure. Aleb s'en inquiéta. Quand il reconnut l'emblème de Pharaon sur la coque du bateau, il ralentit cependant leur navigation et attendit que l'embarcation royale les eût rejoints.

– Que se passe-t-il ? demanda Nertari avec inquiétude. Nous n'avons rien réclamé.

– C'est Nubis ! lui dit Aleb. Maintenant, je le

reconnais. Arrêtons-nous. Il doit avoir un message du respectable Alexandros.

Nubis leur faisait en effet de grands signes tout en invectivant les marins qui ne ramaient pas suffisamment vite.

– Alexandros vous réclame au palais ! leur lança-t-il.

Nertari baissa les bras, découragée.

– Quand les dieux m'accorderont-ils la liberté d'agir comme je l'entends ? soupira-t-elle. J'ai bien envie de faire fi de cette information.

Elle allait crier à Nubis de repartir pour Thèbes en prétextant ne pas les avoir trouvés, mais Aleb l'en empêcha.

– Je ne veux pas désobéir au fils de Pharaon. J'ai une haute idée de ma charge et je l'ai toujours accomplie le mieux possible, avec honnêteté. Si tu souhaites agir seule, je lui avouerai que je n'ai pas réussi à t'en dissuader.

– Il te reprochera de m'avoir laissée sans surveillance.

– Je ne vois pas d'autre solution, puisque tu ne consens pas à retourner au palais. Tu en as le droit, moi non. Ma condition ne me permet pas de désobéir à mon maître.

Nertari hésita.

– Reportons nos projets. Je ne veux pas qu'Alexandros te fasse le moindre reproche alors que tu te montres très attaché à ma sécurité.

– Nous te suivons ! dit finalement Aleb à Nubis.

30

Entouré de nombreux savants penchés sur d'innombrables papyrus, Alexandros attendait Nertari de pied ferme.

– L'honorable Manéthon ici présent insiste pour que nous nous rendions au temple du désert, dit-il aussitôt. J'ai ordonné de préparer les dix bateaux que possède Pharaon à Thèbes. Nous partirons dès que possible.

– Le temple du désert? s'étonna Nertari. Celui qu'Hatchepsout a fait construire en l'honneur de la déesse à tête de lionne Pakhet?

– Celui-là même que les Grecs appellent maintenant la « Grotte d'Artemis ». Le digne Manéthon qui travaille pour mon père Ptolémée sur une histoire des dynasties pharaoniques prétend que la reine Hatchepsout a fait autrefois graver son programme politique sur la façade du temple et que la clé de l'énigme se trouve sans doute là-bas.

Nertari n'eut guère le temps d'interroger les historiens qui discutaient sur la traduction de ce texte politique prononcé au moment où Hatchepsout avait reçu sa titulature de pharaon. Le chef de la flotte vint prévenir Alexandros que les marins étaient prêts au départ.

– Bien ! dit-il. Manéthon va nous accompagner. Ma douce compagne Héléna s'occupera de vous, respectables savants. Je vous prierai de réfléchir et de vous mettre d'accord sur l'interprétation du texte et des peintures retrouvées à l'intérieur du temple. A mon retour, nous aviserons.

– Je vais préparer quelques affaires, dit Nertari. J'ai l'impression que cette folle expédition ne nous fera guère avancer. Cependant, je me souviens que la proposition de contrat pour laquelle Asis s'est fait tuer venait d'un homme d'Hermopolis. Puisque ta police ne l'a pas retrouvé à Thèbes, peut-être aurons-nous plus de chance en partant à sa recherche.

– Inutile de t'inquiéter ! Karè s'est chargée de tes bagages, répondit le fils de Pharaon. Nubis et Aleb, embarquez avec nous dans le deuxième navire. Un bateau rempli de soldats nous précédera. Les autres suivront.

Chacun s'exécuta sans broncher.

Le cortège descendit bientôt le fleuve, formant une mosaïque de couleurs sur le gris du Nil. Certains pêcheurs, équipés d'épuisettes, les jambes dans l'eau jusqu'aux genoux, s'étonnaient en reconnaissant les voiles royales.

– Manéthon va t'apprendre ce qu'il nous a dit, proposa Alexandros à Nertari en l'invitant à s'asseoir sous le dais protégeant les sièges placés au centre du bateau.

L'homme, petit et maigre, au visage sympathique, fronçait constamment les yeux et portait la main à son oreille comme si toute sa science provenait de cette partie de son anatomie. Sa tête allongée, son large front, ses cheveux rares lui donnaient des airs d'éternel penseur.

– La reine Hatchepsout a fait aménager un petit sanctuaire en l'honneur de Pakhet au bord du désert, expliqua-t-il. On sait que sa fille Néférou-Rê et son neveu Thoutmosis III se joignirent à elle pour honorer la divinité. Elle donna l'ordre de faire construire un temple plus grand composé d'un pronaos, d'un petit couloir et du sanctuaire. Ces salles sont de dimensions modestes. Sur les murs du temple ont été reconnues des représentations de Seti Ier et d'Hatchepsout. Celle-ci reçoit la couronne d'Égypte. Amon pose sa main sur ses épaules. Pakhet tend le bras vers elle. La jeune Hatchepsout agenouillée accepte d'être pharaon.

– A cette époque, Thoutmosis III était pourtant le pharaon officiel, expliqua Alexandros. Mais il était encore trop jeune pour régner. Plutôt que de rester régente, Hatchepsout s'est fait acclamer Pharaon dans la septième année de son règne.

– L'Égypte avait donc deux pharaons.

– C'est exact, répondit Manéthon. Les désinences féminines qui jalonnent le texte gravé sur le temple laissent assez entendre qu'une femme gouvernait et qu'il s'agissait d'Hatchepsout, la « première des premières ».

Manéthon poursuivit longuement ses explications qui ne furent interrompues que par la ronde de Karè et de quelques suivantes présentant des collations.

Le cortège fit une première étape non loin d'Abydos où se trouvait également une résidence royale. Puis il reprit à l'aube sa course en direction de la « Grotte d'Artemis ». Les navires parvinrent aux abords d'une nécropole le quatrième jour.

– Le sanctuaire de Pakhet a été creusé dans la colline tout près d'ici, expliqua Manéthon. Les nobles qui ont été enterrés à cet endroit ont vécu il y a plus de mille ans.

Ils débarquèrent en hâte et louèrent des chevaux et des charrettes dans un proche village.

– Tout près d'ici ont été retrouvés des momies de chats, des sarcophages d'ibis et de babouins, dit Nertari.

– Le dieu-ibis Thot est en effet vénéré dans les villages alentour, expliqua Alexandros.

Après un parcours pénible sur un chemin envahi par les sables, ils arrivèrent au pied des monts.

– Nous y sommes, dit Manéthon.

L'historien sourit.

– Le sable a recouvert ces collines et donné aux sanctuaires leur teinte dorée. Voilà l'entrée de la Grotte d'Artémis ! Nous avons de la chance. Les pluies souvent importantes dans la région n'ont pas condamné entièrement l'entrée.

Des piliers hathoriques inachevés encadraient la porte. Derrière, d'autres piliers, osiriaques, procuraient à la première salle toute sa fraîcheur. Alexandros et Nertari firent le tour des murs abîmés par les inondations et martelés à maints endroits.

– Il est bien difficile d'interpréter ces scènes qui se sont dégradées au fil du temps, remarqua le fils de Pharaon. Sans Manéthon, nous serions perdus ! Montre-nous le discours qu'Hatchepsout aurait prononcé le jour de son couronnement !

Ils revinrent sur leurs pas et suivirent l'historien devant la façade principale. Quarante-deux colonnes de texte rapportaient dans une langue poétique, extrêmement travaillée, dans quel état Hatchepsout avait trouvé les temples des dieux, son intention de les restaurer et d'en créer de nouveaux, sa volonté de maintenir un pays en paix et de poursuivre l'œuvre de ses ancêtres.

Nertari enregistra chaque mot traduit par Manéthon. Ce dernier conclut que tous les savants réunis au palais thébain donnaient une version différente de ce texte difficile, même si l'idée générale restait la même.

– Qu'en penses-tu, Nertari ? demanda Alexandros.

– Je ne parviens pas à faire le lien entre la vie d'Hatchepsout et la mort de ma sœur. Ne nous laissons-nous pas manipuler par un mauvais plaisant ?

– Je ne veux omettre aucune piste...

– Je t'en remercie, lui dit Nertari. Mais je ne souhaite pas m'attarder ici. Maintenant que nous avons toutes les données en main, voyons ce qu'en pensent les chercheurs de Pharaon. J'ai moi-même quelques projets...

Elle se rendit à Hermopolis en compagnie d'Aleb et de Nubis, interrogea de nombreux villageois, des paysans et des chasseurs, mais aucun Égyptien ne semblait connaître un jeune homme correspondant à la description que Saféris lui avait faite. Elle rencontra ceux qui avaient le même âge que lui. Aucun d'entre eux n'avait quitté la région depuis de nombreux mois. Tous semblaient si démunis. « Je ne les imagine pas en train de louer des danseuses telles que Mélissa ! », se dit-elle. Aussi regagna-t-elle, découragée, la demeure royale qui s'élevait à la sortie du village gardé par la statue de babouin du dieu Thot.

*

Dès qu'ils rentrèrent, Héléna se précipita vers Nertari.

– Saféris nous a apporté ceci, lui dit-elle en lui tendant un rouleau. Je l'ai ouvert et je l'ai lu. Pardonne cette indiscrétion. Je craignais que ce ne fût urgent. Auquel cas, j'aurais envoyé un messager rapide vous rejoindre à Hermopolis.

Nertari s'empara du papyrus en regardant du coin de l'œil, non sans satisfaction, la joie d'Alexandros de retrouver Héléna qu'il serra tendrement dans ses bras. Mais bientôt son attention fut entièrement captivée par le contenu du message. Saféris lui apprenait qu'un certain Basatis, autrefois ami de Mélissa, était mort noyé dans le Nil et qu'Anu voulait la convier à une fête. Il lui proposait un excellent cachet.

Nertari appela aussitôt Aleb.

– Basatis... Ce nom ne m'est pas inconnu... Il faisait partie de cette bande qui nous a pourchassées, Asis et moi, lorsque nous sommes parties dans la Vallée des Morts ! Ainsi donc, les acolytes d'Anu seraient de retour à Thèbes !

– Mais pourquoi l'a-t-on tué lui aussi ? Y a-t-il un lien avec la mort de Mélissa ? Sont-ils morts tous les deux pour la même raison ?

Nertari entraîna Aleb à l'écart.

– Il n'existe qu'un moyen de le savoir ! lui souffla la jeune femme.

– Te rendre comme tu l'avais prévu chez Anu. Méfie-toi ! Si c'est lui qui a ordonné d'attenter à la vie de ta sœur, il va tenter de faire de même avec toi...

– J'ai conscience des risques que je prends. Rien ne me fera changer d'idée !

– Que chuchotez-vous ? demanda Héléna.

– Rien d'important, répondit Nertari.

– Qui était ce Basatis dont parle Saféris ?

– Un jeune ami, sans doute.

Héléna avait préparé pour ses hôtes un banquet digne de Ptolémée. Les colonnes de la salle à manger, d'une taille impressionnante, dominaient les cinquante-huit divans installés en cercle. Du plafond partait un dais rouge et blanc. Au-dessus du portique extérieur, là où les invités iraient flâner après le repas, retombaient des gerbes de fleurs fraîchement cueillies. Aux murs avaient été accrochés des boucliers de décoration.

Les invités foulèrent le sol recouvert de fleurs avec un plaisir non dissimulé. Les statues, les peintures inspirées des artistes de Sicyone, l'or des coupes, des vases, des trépieds, des aigles, laissaient deviner la finesse des mets. Cinquante jeunes filles apportèrent les plateaux en or entourés de danseuses en Victoire aux ailes dorées et de satyres portant des tyrses ornés de feuilles de lierre. Elles puisèrent dans un immense cratère et distribuèrent aux invités des cadeaux en ivoire. On introduisit un phallus d'or orné de rubans multicolores et de paniers de fruits, presque aussi long que la pièce, où chacun cueillit des dattes fraîches.

Nertari ne songeait déjà plus qu'à son entrevue avec Anu. Aleb ne la quittait pas des yeux.

– N'omets surtout pas de tout me raconter dans les moindres détails. Je ne parviendrai à te protéger efficacement qu'à cette condition, lui chuchota-t-il à l'oreille avant de reprendre son poste à l'entrée de la salle.

31

Nertari ne se prépara pas pour les fêtes données dans la résidence d'Anu sans difficulté. Elle avait, en effet, supplié Aleb de ne révéler leur plan à personne. Il lui fallut quitter le palais avec des vêtements décents et emporter avec elle sa tenue de danseuse et ses accessoires. Elle rejoignit Aleb dans le plus grand secret au moment où les Thébains faisaient leur sieste et le laissa la guider jusqu'à la somptueuse maison du notable entourée d'un parc gardé par de nombreux Égyptiens en armes.

Comme elle demeurait silencieuse pendant le parcours, Aleb l'interrogea. Il semblait lui-même plus nerveux qu'à l'ordinaire.

– Tu peux encore renoncer, lui dit-il.

– Non.

Les mains et la voix de Nertari tremblaient. Sa gorge se serrait. Son cœur battait vite. Plus ils se rapprochaient, plus elle avait froid. Ses membres paraissaient paralysés. Lorsqu'ils furent enfin parvenus devant l'entrée du parc, elle ne bougea plus.

– As-tu peur ? lui demanda Aleb.

– Je crois que oui.

– Surtout ne t'attarde pas. Je ne vais pas être autorisé à entrer. Je t'attendrai ici le temps nécessaire.

– La réception commencera à la nuit tombée. J'espère bien pouvoir parler avec Anu avant que les invités n'arrivent. Il est inutile de rester là si longtemps. Reviens me chercher plus tard.

– Les dieux ne me le pardonneraient jamais.

Nertari descendit du char et s'avança vers les gardes qui croisèrent aussitôt leurs lances devant elle.

– Mélissa ! dit un homme qu'elle ne connaissait pas. Mon maître sera ravi de te voir !

– Tais-toi, Aribis ! ordonna un autre Thébain. Anu ne t'a donc pas appris la discrétion ?

Ils décroisèrent leurs armes et permirent à Nertari d'entrer dans la résidence, mais, au moment précis où elle allait en franchir le seuil, une bande d'Égyptiens équipés de couteaux et de traits fondit sur elle. Aleb trompa l'attention d'Aribis et se précipita pour aider Nertari. Il réussit à l'arracher des mains d'un garde qui brandissait déjà son couteau vers elle.

– Sors d'ici ! lui dit-il. Prends l'un de nos chevaux et fuis à toute vitesse vers le palais ! Je suis responsable de tout cela.

Nertari se retourna dans sa fuite en espérant qu'Aleb réussît à échapper à ses agresseurs. Elle vit alors une image étonnante qui l'aurait paralysée d'effroi si elle n'avait eu cet instinct de survie qui la fit courir le plus rapidement possible en direction de la sortie. Comme Aribis prêtait main forte à ses acolytes, elle en profita pour détacher un cheval de l'attelage et l'enfourcha à cru. Puis elle galopa à toute vitesse en direction de la résidence royale, décontenancée par ce qu'elle venait de vivre et de comprendre.

Dès qu'elle arriva au palais, Nubis jugea, en voyant ses cheveux défaits et sa tunique déchirée, qu'un incident imprévu était survenu.

– Ne m'interroge pas, Nubis, lui dit Nertari en le voyant accourir vers elle.

Elle descendit promptement de cheval et gagna à grandes enjambées les appartements privés d'Héléna et d'Alexandros. Sa tunique étroite, fendue jusqu'aux hanches, lui donnait une aisance inhabituelle. Aussi ses grands pas précipités et le claquement de ses sandales sur le sol couvert de mosaïque étonnèrent-ils tous les domestiques accoutumés au silence des lieux.

Nertari entra dans la chambre d'Héléna avant même d'être annoncée.

– Qu'est-il arrivé ? s'exclama la compagne d'Alexandros en constatant avec effarement l'état dans lequel son amie se présentait devant elle. On dirait que tu as affronté une horde de fauves rapportés des lointains pays africains.

– Il ne s'agissait pas de bêtes mais bien d'hommes prêts à tuer !

– Explique-toi.

– Héléna, je souhaiterais parler devant Alexandros. Je connais enfin les coupables. Je sais qui a fait tuer ma sœur !

Héléna envoya aussitôt un domestique à l'embarcadère royal.

– Alexandros s'y trouve avec tes amis chypriotes qui doivent reprendre aujourd'hui même le bateau pour Alexandrie.

– Je préfère qu'ils ne soient pas informés pour l'instant de toute cette histoire. Ils repartent au bon moment.

Nertari fit les cent pas dans la pièce. Tantôt, elle pleurait et regardait devant elle comme si elle ne saisissait pas ce qui lui arrivait, tantôt elle prononçait des mots sans suite en réfrénant une apparente colère.

– Comment a-t-il pu agir ainsi ? finit-elle par dire avec violence.

– Mais qui ? questionna enfin Héléna. Cesse de tourner en rond et raconte-moi tout. Alexandros ne va pas tarder.

Le fils du pharaon les rejoignit en effet, escorté de Nubis.

– Il s'agit d'Aleb, expliqua Nertari. Il m'a accompagnée chez Anu. Ce dernier m'avait invitée à danser ce soir dans sa résidence. J'ai accepté pour en savoir plus sur ce fameux chef de bande qui semble tout diriger.

– Et alors ?

– Je n'avais pas sitôt franchi le seuil de la porte que plusieurs de ses hommes armés ont fondu sur moi. J'ai bien cru qu'Osiris allait me recevoir dans son domaine ! J'ai vu la lame d'un couteau briller audessus de ma tête. Aleb m'a prêté main forte. J'ai pu m'échapper et je pensais que le malheureux allait combattre en vain contre ces monstres. Quand je me suis retournée dans ma fuite, j'ai vu tous ces Thébains s'écarter de lui et le saluer. J'ai alors compris ce qu'il m'avait glissé dans l'oreille en m'encourageant à fuir.

– Que t'a-t-il dit ? demanda Héléna, captivée par le récit de Nertari.

– Qu'il était responsable de tous ces malheurs.

– Veux-tu dire qu'Aleb travaille pour Anu ? demanda à son tour Alexandros.

– Travaillait, répondit Nertari. Aleb est mort devant mes yeux, le corps traversé d'un trait.

– Sois plus claire, Nertari, dit Alexandros. Tu viens de nous apprendre que les hommes de main d'Anu se courbaient devant lui.

– Oui. Mais un homme surveillait tout sur le perron de la résidence. C'est lui qui donnait les ordres. Éblouie jusque-là par les rayons de Rê, je ne l'avais pas vu en arrivant. Mais il m'apparut alors nettement, auréolé de soleil tel un dieu avec une âme de divinité maléfique. Il a lancé un trait en direction d'Aleb en criant : « Mort au traître ! »

– Mais enfin, Nertari, qui est cet homme ?

– Thotmès, le chef de la police d'Alexandrie, l'homme qui m'a été présenté à la cour de Pharaon et qui m'a guidée dans cette ville.

– Thotmès a toujours été dévoué à Pharaon et Aleb est avec Nubis le meilleur de mes hommes, dit Alexandros. Es-tu certaine qu'Isis n'a pas brouillé ton esprit ?

– Non, Alexandros. Tu dois me croire. Thotmès dirige cette organisation de pilleurs de tombes. Il couvre des actes de brigandage intolérables et s'enrichit aux dépens des défunts. Aleb travaillait pour lui et pour Anu. Tout me parait étonnamment limpide à présent. Sachant que je ne renoncerai pas à mener cette enquête, Thotmès m'a surveillée à Alexandrie. Je suis ensuite tombée dans les griffes d'Aleb.

– Ils ont essayé de te tuer lorsqu'ils se sont aperçus que tu t'obstinais à découvrir la vérité. Aleb devait les informer de tout.

– Ils prenaient un gros risque car je suis votre amie, dit Nertari. Je ne crois pas, cependant, qu'ils aient eu une seule fois l'intention de me tuer. Je devais les mener au trésor de Mélissa. En revanche, je suis persuadée qu'ils ont tué Asis parce qu'elle risquait d'en savoir trop. Confidente de Mélissa, elle pouvait connaître bien des secrets relatifs à Thotmès.

– Il ne s'agissait donc pas d'un accident ? Asis n'a pas été prise pour Mélissa ?

– Non. Souviens-toi des événements. Lorsque nous sommes rentrés des fêtes de Ptolémaïs et malgré notre fatigue, Aleb nous a emmenées, Héléna et moi, jusqu'à sa demeure. Je le souhaitais depuis longtemps car il m'était sympathique. Il a fait porter à Asis et Saféris le message de ce jeune homme prétendument venu d'Hermopolis en sachant qu'elles n'hésiteraient pas à traiter l'affaire en mon absence.

– Rien n'était moins sûr, dit Alexandros en se levant.

– Mais il était tentant d'essayer !

– J'en ai suffisamment entendu. Je vais prendre des dispositions et envoyer une troupe chez Anu avant que ce Thotmès ne prenne la fuite.

– Je crains, hélas, que ce ne soit déjà trop tard, dit Nertari.

– Dans ce cas, nous le rattraperons et nous arrêterons Anu. Je veux que le trésor de la reine-cobra soit replacé dans la tombe où il a été volé et que celle-ci soit hermétiquement scellée lors d'une cérémonie officielle.

Dès qu'Alexandros eut donné des ordres en ce sens, Nubis apporta une nouvelle que Nertari n'attendait plus.

– Le corps de Mélissa vient d'être retrouvé, dit-il à son maître.

Nertari éclata en sanglots.

– Pendant quelque temps, j'ai espéré que Mélissa fût encore en vie. J'imaginais qu'Anu la séquestrait dans son domaine, qu'elle se cachait dans un village reculé. Mais, aujourd'hui, tous mes espoirs s'envolent. Ma pauvre sœur est bel et bien morte parce qu'elle avait deviné le nom de celui qui contrôlait l'organisation des pilleurs de tombes. En la tuant, Thotmès et Anu ont pris le risque de ne jamais retrouver le trésor dont elle s'était emparée.

– Thotmès en était-il à un vol près ? Il aurait bientôt recommencé ! dit Héléna. N'oublie pas qu'il risque à chaque fois la peine de mort !

– Je ne doute pas que Pharaon fera un exemple, dit Nertari. Pourtant, cette issue me désole. Je n'ai plus qu'à accompagner le corps de ma sœur jusqu'à Paphos pour la faire enterrer le plus vite possible. Je veux l'honorer comme il se doit.

– Je comprends ton souhait de rendre à ta sœur les honneurs qui lui sont dus, mais, si tu le désires, tu peux encore rester quelques jours à Thèbes...

– Ne te vexe pas, Héléna, ajouta Nertari. Comprends que Mélissa a besoin d'une sépulture digne d'elle. J'ai également hâte de retrouver mon cher époux. Mais je voudrais vous revoir, toi et Alexandros, dans des circonstances plus heureuses. Promettez-moi de venir à Chypre.

– Rien ne nous en empêche, répondit Héléna. Nous viendrons à Paphos, je t'en fais le serment.

Elle observa le corps presque nu de Nertari qui venait d'ôter la cape en peau de chèvre qu'elle avait jetée sur ses épaules pour paraître décemment devant Alexandros.

– Tu t'es donnée tant de mal ! dit Héléna. Je crois que tu peux jeter au panier cette robe en lambeaux !

Nertari éclata en sanglots

– Je suis soulagée que tout soit enfin terminé, même si j'avais moi aussi gardé l'espoir de retrouver Mélissa vivante, dit Héléna.

Nertari tourna plusieurs fois autour de son doigt la bague de sa sœur qu'on avait retrouvée au fond de l'eau.

– Maudits bijoux ! dit-elle.

Héléna crut alors que Nertari allait enlever la bague et la jeter violemment à terre, mais elle n'en fit rien. Elle la contempla au contraire, fascinée par ce bijou où brillait un chaton de turquoise en forme de cobra. Autour de cette représentation de la déesse Maât resplendissaient six petits soleils en or, symboles de Rê. Entre chaque astre, le signe du *ka* en forme de bras levés liait pour toujours l'âme de Rê à celle d'Hatchepsout, la reine-cobra, la femme-pharaon.

32

La femme d'Aleb n'en finissait plus de verser des larmes. Elle suppliait Héléna de l'épargner et de la croire : elle n'était pas responsable des actes de son mari.

– Nous en sommes persuadés, lui répondit Alexandros. Cependant, je doute que Pharaon ne te reprenne pas la terre qu'il vous avait confiée. Ton époux ne la méritait pas. Quant à toi, comment continuerais-tu à l'exploiter ?

– Des paysans travaillent pour nous depuis des années. Mes fils m'aideront. Je t'en supplie, fils de Pharaon, lumineux Alexandros, plaide en notre faveur !

La jeune et belle épouse d'Aleb ne lâchait plus les genoux d'Héléna.

– Sois courageuse et calme-toi, lui dit Héléna. Tu n'as pas besoin d'un si grand terrain pour toi seule. Tu peux donc en rendre une partie. Ce qui te restera te suffira amplement. Aleb a accumulé beaucoup d'argent en volant les tombes. Il est normal que ses actes soient punis. Aussi Pharaon confisquera-t-il sans doute ton bétail. Tu devras t'y soumettre. Je te promets de parler pour toi à Ptolémée afin que tu continues à habiter cette terre. En échange, tu te soumettras à ses volontés. Les complices de ton mari ont tous été arrêtés. La plupart vivaient aisément et exerçaient une profession honorable à Thèbes. Tu devras témoigner au procès, dire ce que tu sais d'eux, pourquoi ton époux les fréquentait, quels biens ton mari rapportait à la maison.

La jeune femme sanglota. Elle tremblait de tous ses membres. La mort de son époux l'avait autant bouleversée que ce qu'elle avait appris sur lui. Elle redoutait la punition des dieux et de Pharaon tout-puissant. Ses longs cheveux noirs en bataille dissimulaient ses joues et son front. Elle ne cessait de passer avec angoisse ses longs doigts fins aux ongles vernis dans sa chevelure.

– Je ne souhaite pas témoigner devant les juges égyptiens, dit-elle. Je suis Crétoise. Pourquoi le procès n'aurait-il pas lieu dans un tribunal réservé aux Grecs ?

– Parce que la plupart des hommes arrêtés sont égyptiens. Quelle importance pour toi qui es innocente ? lui dit Alexandros. Avant de quitter Thèbes, Nertari, qui est venue te rendre visite et qui est la principale victime de cette triste affaire, m'a promis de prier les dieux pour soulager ta peine.

– Je suis certaine qu'elle maudira ma famille et elle aura raison !

– Non, je puis te le jurer devant Sérapis.

La jeune femme remercia les divinités.

– Aide Nubis à faire son travail, ajouta Alexandros. Il doit enquêter en compagnie des scribes et fouiller ta maison.

L'Égyptienne y consentit aussitôt et les guida dans toutes les pièces. Chaque objet fut minutieusement examiné.

– Manifestement, Aleb ne rapportait pas chez vous les objets dérobés. Peut-être même ne lui en donnait-on pas. Il recevait sans doute une prime en céréales ou en vêtements.

Alexandros ouvrit un grand coffre en bois qui ne renfermait que des rouleaux de papyrus. Nubis vérifia qu'il ne dissimulait ni vases précieux ni bijoux royaux.

– Rien d'important ici, constata Nubis en vidant le coffre.

Alexandros s'empara de quelques papyrus et les déroula à la hâte.

– Sans doute des rapports de récoltes annuels, dit-il.

Mais son regard fut attiré par le nom de Rhodopis de Paphos.

– Par tous les dieux, Héléna ! Regarde ! Il s'agit de brouillons de lettres qu'Aleb a dû adresser à Rhodopis, l'époux de Nertari. Comment le connaissait-il ? Jamais il ne nous en a parlé !

– Je ne connais pas de Rhodopis, dit l'épouse d'Aleb à Héléna qui l'interrogeait. Nous ne sommes jamais allés à Chypre.

– Peut-être pas, dit Alexandros. Mais je sais que Rhodopis vient parfois en Égypte. Ces rouleaux évoquent de grosses sommes d'argent et des services qu'Aleb a promis de rendre à Rhodopis. Le mari de Nertari serait-il impliqué dans cette affaire ?

– Ces textes ne laissent aucun doute, répondit Héléna. Aleb a reçu des présents de Rhodopis en échange d'un service.

Elle s'interrompit tout à coup.

– Je savais bien qu'un détail m'intriguait depuis le départ de Nertari. Je ne parvenais pas à savoir lequel. Alexandros, quand Nertari est revenue de chez Anu, la tunique déchirée, elle portait un grain de beauté sur le corps !

– Je ne comprends pas où tu veux en venir...

– Lorsqu'Asis entraînait Nertari pour les fêtes de Ptolémaïs, celle-ci n'avait pas de grain de beauté. Asis nous l'a fait remarquer. Or, Mélissa en avait un sur la hanche. Tous ceux qui l'avaient vue danser le savaient. Aussi Nertari a-t-elle été obligée d'en dessiner un sur sa peau.

– Avant de se rendre chez Anu, elle a de nouveau reconstitué ce grain de beauté sur sa peau afin de se faire passer pour Mélissa. Rien là d'étonnant, remarqua Alexandros.

– Il ne s'agissait pas de maquillage, dit Héléna. Je l'ai vu de près ! La femme qui vient de quitter Thèbes n'était pas mon amie. Il s'agissait de Mélissa !

– Allons, lui dit Alexandros. Rassemble tes souvenirs. Tu as dû rêver. Nertari a pris la place de Mélissa et Mélissa est morte.

– Je n'ai qu'une certitude. La femme qui a dansé à Ptolémaïs était Nertari ; celle avec qui j'ai parlé hier était Mélissa !

– Mais si le corps retrouvé à Alexandrie n'est pas celui de Mélissa...

– Il s'agit de celui de mon amie Nertari ! Quand Nertari est venue en Égypte, Mélissa n'était pas morte. En prenant sa place, mon amie risquait d'être tuée à sa place. N'oublie pas que la police n'avait retrouvé qu'une bague dans le Nil. Nertari devait disparaître. Quand elle a été tuée, Mélissa est réapparue comme prévu. Elle a pris la place de sa sœur. Une seule personne risquait de deviner la supercherie : Asis. Elle a été éliminée.

– Aleb était largement rémunéré par Rhodopis ainsi que nous l'apprennent ces textes ! Rhodopis connaissait donc Mélissa. Il avait dû la rencontrer en Égypte. Il savait qu'elle possédait un véritable trésor.

– Tu dois envoyer des soldats et des policiers à la poursuite de Mélissa et faire arrêter Rhodopis !

Alexandros s'exécuta aussitôt.

*

Quelques jours plus tard, Thèbes semblait avoir retrouvé son calme éternel. Tous les coupables étaient emprisonnés dans l'attente d'un jugement. Héléna avait confié le corps de son amie Nertari aux embaumeurs. Elle avait commandé les plantes rares qui leur manquaient et accordé une soixantaine de jours pour réaliser une momification digne des anciens Égyptiens.

– Je m'en veux tellement de ne pas avoir compris plus tôt le message que l'on t'avait envoyé, confia-t-elle à son mari. Je tiens absolument à embaucher les domestiques de Nertari qui ont habité dans ce palais. Karè est une femme précieuse et fidèle. Elle pleure sans cesse sa maîtresse depuis qu'elle a appris la nouvelle.

– Le message t'a donc mis sur la voie alors que nos

savants ne sont pas parvenus à le déchiffrer ? s'étonna Alexandros.

– En réalité, tout s'est éclairé lorsque j'ai su que Mélissa avait pris la place de Nertari. Tu m'as toi-même raconté la vie d'Hatchepsout. La reine-pharaon s'est emparé du pouvoir alors qu'il revenait à Thoutmosis III. De même, Mélissa voulait usurper la place de sa sœur auprès de Rhodopis. Elle qui avait connu la pauvreté voulait vivre dans le luxe auprès d'un mari réputé. Une sorte de vengeance sur le destin...

– Ou une prise en main de sa destinée, qui ne lui a pas réussi. Seuls les dieux guident nos pas dans cette vie. Quiconque cherche à contrôler son destin outrepasse ses limites. Mais qui a bien pu envoyer ce message ?

Nertari se rapprocha d'Alexandros et entoura sa taille de son bras. Elle observa de la fenêtre les palmes qui s'agitaient nonchalamment au-dessus de la mare. Cette abondante fertilité se noyait dans l'infini immuablement bleu.

– Ne penses-tu pas que ce message aurait pu être envoyé par Aleb ? suggéra-t-elle avec romantisme. Il aimait la compagnie de Nertari. Peut-être a-t-il fait un geste pour la sauver...

– Je crois que l'un des pilleurs de tombes détestait suffisamment Mélissa pour enrayer le beau plan qu'elle avait mis en place. Effrayé à l'idée de venir tout me révéler, il a utilisé ce subterfuge.

– Dans ce cas, il lui suffisait d'envoyer un message anonyme, mais clair.

– En réalité, tu dois reconnaître que ce mot était limpide et que nous avons manqué de jugement. Pour nous qui sommes habitués à parler par énigmes et images, il s'agissait d'un jeu d'enfant !

– Peut-être avons-nous cherché trop loin.

– Mélissa a deviné le nom du messager, dit Alexandros. Te souviens-tu de ce Basatis qui a été tué ? C'était sans doute notre homme.

Héléna regarda Alexandros avec admiration.

– Tu rayonnes d'intelligence, lui dit-elle. Promets-moi que nous irons à Chypre. Je voudrais connaître la ville où mon amie Nertari a vécu. Je me souviens de son rire enfantin quand nous jouions. Elle courait toujours plus vite que les autres. Elle l'emportait sur tous en finesse et en savoir. Les cheveux tirés et nattés, les yeux vifs, elle comprenait vite et bien, recevant les louanges des professeurs avec cette humilité qu'elle avait conservée. Nous l'enviions.

– Nous irons à Chypre et, avec l'aide de Karè, nous ensevelirons le corps momifié de Nertari dans la nécropole de Paphos dont elle nous a tant parlé. Mais auparavant, je veux rendre à la reine-cobra Hatchepsout son trésor royal car je souhaite te préserver de la malédiction des dieux.

Héléna se tourna vers le Nil. Face à elle, au-delà des flots souvent gris charriant le limon précieux, se dressait le temple d'Hatchepsout. Dorénavant, elle le savait, jamais plus elle ne s'y rendrait sans revoir cette furtive silhouette qui lui avait échappé un jour de fête.

Remerciements

Je tiens à remercier M. le président de la République arabe d'Égypte : M. Farouk Hosni, ministre de la Culture ; M. Nabil Osman ; M. le directeur du Service des antiquités ; M. Aly el-Kadi ; Mme Hoda Naguib ; M. le directeur du Bureau culturel de l'ambassade d'Égypte ; l'Inspection des antiquités de Gournah, pour leur accueil toujours très chaleureux en Égypte.

Je tiens aussi à remercier chaleureusement en leur adressant un message amical Mmes Suzanne Matsakis et Catherine Magnien ; M. Michel Baud et Mme Dominique Beck Emam du Winter Palace de Louxor ; M. Dimitriou, directeur de l'Office du tourisme de Chypre ; M. le directeur de l'hôtel Saint-Raphaël de Limassol ; la direction de l'Office du tourisme de Grèce et Mrs Denis et Marc-Olivier Élant d'Oriensce.

Auteur de trente-cinq ouvrages traduits dans une trentaine de pays, professeur de civilisations et de littérature ancienne (latiniste, helléniste et égyptologue), Violaine Vanoyeke a une formation de linguiste.

Elle produit depuis 1982 des émissions culturelles dans lesquelles elle a raconté la vie des principaux personnages de l'Antiquité. Consultante en histoire antique et en archéologie sur RMC, elle présente une émission quotidienne sur cette station.

Depuis plus de quinze ans, Violaine Vanoyeke reconstitue la vie d'Hatchepsout à partir des plus récentes découvertes grecques, égyptiennes et chypriotes.

Cet ouvrage composé
par D.V. Arts Graphiques à Chartres
a été achevé d'imprimer sur presse Cameron
dans les ateliers de Brodard et Taupin
à La Flèche (Sarthe)
en mars 1999
pour le compte des Éditions de l'Archipel
département éditorial
de la S.A.R.L. Écriture-Communication.

Imprimé en France
N° d'édition : 268 - N° d'impression : 6807V
Dépôt légal : mars 1999